爱情只差刹那芳华

AIQING ZHI CHA CHANA FANGHUA

良辰雪　著

广西人民出版社

图书在版编目（CIP）数据

爱情只差刹那芳华 / 良辰雪著.—南宁：广西人民出版社，2015.3

ISBN 978-7-219-09176-0

Ⅰ.①爱… Ⅱ.①良… Ⅲ.①长篇小说—中国—当代 Ⅳ.①I247.5

中国版本图书馆CIP数据核字（2014）第262544号

监　　制　白竹林
策划编辑　周月华
责任编辑　周月华
责任校对　梁凤华
美术编辑　王　霞
印前制作　麦林书装

出版发行　广西人民出版社
社　　址　广西南宁市桂春路6号
邮　　编　530028
印　　刷　广西大一迪美印刷有限公司
开　　本　880mm×1230mm　1/32
印　　张　8.5
字　　数　200千字
版　　次　2015年3月　第1版
印　　次　2015年3月　第1次印刷
书　　号　ISBN 978-7-219-09176-0/I·1779
定　　价　26.80元

目录
Contents

第一章　与君初识

入夏，干旱了那么久，终于飘起了雨。不大不小的雨点，打在窗户上，噼啪作响。外面的樟树枝被吹得左右摇摆，天空黑压压的一片，室内一下子就暗下来了。

金茗苑的梓园别墅前面是一大片湖，倾盆的雨点坠下来，珠落玉盘的啪啪声四起，似乎能把这个房间的冷寂一起融进去。

冷小菁在床上翻了个身，听到外面的雨声，她清了清嗓子，喊道："方管家。"声音软绵之中带着一丝沙哑，只是外头没有丝毫的动静，声音仿佛被海绵吸收了一般，从这头传到那头，然后消失。

开着空调，即使裹了一床毛毯，她还是觉得冷，也没有如愿发出一身汗来。

她掀开被子下床，软缎拖鞋既轻又软，踩在黑色柚木地板上悄无声息。墨绿色的金丝绒窗帘顿时拉紧，室内突然变得暗下来，心底有熟悉又恐惧的感觉缓缓升起，仿佛有一只大手握住了心脏。

她想起爸爸离开的时候，也是这样灰白的天。她揪着父亲的衣角，无论旁边的人怎么叫喊她都不肯松开，怕父亲似风中的气球，手一松就会无影无踪。可最终还是无能为力，十几年无忧无虑的生活，到了那一刻，离开了父亲，她才发现自己有多无助。

维多利亚风格的装潢衍生出一种典雅的华丽，空间开阔。临门是入墙大衣柜，整整的一面占了好大的空间，中间最大一格的衣服都是萧楠洛买的，而她从未穿过。就像是一个生活不富裕的孩子看到了超市里琳琅满目的玩具，知道自己只能看，并不能拥有。

其实以前她也算生活优渥。生活在典型的暴发户式的家庭，父亲对她的宠爱也大多表现在物质上。如果没有后来的变故，父亲没有在一夜之间倒下，或许她现在还是那个无忧无虑的公主。

屋子里弥漫着薄荷红茶的味道，茶水袅袅腾腾地冒着热气。茶水入喉暖顺，清凉的香气仿佛可以减掉些许痛苦。

探温针细长的水银线一路攀升，一直跃到 38.9℃。她蹙了蹙秀气的眉，为难地抿了下唇，她知道自己必须去医院。

冷小菁偶尔会傻傻地想，如果萧楠洛永远不回家，她会不会活得开心一点。做自己想做的事情，生活会很自然，唯独少了爱情而已。

答案是不会。

生活像一张网，而她是一条鱼，早已陷入，无处可逃。

手指缓慢地扫过衣柜中间那一格华丽的服饰，勾出讥讽的笑容，她关上柜门，伸手去够旁边的柜子，修身白 T 恤加蓝色牛仔裤。

外面的雨声一阵又一阵，仿佛是蜜蜂在耳边嗡嗡地叫。她的耳边回响起萧楠洛说过的话："你还有什么委屈的？我供你吃，供你穿……"那样尖刻的话语，一刀一刀，刻刻凿凿地留在脑海里。

墙上的时钟滴答滴答，她进浴室的时候望了一眼钟，原来已经是下午了。抬头看到镜子里面的女人脸颊潮红潮红的，仿佛脸颊上涂了一层胭脂。她扯了扯嘴角，扯出一个勉强过关的笑容，拿了包出房间。

方管家正指挥人整理萧楠洛的房间，因为他有轻微的洁癖，对于很多事物的要求颇为苛刻，所以即使萧楠洛长时间不回来，房间里仍旧要打扫得一尘不染。

门是开着的，门口透出一圈吊灯的琉璃光圈，她走过去的时候只是淡淡地扫了一眼。许是因为发烧，她走路都没了力气，身子轻飘飘的，仿佛踩在云朵上。

方管家看到走过去的人影，追了出来，双手交握着放在胸前，背脊微微前倾，态度礼貌而疏离："冷小姐，您要出去？"很好听而偏中性的女声，干净利落，和她头上绾上去的发丝一样。

冷小菁微微点头，"有点发烧，我去一下医院，打一针，拿点药，就回来。"她客气地回之以笑容。

方管家是个三十五岁左右的女人，不知道跟了萧楠洛有多久，冷小菁只知道自己搬进这个屋子的时候她就在了。受过英式专业培训的管家，有一张似冷漠却热情的脸孔，礼貌而公式化的言语。她一直这样认为，或者说方管家对着萧楠洛恭恭敬敬，而对她，总是一副疏离而严肃的样子。

方管家若有所思，片刻后开口："您不用出门，我打电话叫杨医生过来。"

冷小菁怆然地笑笑，摆摆手："不用麻烦了，我自己去吧，我还约了朋友。"

方管家是个谨慎的女人，看她拒绝，于是避着她到旁边打了一个电话。冷小菁知道她是去问萧楠洛了，于是在一旁候着。

不过几十秒的光景，方管家从一旁过来，朝她点点头："萧先生没有接电话，不过我希望冷小姐晚上还是早点回来。"

冷小菁半个身子陷在角落的灰色阴影里面，现出一抹妍丽的笑容，扶住身前米白色的雕花大理石围栏，过了好一会儿，才一步一步地向楼下走去。

萧楠洛和美女正玩得不亦乐乎，怎么会有时间管她的事？

外面的雨很大，夹在风中，水雾迷蒙。即使打开了伞，仍寸步难行。她身体轻飘飘的，逆着风，连步子都难以迈开。只是一会儿，上身就已经被打湿，湿漉漉的裤管粘在小腿上，异常难受。可惜这个时候出租车和公交车都很少。

雨伞没多大的用处，风大雨斜的，连伞都很难握住，冷小菁的半个肩膀都被淋湿了。她加快脚步，很快就到了小区门口的路口，并没有瞧见有车子过来，斑马线旁的行人指示灯显示红色。或许是发了一会儿呆，或许真的是高烧的原因，等她看见指示灯变成绿色的时候，已经三十秒过去了。

脚步迈出去，不知道脚下被什么东西绊了一下，她脚下一滑。哗的一声，被雨水洗刷干净的车轮压过水坑，溅起一道银白色的水花，直接扑到了她的脸上与身上。

那水进到眼睛里，疼得她几秒后才睁开眼睛，湿黏的棉布料倏地触上皮肤，一阵凉飕飕的湿意在身上蔓延。无奈周围的喇叭一个劲地鸣着，冷小菁身上仅剩面积不多的一块干净的地方也被溅上了泥垢，全身脏乱不堪。

她踉跄了几步，终于还是歪歪地跌倒，一身狼狈。这几日以来，积聚在心头的某种情绪仿佛到了一个临界点，终于在此刻爆发。她忍住了眼泪，抬头望着前面。

有男子开车门下车，不知道是司机还是车主，撑了伞从车子那边小跑过来，低头瞧了一番，看到她没有受伤，仿佛是松了口气，脸上不禁露出一丝鄙夷，说道："既然没事，那就起来吧，下次过马路小心点。"言外之意显然是怕她要敲诈。

“我没事。”她撑着地面站起来，忍住膝盖处传来的剧痛，转身就走，背影马上就陷入茫茫雨雾里。

车子里一片安静，魏峥注视着外面的那一抹身影，心中略有所动。做律师这么久，了解如今的人在马路上被撞了，索要赔偿的居多，而像前面这名女子说自己没事的，还真是少见。

“这位小姐，需不需要我送你去医院?”魏峥下了车，追上冷小菁，问道。

“我没事。”冷小菁漠然地强调，并未抬头望他一眼。

他的鞋子在雨水中，隐隐发亮，似女子沾湿的发丝，稍稍透出一抹晶亮。

几秒之后，他转身向车子走去。

助手已经开了车门，他听到身后一声惊呼，转身，那女子已经倒了下去。魏峥赶紧上前将她抱到车上。

前面的司机向后面瞟了一眼，然后知趣地移开目光：“魏律师，我们现在还是回律师事务所?”

“去附近的医院。”他平淡的语气中带着急躁。

怀中的女子，嘴唇干裂，脸上烧得红彤彤的，而且身体还直打战。魏峥把手往她的额上一探，烫得吓人。他眉头蹙起，嘴唇抿起来：“开快点。”

他此刻才真正看清楚这张脸，随即眼眸一亮，瞳孔一紧，记忆深处有什么在兴奋地跳跃。

医院的病房里很安静，周围是素净的白。

外面的雨渐渐停了，阳光透过病房的窗户，映衬着树叶上的一点泛光的绿意，直射到床上。忽然之间竟然又是阳光四射的晴天，仿佛刚才的狂风暴雨只是午夜的一场梦境，如此不真实。

她隐隐约约听见忽远忽近的说话声，而眼皮上像是堆了山，厚重得睁不开。

“发烧到这么高的度数，为什么到现在才送医院……又淋了雨，温度退不下去，就会……”说话的是个四五十岁的女医生，戴着眼镜，严谨的脸上此时透着严厉，对着站在病床旁边的男子说道。

一直沉默的男子不说话，负手而立，眼里满是担忧，疑惑地开口：“她发烧……很久了？”

医生推了推架在鼻梁上的眼镜，在文件夹上面做好相关的住院记录之后，看着对面衣着光鲜的男子，冷冷地开口：“这男朋友做得……真是……年纪轻也不能这样乱来。”

随着关门的声音响起，房间里又安静下来。

这些谈话像一阵风在她的耳边刮过，随后她又沉沉睡去。

冷小菁做了一个很长的梦，梦里有她的爸爸——把她捧在手里宠爱的男人。梦中的她生了病，眼睛睁不开，喉咙里有说不出来的灼痛，她疼得说不出话来，只能流泪。而身体又累到极点，一点都动不了。

即使这样，她还是不愿意放开爸爸的手。

爸爸把她抱在怀里，一遍一遍地哄：“我的囡囡，你要听话，不能总让爸爸操心。”

医生告诉她，爸爸死了，她只是摇着头，一遍一遍，根本就不相信，也永远不会相信。最疼爱她的爸爸怎么会舍得扔下她一个人先离开？一定不会。

可是最后爸爸还是走了，她想爸爸，一直想，一直想到心里发疼，还是不肯放弃。

然而那人的身影渐渐变得模糊，在行走中消逝。她惶然地追上去，慢慢地看清那一张脸，陌生而冷漠，怎么会是萧楠洛？

冷小菁再次醒来的时候，房间里只剩下她一个人。周围的一切都是静悄悄的，塑料管中的药水正缓慢地滴落，灯光透过小而透明的塑料管在床头形成一个光圈。有着轻微的恍惚，耳朵里传来嗡嗡的声响，过了几秒，她才反应过来自己在医院。

药水还剩下一点，她看了看时间，已经不早了。叫来护士拔了针头，冷小菁取出便笺，写道：谢谢，我走了。又取出两百块钱和纸条一起压在药瓶下面，离开了。

回到别墅，已经是晚上九点之后的事了。

第二章　同床异梦

园子里面的路灯都亮着，光亮透到大门外面。随着门禁卡的摆动，门口的读卡器发出一声尖锐的声响，屋子里透出强烈的光线，微微的香水味隐隐散发出来，而她见不到半个人。

门口的盆栽幽翠碧亮，在鞋柜上映出婆娑的斑影。她把包放在鞋柜上，低头去换鞋。弯腰的瞬间，太阳穴忽然一阵针刺般的痛，头脑蓦地眩晕，她伸手扶住墙，缓缓站起来。

去厨房随便吃了些东西便上楼回了房间，进了浴室开了花洒，温热的水，她觉得不够烫，伸手把温度调到最高档，热水滴溅到眼睛里，她终于渐渐清醒。她想起今天哭了，好在外面下着雨，眼泪与雨水是分不清的吧。

睡到床上心才真正安静下来，被褥上有一种奇异的香味。想起今日送自己去医院的男子，她终究还是遇到好人了。

床前亮着一盏壁灯，冷小菁睡不着，她的目光不由自主地向门口探去，望着冰冷的门把手静静出神。上楼的时候路过他房间的门口，里面有光透出来，她知道萧楠洛回来了。

不知道是什么时候睡着的，迷迷糊糊中感到胸口一凉，她感到有人沿着睡袍的袖口慢慢地摩挲着她的手臂，一直到胸口，那种感觉莫名的难受。她不禁一阵战栗，全身的汗毛都竖了起来，仿佛胸口有东西堵着，全身被桎梏着，整个身子一直往下沉，往下沉，没有落点。而这样熟悉的恐惧感让她一下子完全清醒了，她不禁睁大了眼睛。

“别这样……我不舒服……”

萧楠洛听了顿了一下，并没有说话。月光很亮，他的脸背着光，陷入一片阴影里，看不真切。吻又落下来，动作并没有因为她刚才的话而变得温柔。

“别扫兴。”他低低地说。

她撇过脸，并不看他，双手抵在胸口，无声地拒绝。

萧楠洛笑了一声，放开了她，靠在床头，开了床头边的落地灯，取了一支香烟点上。

冷小菁躺在一旁不说话，萧楠洛捏了捏她的下巴，道：“好像瘦了。”

她笑笑，瘦了吗？她自然不觉得，他们虽然是夫妻，却已经两个多月没有见面了，他不说，她也从来不问。两人一直都是保持这样奇怪的方式相处，似乎双方都已经习惯。

萧楠洛心情不好，她能感受到。她开口解释：“我今天真的不舒服。”

萧楠洛吐了一口烟，好一会儿才说道：“刚好还有两个月就是中秋节了。”冷小菁脸色一白，双手揪紧了被单，吸了口气，便钩了他的脖子，身子就倾了上去。萧楠洛掀开被子下了床，背对着她说道：“不是说不舒服吗？那就早点休息。”说完转身离开。

冷小菁愣了一会儿，才侧着身子躺下来。难怪今晚的月光这样皎洁，原来又快到十五了。这么快，竟然还有两个月就到父亲的忌日了。

只记得那年的秋天来得很早，又是异乎寻常的冷。原是合家团聚的中秋节，而爸爸就在一夜之间离开了自己，快得让她根本不能相信那是真的。直到把怀中爸爸的骨灰埋进去，她才觉得，父亲是真的离开了，而她一无所有，再也不是原来被呵护备至的公主了。以至于这两年，她都对这个节日厌恶至极，仿佛是这个节日夺去了她的亲人。

回忆深了，不知道是不是哭着睡着的，因为她醒来的时候眼睛肿着，像叼着两只核桃一般，对着镜子瞧了半天，果真很丑。其实她很年轻，才二十四岁，皮肤底子好，只是再好的皮肤也挡不住一双肿了的眼睛。对着镜子给眼睛上了妆，直到觉得不难看才作罢。

她转头看了时间，正好是上午八点，比平时晚了半个小时。拉开窗帘，屋外是一大排樟树，那幽幽的叶子看上去暗沉得发乌。整理好床上的被子，又拿了外套，她才匆匆下楼。

“早上好，冷小姐。”方管家站直身子，脸上带着一丝笑容。

冷小菁怔了怔，意外的是，很难得，萧楠洛竟然坐在餐桌旁，一派衣冠楚楚的儒雅。

曾经媒体对萧楠洛的出身有过很多种猜测。人其实是一种很矛盾的动物，既要活得现实，又不想放弃心中的幻想。

萧楠洛皮肤白皙，这种白，恰到好处，不夸张不内敛，如他一直给人的印象。

如果不掺杂任何个人感情的话，冷小菁承认他的确是一个极好看的男子，拥有令人艳羡的才能与外表。和很多同行一样，萧楠洛是靠本事起家，过程不为人知，但是如今一直做房地产的投资，确实取得了事业的成功。

方管家知道她每天这个时候起床，因为她九点钟上班，但是八点钟过一点就会出门。

生活中冷小菁不能控制安排的事情已经很多，而对于时间，她想做到分分秒秒精确。

“冷小姐，您需要什么？”方管家站在一旁，恭敬地开口问道。

她点头微微一笑，“一杯豆浆，一份三文鱼三明治，谢谢。”她亦是礼貌相待。

萧楠洛生活上并没有那些西方的做派，规矩也不多，通常餐桌上是中西餐不分的。他用筷子夹起一个热气腾腾的小笼包，咬了一口，悠悠问道：“昨天为什么那么晚回来？”

她握住餐具的手顿了顿，那一口含在嘴里的豆浆不上不下，呛了一鼻子，她忙拿了餐桌上的纸巾擦拭。萧楠洛并不准备帮忙，只是抬了一下眼，仿佛享受她手忙脚乱的惶然。

冷小菁低着头，放下手里的纸巾，并不急着回答，直到喝完一杯豆浆：“我昨天发烧，去医院了。”

萧楠洛听后没有说什么，淡淡地“哦”了一声，然后低头去看手边的报纸，好一会儿才开口：“回来太晚了，为什么不叫杨医生？”他的声音平淡得无一丝波澜，可眼底深邃的冰冷像涟漪一样一点一点地漾开，漾在一双狭长的眼中，宛若秋水入桃花。

而这样的冷，对她来说又有一种异样的熟悉。

冷小菁不回答，眼底闪过一丝微微的冷嘲，萧楠洛几个月不回来，她亦不会多说什么。

她抬起眸，又垂下，淡淡地解释：“方管家给你打电话，你没接……所以……就自己去医院了……”见萧楠洛不说话，她回答得更加小心翼翼，“我……不想给你添麻烦……”

她一副胆小懦弱的样子也未尝不好，至少萧楠洛受用得多。只是，她还是希望他不要生气，他的脾气太古怪，前一秒平静，下一秒就怒了。

萧楠洛坐在那里，轻轻弯起嘴角，对她的回答不置可否。

昨晚的确没空，和一帮朋友在外面玩，那样的地方，即使手机响了，自然也是听不见的。他轻笑两声，转眼继续看报纸。

他安静下来不开口，冷小菁也不想自讨没趣。或许是受了他的影响，她也喜欢在早餐时一边用餐一边看时尚杂志，既然从事传媒行业，多了解一些东西总是没有错的。

方管家做事仔细，对于职责之内的事情从来一丝不苟。这本经典的时尚娱乐杂志昨天才出刊，今天就已经摆了上来。娱乐新闻专题依旧是这本杂志的主打，标题醒目地写着："新晋影后晓晓昨夜会男友"。

左晨晨对于娱乐八卦向来乐此不疲，坚信"女人不八卦，野猪倒着爬"，得她传教，冷小菁对娱乐圈的大事想不知道都不行。

晓晓是今年的新晋影后，年纪轻轻，清纯与性感并存。因在某重要国际电影节上大爆冷门地夺了影后，成为第一个得此殊荣的华人女星后，晓晓从此晋升国内一线女星的行列，其主演的电影也在国内各大院线重新上映，晓晓着实红了一把。而在这样关键的时刻爆出绯闻，对于依旧是圈内新人的明星来说着实少见。因此更加让人猜疑是何方男子赢得佳人芳心，竟然让佳人不顾蒸蒸日上的事业传起了绯闻。

照片拍得不是很清楚，都是背面照，但仅仅是一瞥，那个背影便让冷小菁觉得莫名熟悉。或许背影会有相似，但是后面的背景里不起眼的车牌，尾数三个1，就真的暴露了车主的身份。

萧楠洛这个男人癖好不多，但是对于数字有一种异乎寻常的执着，仿佛成了一种执念。无论是手机号码，车牌号，还是门牌号的尾数都是三个1。她看了一眼对面静静看报的男子，脑海中不由得联想到他的车，勾勒他的背影，黯然失笑，原来自己也有八卦的时候，对象还是自己的丈夫。

用完早餐，冷小菁去公交车站等车。早晨上班高峰的时候，车次总是会频繁一点。不过今天不知道是什么原因，她站在这里已经有十几分钟了，却不见有一辆车子来。

她很知趣，不会无理地要求他送她，当然，那个人常常不回来住，自然不能麻烦他这位大忙人。要说司机，她更加不敢劳驾。

一声喇叭声响起，一辆熟悉的车子停在眼前。她一下子愣住，等到反应过来，车里的男人已经探出了头，整齐好看的发型，深邃而立体的五官，还有性感的薄唇，勾出嘲讽的弧度。

“上车。”他简单地开口，很少见的悠闲。而她一脸的惊愕，只觉受宠若惊。萧楠洛从来就不是一个有耐心的男人，至少，对着她就不是。丝毫的犹豫，已经让车上的男子露出不耐烦的神情。他的眉头蹙起来，一只手抚着额头，另一只手有规律地敲着方向盘。

她很知趣地拉开车门，弯腰跨进后座。

萧楠洛清冷的声音传来，敲敲座椅，“坐前面。”

冷小菁只好下车，坐到副驾驶的位置上。不是她矫情，而是根据以往的经验，萧楠洛用车子载着美女的时候，看见她一个人走着，心情好的时候，会捎上她，不过也仅限于心情好的时候。那时候，她如坐针毡。萧楠洛和美女在前面聊天，她在后面一个人发呆。那种感觉说不出的诡异，她宁愿一路踩着高跟鞋步行到公司，也不愿意再次坐他的车。

他注视着前方，估计是出去打球，穿着很休闲，上身是随意的 Polo 衫，下面是米色的棉质长裤，有点玉树临风的味道，丝毫不逊色于杂志上的男模。

只是与过于精明的男子相处并不是一件容易的事情，她不得不相信左晨晨对于帅哥的口头禅——对于帅哥，只可远观而不可亵玩焉。

“去你们公司？”他问。

她愣了一下，才知道他在和自己说话，因为车子上就他们两个人。

她没想过萧楠洛会送自己到公司门口，下了车，本来想说一声谢谢的，只是她刚下车，他的车子便咻的一声离开了。

左晨晨趴在冷小菁的桌子上，软绵无力地问道：“小菁，我们是好朋友，对吧？”

冷小菁那时候正给阳台上的蝴蝶兰浇水，然后把它们搬到阴凉的地方。夏天蝴蝶兰生长旺盛，一朵朵花朵蓝得很艳丽，仿佛是春天田野间嬉戏玩闹的蝴蝶，竞相追逐，好生热闹。可是，再怎么喜欢，这种花，她总是养不长久。

她倒了一杯水，坐在位置上，看着左晨晨的眼睛说道：“当然了，很好的朋友啊。”冷小菁的性子软，不善交际，看见生人总是垂着头，像犯了错的孩子，自然在这个文学杂志社也没有什么谈得来的朋友。左晨晨虽然嘴巴不消停，可是也仅限于对着冷小菁的时候。她写文章，左晨晨是作图的，相得益彰。工作上的好搭档，并不意味着生活上也是聊得来的闺密。不过这话在她们两个人之间行不通。

左晨晨立马从桌子的对面走过来，站到她的身边，居高临下地说道：“那我问你，今天那个开车送你上班的人是谁？”她问得像煞有介事，让冷小菁吃惊不小。

都说好奇心杀死猫，她没想到萧楠洛送她过来会被八卦的左晨晨看到。她与左晨晨的关系再好，也只是一年的同事，而她并不是一个乐于和别人分享私事的人。所以左晨晨对于她的事情，知道的寥寥无几。

她佯装心情郁闷地叹了口气："哦！是今天在路上不小心撞到我的人，丝毫没有责任心，把我撂下就走了。还说最讨厌敲竹杠的人了，希望我不要助长社会上不诚信的风气……"话到一半，瞟了左晨晨一眼，果然，这个妮子和自己想的一样，脸上杀气腾腾的。随后，她又道："真是的，有钱的不一定有文化啦！"

左晨晨赞成地点点头，失望透顶地又趴在她的桌子上，"我还以为你遇到了什么极品呢，谁知道是个人渣……真是可惜了，可惜……金玉其外，败絮其中……"果然一番话换了思路，左晨晨不再追问那辆车子的主人是谁了。

其实为什么要隐瞒，冷小菁自己都说不清楚，萧楠洛都没有公开他已婚的事实，那么她又有什么理由去大张旗鼓地告诉别人他们之间的关系呢？

第三章　回忆成殇

对于大多数朝九晚五的白领来说，上午的时光过得最快。

和左晨晨在写字楼里用完了午餐之后，冷小菁坐在办公桌前发呆。夏日的午休时间较长，楼层里中央空调的温度刚好，可她偏偏总是少有睡意。

办公室的窗户朝南，对着公园。三楼的位置，窗口恰好对着一排齐平的樟树的树尖，油翠翠的绿意恰到好处地掩住了夏日的燥热。

记得之前父亲在时，院子里也有这种树，父亲总说："樟树常青，图的就是一个好意头。"

上学年纪的孩子从来不信这个，她嗤之以鼻并和父亲唱反调："我看常青不了，你没看到左边的三层楼房挡住了阳光吗?"

那个时候肆无忌惮，后来却一语成谶，父亲去了，而父亲一手创办的公司也轰然倒塌。

桌上的手机响起，"小菁，这么长时间不见，你也好意思放我鸽子。昨天露茜来 T 市开会，还提到你，说当年的一班同学就你没联系上，结果你还是没来，不够意思啊!"海蓝言语之中多有被放鸽子的不满。

她用手指夹着笔在一张纸上轻轻画着，抱歉地回道："昨天有事，明天怎么样?”

“行，这可是说定了。”

海蓝是冷小菁的大学同学，当时一个宿舍。她是在外省上的大学，那个时候宿舍里一共六个人，其中四个人是同乡，与她不甚亲近。而她和海蓝，关系自然而然就好了起来。明明是一个热衷于人际交往的女孩，却喜欢陪在她这样一个安安静静的女孩子身边，冷小菁对此一直都想不明白。

下班了，原本晴朗的天，却飘起了丝丝小雨，更添一番清爽宜人，街上没有因为这天公不作美而少了热闹。

华灯初上的街道，繁华依旧。

商业街街头，人潮涌动。有一些没有带伞的情侣，慌乱地嬉闹着躲到店门口。

看到这样的场景，她想到了那首上学时喜欢的歌曲《素颜》：如果再看你一眼/是否还会有感觉/当年素面朝天要多纯洁就有多纯洁/不画扮熟的眼线/不用抹匀粉底液/暴雨天　照逛街/偷笑别人花了脸/如果再看你一眼/是否还会有感觉/最真实的喜怒哀乐全都埋葬在昨天/不掺任何的表演/轰轰烈烈那几年/我怀念　别怀念/怀念也回不到从前……

说的就是年轻人的青春无限，不用化妆的美丽，不过青葱岁月只能匆匆而逝。

当初冷小菁也是这样快乐，一切的不幸都远离自己。想想现在，看着热闹的街头，似曾相识，却又相当陌生。生活是一场电视剧，下一秒的剧情你可能永远猜不到。

脚下的大理石湿漉漉的，她还没有进入地铁站，左晨晨的电话就来了，隔着老远对她一阵嚷嚷：“小菁，你怎么跑得这样快，我不过就是去了印刷厂一趟，结果回来你都走了，太不守信用了，你答应今晚陪我看电影的啊!”

到底是什么时候答应的，冷小菁已经记不清楚了。

卢梭说过，人生而自由，却无往不在枷锁之中。

对于冷小菁来说，每晚回去，就是她的劫。

左晨晨拉着冷小菁去中心街吃了韩国料理。酒足饭饱，时间刚好，两人转去最近的娱乐城看电影。

“小菁，你这么痛快就答应陪我看电影，你不用回去陪老公啊?”左晨晨突然问到冷小菁的私生活上了。

冷小菁一惊，她从来不知道左晨晨是什么时候知道她结婚的事情的。

左晨晨笑笑:“怎么啦?你不要欺负我不知道哦，我这个人可是粗中有细。今年三月份的某一天，我看到你左手的无名指上戴了一个华丽丽的戒指。你老公应该很有钱吧?我看了一下，你的那个戒指是双环的，镶嵌三十七颗圆形美钻。”

冷小菁惊讶不已，说实话，这种话也只有左晨晨说得出来。她戴过一天，说得更清楚一些就是上班前浇花的十几分钟，这丫头就能把一圈的钻石数清楚，倒是让她哭笑不得。

其实那天是她和萧楠洛结婚两周年的日子，即便是当初在不情不愿的情况下结的婚，她也清楚知道他对她没有爱，但是对于这个日子，她依旧记得清清楚楚。

他们结婚的时候，什么都没有，她知道他不喜欢她，所以关于结婚的东西一样没有准备。

但那个戒指到底是萧楠洛送她的。有一次，她早上用餐时在杂志上盯了好久，那时萧楠洛也在，难得有兴致地问了一句:“在看什么，眼珠子都快掉下来了。”

她当时刚刚和他住在一起，少女的心性还没有磨去，笑着抬起头，眼中是一片纯真的顽皮，指着杂志上的戒指道："你看这款戒指是不是很好看?"

她记得他淡淡地看了一眼，什么都没说。

后来过了很久，萧楠洛让寒木送来这样一款戒指。

或许那些日子萧楠洛的心情异乎寻常的好，两年的时间，七百三十多个日子，萧楠洛单独带她出去度假，就只有那么一次。

是海边，她从来没有听说过的地方，也根本分不清是什么方位，只知道船在海上开了很久，她又晕又吐，昏昏沉沉的，醒来时已经到了。那里住的人很少，生活较大城市来说很贫穷，也只有一所学校。孩子们的生活很苦，晚上又经常断电，没有什么好吃的，当地人吃得最多的就只有海鱼了。

她不知道他为什么要带她来这样一个地方，或许是有着刻骨铭心的回忆，是爱人还是其他的，她说不清。

那里的孩子很喜欢他，他刚到学校里，那些纯真的笑脸就迎上来，围着他不放，一个劲地喊他："萧叔叔！萧叔叔!"

有个小女孩跑上去委屈地扯住他的衣角问："萧叔叔，你已经三年没有来了，你看!"小女孩指着自己的校徽，认真地告诉他："萧叔叔！你三年不来，妮妮已经从一年级上到四年级了!"

萧楠洛第一次露出那样亲切的笑容，冷小菁发现其实他笑起来真的很好看，露出一口白牙，嘴角有不易察觉的酒窝。由于营养跟不上，那些孩子很瘦小。他蹲下来，浅笑着对小女孩说："叔叔工作忙，可并没有忘记妮妮。"

那孩子果真露出了甜甜的笑容。他又哄那些孩子，把带来的图书、练习本、文具、生活用品之类的东西让小吴老师分给孩子们。那些孩子一片欢喜。

那个时候冷小菁才知道，他以前常来这里，一直资助这里的孩子上学。她知道现在很多企业为了打造形象，回馈社会，会资助一些学校的孩子，但是像他这样亲自前来的，真的是少之又少。

又或许，他的温情会给其他人，独独不会给她。

终究是没有受过什么苦，那里天气异常冷，又光是吃海鱼，她没几天就生病了，上吐下泻的。他背着她去山里的医生那里诊治，来来回回地沿着山路跑了几趟。那时候还下着雪，费了那样大的劲，她才渐渐地好起来。

他那时冷嘲热讽地说：“果真是千金小姐当惯了，这样就挨不住了。”她那时总觉得身体不争气，所以一句话都不敢说。

那段日子距离现在也一年多了，她总觉得像是偷来的一样，好像明明是冬天，她却觉得是夏天，以至于在后来的日子里，再也没有这样的感觉。

“喂！那个是不是早上送你来的那辆车子？不会是你们家那位的车吧?”左晨晨指着停在一家会所门口的车子问道。

“不是，他出差了，肯定不是他的，连车牌都不对。”

对于冷小菁的解释，左晨晨不甚满意，又说：“这年头男人的话是真是假难说。就我们原单位的一个领导，因为调了单位，在那边养了小的，为了情人贪污，结果纪检的人来找他谈话，之后就进去了，他老婆还被蒙在鼓里呢!”

老公出轨，做妻子的永远是最后一个知道的，世上的事大抵都是如此。

其实那辆车子真的是萧楠洛的，车牌的尾数是三个“1”，她看了一眼就认出来了，而对面就是一家娱乐中心。很多事情心知肚明，她却不愿多想。因为世上的很多事情经不起细细推敲，做了也不过徒添烦恼。

电影是最新上映的《失恋 33 天》，虽然是小成本的爱情电影，但是上映之后口碑很好，一度成为年度票房奇迹。

左晨晨出来的时候还滔滔不绝地讲着剧情："你说被在一起这么多年的男朋友甩了真的能这么快就走出阴影，那也就只是电影里的黄小仙了，若真这样，中国的女人也算厉害了。"

冷小菁道："思想表现出来就够了，坚不坚强，自己遭遇了才知道。"

回到别墅，已经过了晚上九点，大多数住宅的灯已经亮起，但是因为住户甚少，绿化面积很大，那灯光亮起来也是稀稀疏疏的，像天空的星星一般。

进了屋子却是极安静。在玄关处换了鞋，转身看到方管家站在后面，冷小菁吓了一跳。

方管家脸上微露笑容，道："冷小姐，晚餐已经准备好了。"

此时冷小菁才看到餐厅桌上摆了一些菜，看上去有些冷了，菜色却还不错。她那句"我已经吃过了"差点就要脱口而出，却还是笑着道："看完电影就回来了，到现在还没有用晚餐。"

"先生说您感冒刚好，饮食需要照顾。"方管家说着话，向厨房里的人打了个手势，有人上前拿了菜去厨房里加热。

冷小菁把随身背着的包搁在一旁的椅子上，有种受宠若惊的感觉，转身问："他今天回来了?"

"先生已经用过晚餐回房了。"方管家依旧恭敬。

原来如此，按照以往的情况，如果萧楠洛没有回来，晚饭便需要她自己准备。厨房里的人静静地开始上菜，端上来的东西果然清淡养胃，虾仁紫菜粥、蒜蓉西兰花、清炒苦瓜、白灼菜心、菌汤，微微冒着热气。

偌大的餐厅就剩她一个，玻璃材质的餐桌又冷又硬，手放在上面微凉，可是心里却有一丝暖。

这样的场景多么熟悉，她眼中不由得氤氲起来。那些温馨诱人的香味，就是爸爸在的时候家里的味道。每次放学回家进了家门，就是这个样子。爸爸是从工人发的家，家具装潢没有讲究，那时候是最普通的桌子，格子式样的桌布铺在最普通的八仙桌上面，桌上摆满家常菜。原来那样温馨的岁月，竟离自己这样远了。

不知不觉，一滴清泪就这样无声无息地滴在桌布上，圆圆的，很小，然后洇散开来。

回房间时，看到了他房间的灯仍旧是亮着的，她停下了脚步。她的房间距离他的最远，是冷小菁自己选的。萧楠洛那时候隔三岔五地带女人回来，她只能远远地躲着。隔着一条长长的走廊，她总觉得会安全一些。

那时候，她刚来这里，小心翼翼。上学的时候读《红楼梦》，读到林黛玉进贾府时，老师讲得颇为认真。小姑娘年纪轻轻，总是小心谨慎，处处留心，步步留意，不肯多说一句，多行一步，唯恐被人耻笑。那时候，生活那样惬意，少年不识愁滋味的年纪，自然是不明白这份寄人篱下的艰辛。而现在，她已经深深地懂了那一种处境的艰难。

地面上的大理石总是泛着幽幽的青光，好像飘浮着三月清晨的薄雾，透着无尽的寒冷。顿了顿脚步，她还是下楼进了厨房。

手机的闹铃响了起来，时间刚好，冷小菁把一锅枸杞排骨莲藕汤端了下来。

把汤用白瓷碗盛好，然后端上楼。萧楠洛的房间里依然有光，从门缝里面淡淡地透出来。她小心翼翼地叩门。

只听到有低沉而充满磁性的嗓音从里面闷闷地传来，淡漠而简短："进来。"

她轻轻扭了门把。里面的萧楠洛正在电脑面前处理事情，抬头看到是她，狭长的凤眼微微地眯了一下，停下了手中动作，没有惊讶，就这样注视着站在门口的她。空气瞬间冻结了，两人都没有说话。

他没有出声。她也不进去，垂了眼帘，端着汤，站在门口。

"有事？"他终于开口，淡淡问道，转头看着手中的文件，右手还优雅地夹着一支笔。

她上前，每一步都很小心，像是美人鱼变成人形后用脚踩在地上。"我给你煲了汤。"她说。

萧楠洛的书房很干净，没有什么奢华的装饰，是复古的风格。后面的一面大墙上有深色格子的储物架，棕色的材质，上面陈列着一些价值不菲的摆设品。唯一格格不入的是一个相框，五寸的照片，镶嵌在木质的相框里，已经有些泛黄，仿佛是古老的电影，流淌着岁月的光辉，刻在了记忆的深处。

照片上面的女孩很年轻，最普通的穿着，微微地笑着。她旁边是萧楠洛，他的手放在那个女孩的肩上，很自然。她心底曾经无数次猜过那个女孩子的身份，最终得出的结论是她是萧楠洛心爱的人。

萧楠洛抬眼看到她痴痴地看着照片，脸上露出愠怒的神色，冷冷道："放在这里，马上出去。"

她马上放下东西，逃似的离开了他的房间，仿佛后面有洪水猛兽在追她。

她知道，他很生气。那个女人是萧楠洛不能触及的禁忌。

很轻的关门声之后，房间似乎安静了，比之前更安静。萧楠洛才看了门口一眼，手一按台灯的开关，啪的一声，周遭一片黑暗。

已经过去这么久了，她每次就这样笑着看着自己，那样甜美的笑容，笑得他心里直发虚。所以他不把照片摆在自己的面前……她的容貌已经模糊，能记起的事情零零碎碎，已经不多。却依稀记得那年秋天，她穿着白色棉质的连衣裙，站在村边的那棵老槐树下哭。原来是找他的时候，她被村头一户人家的狗咬了。他吓了一跳，忙蹲下去看，她瘦削的小腿上真的有两排狗的牙印，有滴滴血珠渗到外面，已经凝固成深红色的珠子。于是他二话不说，让她回家告诉家长带她去打疫苗。她听了，哇的一声哭得更厉害。他好不容易哄住，她才恹恹地说怕被家里人骂，他拗不过她，只好骑着自行车载她去了镇上的医院。

那个秋天，晚上的风是冷飕飕的，夹杂着细细的雨丝，寒冷彻骨。可是，他那一个礼拜都是高兴的。放了学，他就去接她打针，而她挣扎着不愿意，可是去的时候确实开心得眉眼都弯成了月牙儿。

灰暗的空间，透进来惨淡的月华。那个在椅子上睡着的男人，脸上如刀工雕琢般的线条，都软化和谐成另外一种温暖。

第四章　狭路重逢

夏日的日头烈艳艳的，冷小菁中午下了班，打了车就赶过来，到底还是晚了。在一楼就看见海蓝在二楼靠窗的位置上向她招手，她走了过去。

冷小菁在这个城市的朋友不多，很多同学都失去了联系，所以能够出来喝喝茶的朋友就很少了，但她和海蓝保持着联系。

两人都是中文系毕业的，冷小菁只找了个文学杂志社的工作，而海蓝却到一家大的报社做了记者。海蓝的工作相对来说是很忙的，这阵子两人已经好久没有联系，这会儿倒是热络地联系起她了。

“这么早到。”冷小菁走到位置上，笑着打了声招呼，把包放在一旁。

海蓝很随意，甩了甩垂在背后的头发，不屑地开口：“瞧瞧，跟着这么有钱的男人，却穿得这么低调。”她酸溜溜地摆摆手。对于冷小菁的家世背景，从大学到这两年的生活，作为她身边最亲密的朋友，海蓝算是知根知底的。

海蓝的前面放着一杯蓝山。这家咖啡馆里的杯具很讲究，上好的骨瓷，经典的维多利亚风格的杯具，精美典雅。而她的面前，放着一杯焦糖拿铁。细细的热气袅袅地向上延伸，咖啡浓浓的香醇沁满了鼻端。拿起汤匙，微凉，放入杯中，从中间一点一点搅拌，汤匙与杯壁碰撞，发出清脆的声响。

这间咖啡馆几经周折，最终还是在朝夕万变的城市变迁中生存了下来。

冷小菁已经习惯了。海蓝说话一向这么直，写文章的时候读者亦称她文笔辛辣。冷小菁打量对面的海蓝，她身上是一件香奈儿夏季的新款，中袖，高腰，高雅而不失华丽。而她一身普通的职业套装，倒真是相形见绌了。

冷小菁淡淡地笑笑，眸光一片柔和："我怎么能和你比，这么潮。"

她知道海蓝的性子，海蓝在外在的穿着上亦是讲究，喜欢追求好的东西。即使生活费已经捉襟见肘，仍旧要维持风度。上学时，为了买一件她心仪的衣服宁愿一个月不好好地吃一顿饭。这就是她印象里的海蓝。冷小菁把海蓝当作知己，为数不多的朋友之一，是因为海蓝对她知根知底，了解她的不幸，也目睹了她这几年的生活。

海蓝倒不以为意，解释道："你知道现在要跑新闻，做采访的，自然是不可以穿得太寒酸。"

冷小菁笑笑，这也算是个勉强的理由吧。

"最近怎么样，看你的气色不错，他最近应该没有对你怎么样吧？"海蓝忽然转了话题，问道。

冷小菁脸上的笑容凝滞了一下，搅动咖啡的手也忽然停了下来，萧楠洛和她还不是那样，不过最近应该还好。

"还是老样子。"她低头抿了一口咖啡，淡淡地回道。

"哦……这样……"海蓝低低应道，若有所思地看着窗外，似有失落。

冷小菁疑惑："怎么？"

海蓝回过神来，神情慌乱了几秒，然后笑着说道："咳……没什么，不是担心你吗？你说总是这个样子算怎么回事？再有什么债，你这样子也该还清了。"

海蓝每次说到这个问题上，总是很激动。冷小菁也知道，她在为自己着想。

再有什么债……也该还清了……可是，在萧楠洛眼里，再做多少，也还不清……

明明时节已经过了盛夏，秋意渐浓，可夏日的暑气一直未散去。未到上午九点，街头已经是烈日炎炎，毒辣的太阳好似要把柏油马路烤焦似的。街上的行人顶着烈日，自然是来去匆匆。

刚到公司的楼下，冷小菁忽然发现昨天写好的样稿没有带，因为是晚上在家做好的样稿，所以也没有拷贝。准备今天早晨直接拿到公司给李副主编看的，谁知一觉醒来，看见萧楠洛那一张熟悉的面孔出现在她的眼前，愣了几秒，差点从床上滚下来。

其实他们一直是分房睡的，萧楠洛不愿意和她睡在一间房间。所以早上一醒来，发现他在她的床上过了夜，真是吓得她的三魂七魄都出窍了。

萧楠洛有轻微的起床气，起床时间比较随性。她自然不敢吃了熊心豹子胆吵醒他，放轻动作悄悄地把他横在她腰上的手移开，然后拎着衣服到洗手间穿好，像走在屋脊上面的猫一样，踮着脚尖离开了房间。

也许，那天真的是天降红雨了。她重新回家，拿了样稿，坐在出租车上，心急火燎的。看了一眼手表，已经八点五十分了，看来是要迟到了。

快到公司楼下时，无奈前方的红灯还有好几十秒，她匆匆地给了钱，然后准备自己跑过去。一下车，火热的空气袭来，仿佛进入了桑拿房一样难受。急急地过马路，一辆车子呼啸而过，直闯红灯，她没站稳，踉跄地向后退了几步，差点崴到脚，只是几张样稿在马路上面乱飞。红灯过了，黄灯闪了几秒，马上变成了绿灯。车子启动，一辆接一辆，那几张可怜兮兮的样稿被车子疾驰而过带起的风卷得飞出好远。

魏峥路过的时候，就是看到这样的场景。

一个穿着深青色套装踩着高跟鞋的女孩为了手上几张纸，慌乱地站在车流滚滚的街头，在烈日下显得越发白皙的脸上写满了懊恼与焦急。

魏峥看了看旁边的后视镜，方向盘一打，车子在马路上画出一个漂亮的弧度，停在了冷小菁的面前，然后打开车门。

冷小菁没想到能再碰到那日在雨中见到的男子，同样是帮了自己的大忙，地点同样是马路上，十字路口。在别人看来，这是缘分……而在冷小菁看来，她只是运气好遇到了一个好人。

魏峥把手上的几张样稿交到她的手上时，她手足无措不知道怎么表达感谢。结果她拿到样稿之后，傻愣在那里，然后弯腰鞠了个躬。

魏峥被她这个动作逗乐了，他自己是三十一二岁的年纪，而眼前的女孩应该也有二十了吧，而言行居然像个小学生。

两边的车子都在不耐烦地鸣着喇叭，等着马路中间的一对男女让路，有甚者已经探出头来谩骂。直到此时，身为当事人的两人才想起这是在车流不断的马路上。

有点忐忑不安，为了感谢魏峥两次出手帮忙，冷小菁用了中国最俗套的方式感谢，请魏峥吃饭。

“来了来了，我看真的是要天降红雨了，你这个公司标准的上班不迟到怎么今天这么晚?”左晨晨看见她进来，一个劲嚷嚷。

冷小菁哪顾得了她的嘟囔，忙放下手中的包，拿过样稿，抓过她的手问道：“李副主编来了没有?”

“还没，快点去吧！把她要的东西放在桌子上，那个主子是很难伺候的!”

“知道……知道……我马上……”说完，她踩着高跟鞋便匆匆往外面跑。

总算是过了这劫，她现在又闲下来，此刻坐在座位上发呆。手里握着一张硬邦邦的名片，上面写着恒顺律师事务所——魏峥。好奇怪的名字，她喃喃地念着“魏峥”这个名字，名字霸气，历史上不是也有这么一位名字相近的大人物吗?

“谁啊?拿着一张名片看这么久?我来看看!”左晨晨二话不说，贼兮兮地抢过她手中的名片。看清了之后笑嘻嘻地说道：“魏峥……咋这么奇怪名字?谁啊?”

“路上遇到的，只见过两次面。”她在沉思，就着左晨晨的话回答。

左晨晨一阵激动，然后又忽然想到什么似的垂下脑袋：“是不是那个开着迈凯轮的家伙?”

冷小菁直接否认道：“不是。”

周五的傍晚时分，下班的高峰期，马路上开开停停的车子，宛若一条蜿蜒的游龙。

她隔着一束束芳香馥郁的花朵，静静地看着外面热闹的街景。忽然之间，仿佛觉得很熟悉。父亲在时，她也是兴高采烈地坐着司机叔叔的车子回家。

流年似水骤逝，父亲离开已经两年了，不久就是父亲的忌日了。

她记得父亲喜欢淡淡的雏菊，清雅淡然，就像他的为人。这个季节，花店里的菊花品种多样。

手机此刻突然响了起来，是一个陌生的号码，她犹豫了一下，才接了："你好。"

那边的声音有点熟悉，温和如玉，他浅浅道来："是我，在雨中的有缘人。"原来是他，她脸上浮现了笑容，没有问他是怎么知道了自己的电话号码。

"原来是你。"她说道，竟然有一点兴奋的意味。其实眼前就是一片花海，有玫瑰，一大片一大片的，像厚实的地毯，旁边是康乃馨，小小的花朵，不知为什么，那时候，她的心里就多了一分温馨。

她不说话，魏峥以为她挂了："你没挂吧？你可还欠我一顿饭。"

冷小菁那时已经出了花店，看着宽阔的街道，看着他们相遇的街头道："我没想抵赖，会请的。"

对方听到，马上说道："好吧，那就今天。"她听后，讶异了一下，不禁觉得那位大律师就眼巴巴地等着她的一顿饭。她有点好笑，笑着回道："好吧。"

小王把今天案子的资料整理好放在桌子上，看见平时不苟言笑的魏律师咧着嘴高兴地笑着，疑惑道："魏律师，什么事这么开心，难道这个案子我们赢定了？"

魏峥不理会，笑着摇摇头，拿起外套、车钥匙以及公文包，便走出了办公室。留下助理小王一脸狐疑。真是奇怪，原来有的男人是不笑则已，一笑犹如春意盎然啊！

冷小菁不是偶像剧里不谙世事的小女生，不会拉着人家去什么街边的小吃店。她懂得人情世故，虽然自己过的不再是衣食无忧的生活，但是一顿饭也还是请得起的。

她带他去的是一家中规中矩的餐厅，从名字上看是这样，因为是有名的主题餐厅——星期五餐厅。里面的装饰别具一格，兼具小酒吧、餐厅、与朋友聚会的包间，加上其出色的菜单，各式口味绝佳的调酒，还有精力充沛、亲切活泼的服务人员，因此很受欢迎。

里面很舒适，虽然是星期五，但是人却不是很多，里面的氛围让人可以放下一切。特别是吃饭不必正襟危坐，这些都是忠于时尚杂志的左晨晨告诉自己的。

“这里果然很特别。”魏峥去惯了一些五星级酒店，就算七星级的酒店也是去过的，场面上的人，地方越奢华，人情也就越淡了。

本以为他是一个律师，职业病很重，会不喜欢这种地方，不过，冷小菁看到他脸上的笑意，应该是喜欢的。仿佛是三月的春风，醉人，可以拂过人的心头。那种暖暖的感觉，竟然像是父亲在的时候，她找到了家的感觉，舍不得不要。

“希望你会喜欢。”她松了一口气。找到一处角落坐下，奇怪的桌子，但是桌子上面的茶具很精致。

冷小菁拿过菜单，递给对面的魏峥，魏峥笑着摇摇头：“还是你点吧，我对这里不了解。”她接受他的意见，低头点菜。

魏峥就这样看着她。她像个挑玩具的小孩，脸上光彩熠熠，让人挪不开眼。估计看到什么好吃的，竟是粲然一笑。他发现，这个女孩不仅有一颗金子般的心，小女人般的性子也很吸引人。

眼前的光与影开始渐渐地模糊，他却依稀可以透过她现在稍许成熟的脸庞，看到那一年脸上有些婴儿肥的女孩。

那不是一个浪漫的城市，没有巴黎的狂野，没有普罗旺斯的唯美，更没有伦敦的古典，来来往往的，都是能在华尔街占有一席之地的人，美国从来不需要没有能力的人……当真是世态炎凉。

那时候他真的很穷，家庭很普通，父母连工薪阶层都算不上。而那时候年轻气盛的他执意要去国外留学，做父母的哪有不同意的，拼拼凑凑，拿出全部的积蓄，问亲友借了钱，才凑齐费用，让他出国读书。可是生活并没有想的那么如意，只记得那是一个冬天的早晨，美国纽约的街头……

他做兼职被炒了鱿鱼，身上没有带钱。他坐在公园的外面，觉得生活真难。

她那时候估计是和父亲一起出国旅游的，穿着随意。在美国这样的西方城市，她扎着两条小辫子，很洋气，一顶呢绒小帽，黄色的羽绒背心，棕色的羊皮短靴，看上去只有十五岁左右。她欢快得像只燕子，拉着自己父亲，亲昵调皮。估计是早晨出来散步，看到了坐在公园座椅上的他。那时候的他，风度全无，因为没有吃早饭的缘故，在寒风中有些瑟瑟发抖。她看到他是个华人，把自己手上捧着的一杯奶茶就这样放在他手中，他那时感动得差点眼泪就要流出来了。触上她手的一刹那，他整个人都有了生气。她的手不大，对于他来说，很小，很柔软，很暖和。他看着她，而她意识到之后，却马上退后几步，怯怯地看着他，小声地说了一句："哥哥，那杯我没有喝过。"然后突然跑近，急急翻着自己口袋，把剩下的一些硬币全部塞入他的掌心。

他笑笑，觉得她真是温室里长大的小孩："你不怕我是坏人？"

她小声嘀咕："不，我只知道……你是中国人。"说完，听到父亲在喊她，小女孩立马笑嘻嘻回头。她的父亲对她一顿训斥，然后拉着她走远了。那是他那些异国求学经历里为数不多的感动之一。第一次见面的时候他没有认出她，只是对上那一双纯净得不含一丝杂质的眸子时，记忆的潮水翻涌而来。

“呃，怎么了?”她点了奶油蓝起司沙拉酱，加上意大利面，抬头看见他看着自己微笑，微怔。

只是她不认得自己，魏峥心里一阵失落。

这顿饭吃得很愉快。魏峥读过很多书，出国留过学，无论是热门话题，还是人物地理，他都能侃侃而谈，诙谐幽默，引得她忍不住笑起来。

冷小菁了解到了他的一些生活经历。他是个很有能力的律师，寒门学子，能获得如今的成就，成为一家律师事务所合伙人，也实属不易。

两人用完餐出了餐厅，外面繁华依旧，处处霓虹灯闪烁，这个城市的夜生活才刚刚开始。空气里飘荡着浮躁的因子，不远处的住宅区已经亮起了密密麻麻的灯光。夜风吹来，徐徐吹散仅剩的一点余热，车子一辆一辆地疾驰而过，流水一般。

冷小菁本是拒绝魏峥送自己回家的请求的，然而魏峥坚持，认为女孩子晚上一个人回家不安全。

魏峥在听到她报了地址之后，沉默着没有说话，原本温暖明亮的眸子变得暗淡下来。

车子减速，迅速停下。冷小菁晃了晃神，才看到前面已经到门口了。

人与人之间的距离，其实是一门学问，不能太近，也不能太远，这样其实最安全。因为一身狼狈，宁愿把自己变成刺猬，一直防备，不曾靠近，不曾离开。

她说：“魏先生，谢谢你送我回来。”

而魏峥一句话都没有说，只是淡淡地点了一下头，车子咻地一下离开。或许，他已经有所了解……

她回头，车子已经驶远，远远的，只剩下一抹淡淡的尾灯。终究是会消失的，仿佛是最遥不可及的海市蜃楼……最后，她还是一个人留在开始的地方，什么都没有变。

到最后，只剩她一个人……

不远处，还是那所别墅。

只是，她现在还不知道，今夜，对于她来说，是个不眠之夜。

第五章　轻流暗涌

进了门是一室安静，她在玄关处换好了鞋，转身看到方管家站在身后，只是一脸异样的沉默与严肃。整个客厅的灯似乎比平时亮了些，上面挂着精致的镂花的水晶灯，整个屋子通透明亮，没有一角黑暗。

她不由得退了几步，身子晃了晃，一种莫名的异样感从心底升起，熟悉而慌乱，与某种可怕的魔咒重合在一起。

方管家身后的旋转楼梯，纤尘不染。她的目光沿着阶梯一层一层往上探去，目光顿住，上面落了一件皮草披肩，仿佛是一个女子妖娆的身段。

那一刻，她就突然明白了，心陡然冷了一大截。

“他又带女人回来了？”她站在那里，眼睛瞪得大大的，像失了魂魄一样，指着楼梯，望着方管家。全身的血液，仿佛连毛细血管里流淌的血液都顿时沸腾，然后冷却，腿有些软，软到站不住。彻骨的冷意袭来……指甲深深陷入掌心。她知道，她的问题是多余的，可是她还是傻傻地问了，只是因为不甘心。

手中的包一下落在地上，今晚上的情绪像是一个气球一样膨胀到一个临界点，濒临爆发。她突然似疯了一样向楼上跑去……

旁边早有人上来拦住：“冷小姐，您别这样。”方管家道。

她知道自己一定是疯了，而且不止疯了一次，每次都是头破血流，竟然仍然学不乖。她不管不顾，鞋子都不要，头发都乱了。几个用人拦着她，她被人用力地抱住了腰，扯住了腿，身体重心前后不稳。她不服，她挣扎，抓住箍着自己的那只手就咬了下去。瞬间，血腥的味道在口中弥漫，又腥又咸，竟然分不清那是别人的血的味道还是自己的泪的味道。浓浓的血腥味让她终于有了一丝清醒。

旁边有个用人嘴里念叨着："冷小姐……别这样……这么几年……您还不清楚先生的脾气吗?"

她一下子忽然安静下来，不吵不闹了，仿佛被抽空了般，氤氲在眼中满眶的眼泪滚滚而下，滴在地板上，好大的一颗。

曾经有人说有人流过带血的泪。听的时候，她觉得荒唐可笑，而这一刻，她竟然是信的。

经历过这么多，自己还不懂？真是可笑极了吧。

她摇摇晃晃地倒下，颓然地坐在地上，下面的寒意一阵一阵传来，她的脚是麻的，心是痛的。她痴痴地望着楼上，一时间，心好像经历了一个世纪的沧桑。以前的种种，的确是过往的烟云，过了，风清云散。

只是，风过有痕，岁月留迹。

她怕自己到最后连哭都不会了。不过那样也最好……萧楠洛第一次带女人回来的时候，她不知道该怎么办，傻傻地在房间外面坐了一夜。早上的时候，女人从里面出来，笑着问旁边的男人："这个是你的妹妹吗？长得真可爱。"

那一个月，她好像听不到声音一般，浑浑噩噩地待在自己房间，囿于一隅。

她该乖乖的……就算一只狗，被主人教训很多次，也会听话的。

人总需要一种力量支撑着自己，这是生活，也是生命。而她，似乎没有。人家说，船到桥头自然直，那是骗人的，有时候，当所有的路已经走遍，你会发现，其实早已无路可走。

绝处逢生，她学不会。

午夜。

不知道什么时候，她醒了过来。没有洗脸，没有刷牙，衣服都没换，醒来才发现一身汗。

她翻了一个身，还是无法入睡。窗外圆月如玉，她睁开眼，目光散漫地掠过空荡的房间，在某处停下，心跳似漏掉了一拍。写字桌后面的椅子上，赫然坐着一个人。黑暗的房间里，有一簇猩红在闪烁，房间里弥漫着烟草的味道。

冷小菁欠了欠身，支撑着坐起来，直着脊背，定定地看着他。也只有在足够黑暗，他看不见自己的时候，她才可以这样肆无忌惮地看着他。

她的脑海里刻画着他的样子，其实他有双很好看的眼睛，看人时总是喜欢微微眯着，给人一副生人勿近的感觉。眉毛极浓密，有棱有角，一直到眼角之上，这样子的男人总是英气逼人的。眉毛下面有一道很短很淡的疤痕，一般看不出来。

刚开始和萧楠洛在一起时，他睡觉的时候总是背对着她。到了早上，她总是较早会醒过来，看到他面朝着自己，沉沉的呼吸喷在自己脸上，长长的睫毛一根一根清清楚楚，她意外地看到他眉毛下面那道浅浅的疤痕。那时候，她想，只有这个时候，这个男人才不可怕。

冷小菁的爱很卑微，无声无息的，比不过一粒灰尘。不敢说出来，不敢过多地表示，因为那个男人不需要。

那样强烈而冷漠的反应，她记得清清楚楚。

她那时还在上学，总是冲动一些，懵懂一些，看到这样的男子睡在自己的身边，不了解这个男子的脾性，竟是鬼使神差地吻了上去。而他醒了，眼中是说不出的森冷，留下一个字："滚。"

原来，对于她的一切，他都是极其厌恶的。从那个时候，她就深刻地了解了。

听到床上人的动静，黑暗里坐着的男人熄了手中燃着的烟。

知道下一秒他会离开，不知道哪里来的勇气，她迅速地摸索到床头的壁灯，啪的一声，明亮的光线洒了一地。

萧楠洛瞬间暴露在灯光下，眼睛不能适应，他拿手遮住额头。恍惚的瞬间，冷小菁觉得一定是看错了，因为她第一次在那个慌乱无措的男人眼里，看到了薄薄的水光。

仿佛泪光，只是一瞬。

她看了一眼天花板，忽然又低下头，手中的被单越揪越紧，偌大的床上，是一道道深深的褶皱。她深吸一口气，看他站在那里没有动，才问："你一定要……这个样子对我？"

萧楠洛似笑非笑，又拿出了一根烟，一道好看的弧线，一朵明艳的火焰，一抹猩红燃起。他把烟夹在食指与中指间，任它燃着，目光落在不知名的别处。他吐出一口烟，笑着看着她，悠悠地说道："明天就是你父亲的忌日，我会让你好过？"

她浑身战栗，拳头握得紧紧的，耳中可以清楚地听到牙齿紧紧撞在一起的声音。她像被一道道绳子箍住，骨骼收缩的声音都能听到。可是对于萧楠洛来说，她的这些微乎其微的反应，只是一个拳头挥到了一团棉花上。

眼睛已经干涩，这样的难过，竟然流不出一滴眼泪，只是鼻子愈加酸得厉害。

她道："你还要我还多久……还要怎么还……我失去的还不够多吗……"

她仿佛要哭。

他不转头，只是冷哼："你该知道，我讨厌女人哭。"

她不依，而这一次，她受了蛊，边下床边喃喃地说道："你明明知道……却非要这样。"她不知道哪里来的力气，扳过他的身子，柔软的唇贴上他冰冷的唇，仿佛一次岩浆与冰山的交融，只是冰山不一定会融化。

萧楠洛一用力就把她推开，不咸不淡地说："胆子大了。"

她站在那里，双臂固执地缠上他的脖子，送上自己的唇。他估计今天是真的没了兴致，刚才那样的女子揽在怀里，软玉温香的，这样的动作是明显的拒绝。

她仿佛是上了瘾，似乎是小孩子那种不管不顾的性子上来了，只是凑上去，他又用力推她。

他没有兴致的时候从来都是不耐烦的，很大力道掠过她的身体，她一阵天旋地转，身子寻找不到一个着力点，扑在了电脑桌上，桌面上的资料文件以及笔筒被她撞得撒了一地。冷小菁觉得额头不知道磕到了什么，好像被硬生生地划开了道口子，火辣辣的疼痛感瞬间一股一股袭来，似细针一下一下地戳下去。

还没有反应过来，眼中有温热的液体模糊了视线，她感到脸上有什么在汩汩地流淌。她迷茫地用手一摸，透过迷糊的视线，竟然是一片血淋淋的画面，眼中是乱七八糟的图形在飞。

耳边有什么在嗡嗡作响，像蚊子尖锐的鸣声，又好像什么都听不清楚了……一片模糊，那样多的东西在空中飘来飘去……渐渐停止……

萧楠洛显然没有想到自己只是稍微用了大一点的力气，她就像算准了地方似的磕到了液晶电脑显示屏的外壳上。撞上去的时候显然力道比较大，白色的显示屏被这个女人的额头撞得前后左右地乱晃。

“你……”他本来是一肚子的火，然而这个时候却吼不出来，只说，“……别动……”

方管家跟在萧楠洛身边那么久，早就成了人精，看到萧楠洛的脸色，怕是今晚都睡不安稳。只是没想到里面会传出这么大的动静，她想着不过像以前一样，冷小姐和他闹一场，也就完事了。显然没有想到一开门是这一幅场景，她见过了两人闹得最凶的一次，也只是萧楠洛甩门而去之后，冷小菁在书房里摔东西而已。

“还愣着干什么……赶紧叫杨医生过来。”萧楠洛穿着白色的睡袍，站在门口，对她难得地发火。

方管家一惊，仔细一想，面色又灰了起来：“杨医生最近出国了……上次先生找他的时候……”她没说完，一抬头，就看到萧楠洛抱着冷小菁往外面冲。

萧楠洛拿过方管家递过来的车钥匙，抱着怀中一脸血色的冷小菁就往外面冲。

那一刻，冷小菁像陷入了梦魇，还残留着的一丝理智让她开始思考。她觉得自己一定快死了，脑袋已经被撞开了一道长河，里面流淌着滚滚的血。

额头上有痛意袭来，一定是被缠了很多道枯枝蔓藤，爬满了她的整张脸。她觉得有些话再不说就没有机会了。萧楠洛开着车的样子无比专注。此刻她精神恍惚，觉得这个男人在担心自己。

她忽然就问：“我是不是马上要死了，等血流干了之后?”

萧楠洛此时正焦躁地开车，前方的车有些多，不远处就是一个红绿灯，此时听到了她这样的问题，也不看她的脸，黑着脸说道：“你再说话我就把你丢下去。”

她还想说话，可是嘴角一动伤口都被牵着疼起来，疼得像只小猪一样直哼哼。她的声音太大，萧楠洛怕她血流多了，侧过脸去看她。她仿佛是孩子般来了劲，因为晕血，早就软成一摊，一只手抓着他的衣角，仿佛是抓住一根救命稻草。

从到医院到上电梯，再到被人抬放到床上，她都觉得晕晕乎乎，仿佛一只小船在颠簸。额头痛得没了知觉，脑袋稍微清醒的时候，伤口已经被包扎好了。医生一边说一边写着相关的记录，说道：“虽然来的时候有些吓人，流了一脸的血，但是只是在额头的左上方磕破了一道两厘米宽的口子，不是很深，缝了几针，不过可能会留下疤痕。”

“不能留下伤疤。”穿着睡衣站在一边，造型奇怪的萧楠洛开口，口吻强势，浑身散发着戾气。

女医生扫了这两个奇怪的年轻男女一眼，乐极生悲的男女她见多了，口气酸酸地说道：“不想留疤到时候去美容整形科去……年轻人再要好也不能乱来，是吧？这深更半夜玩出人命来……在现代社会也是新闻一则……”

这话一出口，冷小菁看到他的身体一震，脸上现出窘迫的羞赧。

她躺在床上打点滴，僵着脖子。萧楠洛对着她，没有一点好脸色。

她说：“对不起，是我的错。”

他转过来看她一眼，不说话。

伤口不严重，缝了针打了点滴，不需要留院观察。方管家拿了一个袋子交给萧楠洛，他换了衣服，几个小时后便载着冷小菁回去了。冷小菁坐在萧楠洛身边，一声不吭，有的时候总要为自己的任性埋单，再也没人替她担着，而她忘了。

她发现，这两年，有很多东西她越想学，却越学不会。一如有些感情，越想放下，越忘不掉。人前的时候，一个人光鲜靓丽。关紧了门，才知道一个人有多么不容易，她怕有些东西自己永远扛不起来。

夜深了，街头的车流都少了，路灯的光影稀疏清冷。虽然是坐在车里，她的心里却发寒。

一直到下车，萧楠洛都没有再对她说过一句话，只是上楼的时候丢给她一个装药的袋子。

她在镜子前看着自己的脸，因为包着纱布，里面就算变成了蜈蚣一样丑，她也看不出来。衬衫从衣襟开始就被滴上了血，她赶紧脱下，避开伤口小心地冲澡。一直到她睡到床上，伤口才开始猛烈地疼起来，不能乱动，所以连翻身都不行，只能仰躺着。

中秋将至，外面挂着一轮圆月，窗帘没有拉得很紧，露着一条小缝。她看着天幕，那明黄的月光印在上面，仿佛刻了一枚章似的。

冷小菁迷迷糊糊睡着了，到了半夜却因为额头传来一阵一阵疼痛而醒来。她总是喜欢侧着身睡，如今伤在一边的额角，免不了要碰到。虽然床上铺着秋被，反反复复地翻了几个身，背上又出了汗，身上说不出的难受，她犹豫了一会儿，起身准备冲一个澡。

睡姿不好，整个脖子都疼，第二天一早她就醒了。因为额头的伤需要消毒，不能用有颜色的消毒药水，所以只能擦酒精。她问了方管家，方管家在楼下找了一圈，才想起来楼下的用完了，三楼肯定有备着的。

萧楠洛的房间是一个大的套间，书房与卧室在二楼，和三楼通了楼梯，三楼有游泳池、健身房以及影音室。冷小菁从来没去过，那是属于他的私人空间。她去的时候萧楠洛正在那里游泳，他的身材很好，标准的六块腹肌。他有专门的健身教练，难得他偶尔去一次，也能保持这么好的身材。

过了一会儿萧楠洛才上来，一旁的毛巾架上挂满了大大小小的毛巾，她拿了一块递给他。萧楠洛短短的发梢上滴着水，随便擦了几下头发就把毛巾往架子上一扔，披了浴袍才转身看她。

“有什么事非得要打扰到我的晨泳？”他道，随后又开口，“我记得你以前也很喜欢游泳。”他一边说一边往隔壁的浴室走。晨曦微重，有光透过油绿的树叶洒进来。冷小菁跟在后面，萧楠洛身上的水滴落在地砖上，她的软拖踩在上面微微打滑，脚步都重了。她以前是喜欢游泳，父亲生意很忙，总是没时间陪她，便总给她一些会所的健身卡让她去玩。她嫁给他后，也只游过几次，后来再也没有游过。生活总是会变的，若是一成不变，人又怎么去学会勇敢。

她没有说什么，只问：“我过来拿药箱，是不是在隔壁的休息室？”

他哼了一声，大概就是在那里。

她走过去取。药箱很大，分门别类地放着各种常用药品，一格一格地贴着标签排好。关上药箱的时候，她看到最右边全部是安眠药，她手一颤，箱子沉闷地关上。

冷小菁下楼的时候萧楠洛已经穿好浴袍坐在一边，她终究抵不住好奇，问：“你经常失眠？”

萧楠洛停住脚步，转过来看她，目光幽深地盯了她几秒，嘴边扬起一抹笑，冷冷地开口：“怎么，难道你很希望我晚上睡不着？”

“当然不是，只是好奇而已。”她直接低头否认。

萧楠洛转身进浴室前说了一句：“我忘了，只有做过亏心事的人才会晚上睡不着。”说完，砰的一声关上了门。

第六章　前仇旧恨

想起今天是父亲的忌日，冷小菁回了房间就匆匆出门了。早上照了镜子，她很怕去上班的时候左晨晨看见她这个样子会尖叫起来。虽然之前她取下了额头上的纱布，此时只剩下一块小小的创可贴贴在额头，不过也够吓人的。

今天是她父亲的忌日，她不愿意让天堂的亲人见到她的狼狈。

时间尚早，七点左右，她找到一家开门的花店。

里面早有店员迎了上来，笑盈盈地问："小姐，请问你需要什么花？是买花送人吗？我们这里有刚刚空运过来的玫瑰，新鲜得很。"

店中间摆了一大片火红的玫瑰，一束束扎得密密麻麻，红艳艳地扑面而来，带着浓艳与妖娆。

"谢谢，我要这个。"冷小菁沿着店绕了一圈，选了角落的一捧雏菊，清清新新地开了一大捧，还带着新鲜的露水。

店员笑着介绍："小姐的眼光真好，一般人都喜欢玫瑰，其实细看雏菊更有一番味道。"

出了店坐在车上，她手中捧着花，想起曾经父亲节买花送给父亲，如今花依旧，而人已不在，世界最无情的，也莫过于物是人非了。

有人调侃，现在，连死都是一件奢侈的事。那时候的冷小菁不懂，后来，她终于明白，为了一块墓地，她卖掉了爸爸在她十岁生日送给她的一条翡翠项链。

清晨的墓园格外冷清，青青的石板上面湿漉漉的，有泥土的小缝里冒出几棵小草。每次来的时候，空中总是飘着淡淡的雨丝，灰蒙蒙的天空总是逼得人快要崩溃。

脚步放得很缓，她不常来这里，以至于最基本的方向都摸得不准。冷父生前也算做过大生意，死了之后却也只有这么一小块土地作为安身之所。墓碑上面的照片亦是灰白的，父亲一脸严肃。只是色调太暗，几乎要和背后暗沉的松影掺混在一起。

她把花摆在墓碑前，然后恭恭敬敬地摆上一些水果。时间久了，照片上蒙了淡淡的灰，她轻轻地擦了擦，似乎触上的还是父亲的那张脸。

“爸爸！原谅我没有经常来看你……因为我一见到你，我就会忍不住想哭……我到现在都不明白，都不能明白，你就这么走了……留下我一个人……我怎么可以忍受……我一直都知道……世界上除了爸爸，就没有人会对我那么好了……那么多的事情你都不说，我什么都不知道……却要我去承受……”

冷小菁在墓园里待了一个小时，最后站起来，拍拍膝盖上的灰尘，走的时候意外地看到了放在旁边的一束花，很新鲜的菊花，花瓣饱满。她蹲下来，把它放到墓前。不知道是父亲的哪位故友送的，可以猜测的对象不多，当初也真的是人走茶凉。举行丧礼的时候，她一个人孤零零地站在旁边看着来祭奠的人。父亲生前很爱热闹，走的时候却是那样一副惨败的光景，连一直跟着爸爸的顾叔都躲躲闪闪，她算是一朝尝尽冷暖。

摆好菊花的时候，一张卡片不经意地从花束中间掉了出来，无力地落在青石上。卡片很小，藏在包裹的彩纸最底层，不知怎么掉了出来。她弯腰捡起，上面写着："老冷，对不住了。"字迹潦草，虽然只是寥寥数字，但是笔迹颇为熟悉，很方正，不大不小，线面齐平。她脑子里忽然闪现出自己还上小学的时候，顾叔教自己写字的画面。对……没错，就是顾叔！

那时候的她终于认清了什么叫世态炎凉，人心难测，即使是以前忠心耿耿的下属——顾叔，也只能在爸爸走后做到这个样子。

那日爸爸的葬礼后，她依旧站在爸爸的墓前，岿然不动。那时候，几个叔叔伯伯辈的长辈都发现，这个原本欢快活泼的小女孩变得沉闷了，脸上没有了可人的笑容。他们无奈地摇摇头，一个个走了。

那个时候她孤单无助，只能喊："顾叔！"目光空洞，背对着冰冷的墓碑，低低地开口。

被称为顾叔的快年过半百的男人似乎没有听到，几秒之后，才停住脚步。他转过身来，颇为无奈地对她说道："小菁啊，顾叔是看着你长大的，可是谁也没有想到会遇到这样的事……我也很难过……只怪你爸爸……唉……不说了……你也什么都没有了，就好好嫁人吧……这也许是你最好的选择……"

她每次问到有关爸爸的那件事，顾叔就变得言辞闪烁，顾左右而言他。那个时候她正遇到萧楠洛，根本没有时间仔细研究那件事。而之后，就再也没有看见顾叔了，他就像人间蒸发了一样。

天空突然放晴了，只是这么一会儿，云破日出，直直的光线透过云层射向地面。她仰望天空，沉沉呼出几口气，抬手看看自己腕上的手表，时间是八点二十分，她该离开了。

果然，整个杂志社的人都拉长了脖子看着她进办公室。

桥南是个刚来的实习记者，充满阳光气息的大男孩，虽然刚来杂志社，可是年纪比她大。他看着她时两只眼珠子瞪得老大："小菁，你这是怎么了，是不是写了什么稿子有人找你的麻烦?"

他的大嗓门不说还好，一说那些原本忙着自己事情的同事也把目光投了过来，冷小菁只觉得头皮一阵发麻。

冷小菁不说话，桥南连忙拿过他的摄像机，跃跃欲试地准备来段采访。

而冷小菁冷着脸进了办公室。左晨晨也围着她身边左三圈右三圈地打转，好像要把她的身体看穿似的。

最后，左晨晨停留在她的桌子前，贼兮兮地问道："不会是遭遇家庭暴力了吧?"

正在饮水机前倒水的冷小菁听到这句话，心咯噔跳了一下，轻呼一声，滚烫的热水滚过手指与手背，疼痛的灼热感像火热的烙铁一样印在皮肤上。

手一滑，地上顿时碎了一地玻璃碴，热水溅了一地，整个茶水间一片狼藉。

"不会是被我说中了吧?"左晨晨没有在意，她一直就是神经大条。

冷小菁沉默着低下头去捡杯子的碎片，左晨晨此刻才发现她的情绪不对。冷小菁年纪比左晨晨小一岁，只是平时话不多，显得文静，偶尔和她调侃一些段子。此刻，左晨晨看到了冷小菁的失态，没有梨花带雨，但眼眶里汪着一泓清泪，薄泪隐隐，楚楚动人，隐忍而倔强，分明就是无依无靠的女人的样子。

冷小菁没有说话，只是背过身，几秒之久，才转过来，轻轻说道："没有。"

左晨晨心中不忍："想哭就哭吧，办公室里没有其他人。"

每个人心里或许都会有一段埋葬在心底的故事，不能言说，她此时亦懂。

下班以后，冷小菁在路边拦了一辆的士："师傅，去伊甸园。"

冷小菁踩着高跟鞋，走进一个陌生的小区，脑子里回忆着顾叔住宅的位置。无奈这片都是别墅区，地方有些大，又是前些年建造的，她一时有些摸不着方向，只是记得以前来的时候顾叔的别墅前有一方小小的水塘。几番摸索，终于在前方看到了一块水塘。她喜出望外，小跑过去。

不知道是不是这家，有些许忐忑。门是重新装修过的，前面的台阶也重新修葺过，焕然一新，但是位置应该没有错。

她走上台阶，敲敲大门，半晌，都没有人来。就在她失望准备离开的时候，里面有了动静，她转头，开门的是一位中年妇女，问道："请问你找谁？"

她问："这儿是不是顾祥的家？"

中年妇女一脸的戒备，冷冷地说道："这家人姓周，根本不姓顾。"然后便迅速关了门，把她当成社会上的不法分子。

冷小菁退后几步，又重新看看前面的门牌号，与记忆里相似，确定没有错误，心下觉得有些绝望，难不成顾叔搬家了？她不死心，敲开旁边的一家住户的门。里面的老妈妈就着老花镜仔细打量了她一下，觉得不是坏人，于是才说："隔壁那家也是老邻居了，两年前就搬家了……很匆忙的样子，一夜之间就全部搬走了。"

她心下感到很失落，关于爸爸的事刚理出一点头绪，结果就这样无疾而终。出了小区，拦了一辆的士，她心里一片茫然。她好像生活在一个黑洞里，而现在找到了一丝曙光，可是，忽然之间又消失了。

回到别墅，一地的清冷。晚上经过他的房间，里面没有人，空空的房间犹如巨大的黑幕，仿佛要吞噬一切。她是怕的，犹如爸爸离开时，心似空了的感觉。萧楠洛一直都有别的住处，她知道。

吃过晚饭，上楼洗过澡，冷小菁躺在床上想事情，理了理思绪，越想越觉得不甘心，她索性坐了起来。墙上时钟上的秒针嘀嗒嘀嗒响，在整个房间形成诡秘的规律声。她绕着床走来走去，焦躁不定，最后把柜子里的衣服重新整理一遍，累到极致才沉沉睡去。

而此时的萧楠洛正在金色年华的豪华包间里。

那个时候卢易轩刚进包间，身边带着女友，就看到季宣扬怀中揽着一个如花似玉的美女，正腻在一起咬着耳朵。见卢易轩进来，季宣扬笑道："最近叫你出来一趟都不容易，看不出来，那个小警花缠你缠得这样紧。"

卢易轩不理他，绕过去坐下来，瞥了一眼季宣扬，随手捡了矮几上的打火机就扔过去："烟都堵不上你的嘴。"

季宣扬哈哈一笑，伸手抚上身边女子的唇，笑笑："我的嘴自有人来堵，你卢大公子不用操心。"身边的女子妩媚一笑，扬起脸就吻上去。

严清自在地端着高脚杯喝酒，朝萧楠洛瞄了几眼。卢易轩呷了几口酒，就道："我这是不敢来，刚刚上来就看见一个美人哭得梨花带雨地跑出去。"季宣扬噗地一下就喷出一口酒，笑得快要趴下："还不是给那位萧大总裁给吓的，他这哪里是来玩的呢，一屋子的人就差我们没被他吓走。"

萧楠洛一个人不说话，坐在另外一角喝酒，前面已经稀稀落落摆了好几个空瓶子。而那边的几个男子不理他，自己玩自己的。

"你说他最近出来老是一张臭脸，是不是不协调?"季宣扬喝了一杯酒，睨着那边一言不发只顾着喝闷酒的男人。

严清浅笑不语，吸了一口烟，吐出袅袅青烟，然后说道："谁敢给他气受？八成又是自己找的气受。"

卢易轩和萧楠洛是大学的校友，如今这一群人在商场上又有千丝万缕的关系，闲了总是混在一起。

"你说这女人呢，要是安安分分的多好，整些不省心的放在身边，指不定天天受一些零零碎碎的气。"季宣扬一边说，一边捏着怀中女人的下颌。

怀中的女人娇嗔一句："哼！你在别的妹妹那里受了气，怎么跑到人家这里来撒气，我哪一次不听话了？"

季宣扬似笑非笑，在她耳边问道："你哪里听话了？"

两人嬉笑着闹成一团。

卢易轩倚在沙发上，不屑地插嘴说道："等你到了那一天，就不会说这些话。辛凌现在追那个丫头已经追到了韩国，谁遇到不省心的女人，都得栽。"

季宣扬歪着头哈哈大笑："我如果遇到了，肯定得把这样的感情扼杀在萌芽状态，省得她来烦心，让我天天像那位一样受气。"然后看着那边的男人一口一口喝得越来越凶，季宣扬问道："那个女人真这么厉害，把他搞成这个样子？"

严清摇头，笑骂道："厉害不厉害，你试试不就知道了……"

季宣扬一口酒没有喝下去，听了这话差点呛死，连连摆手："算了，借我一百个胆子我也不敢，萧少的女人谁敢碰。"

萧楠洛喝下最后一口酒，然后站了起来，对那几个说风凉话的男人丢下一句话："我走了，单子记在我的账上。"

季宣扬在萧楠洛离开之后大叫："是他约我们出来的，自己怎么先走了？"

萧楠洛出了门，寒木已经在外面等了一会儿，上前说道："人已经到了。"

"让他进来。"说完进了隔壁的包间。

包间里，萧楠洛坐在沙发上抽烟。

前面站着一个陌生男子，拿着一袋照片摆在茶几上，恭敬地说道："按照您的吩咐，今天冷小姐在墓前待了一个小时就离开了，并没有去其他的地方，只是……"男子犹豫。

萧楠洛不耐烦地吐了一口烟："说。"

男子便继续说道："在冷小姐去之前，还有一位中年男子去墓前祭奠，不过看到冷小姐之后，便躲躲闪闪地离开了，行为颇为奇怪。"

"这件事你继续跟进，找到那个男人。"萧楠洛交代。

第七章　疑窦丛生

萧楠洛灭了手中的香烟，嘴角噙着一抹嘲讽。

去年冷小菁在她父亲忌日的时候试图在墓地自杀过。她在墓前吃了安眠药，一直跪坐在墓前，快到傍晚的时候才被墓地的管理人员发现，闹了不小的动静。送到医院的时候身上几乎没有了温度，膝盖已经出现大片的青紫，后来他自然留心。

整个科室的医生没日没夜地守了三天，她醒来的时候只是睁开了眼，眼神呆滞几秒，似是失望，复又合上。

她问他："为什么？"

他只是不咸不淡地告诉她："你如果安分一点，或许两三年我就腻了，你如果这样三贞九烈地闹，引起我的注意，就是三五年我都丢不开。"

过了晚上十二点，路上车流量骤减，车子一路畅通无阻。寒木看了一眼后座，萧楠洛今晚喝高了，只一会儿便靠着椅背睡着了。他把车子开得极慢，在街上绕圈子。萧楠洛的脾气不好，住的地方不止一处，每次喝醉了寒木就不知道往哪里送，以前遇到这样的情况，就硬着头皮往梓园送，后来萧楠洛倒也没说什么。这次寒木犹豫半刻，还是掉头往梓园的方向驶去。

冷小菁的头上有伤，早早就睡了。浅浅地睡到一点多钟，她便突然醒了。梓园极大，到了晚上更显安静，只听见园子里虫鸣唧唧。她突然身体一震，全身的汗毛都要竖起来。她闻到一股浓烈的酒气，带着熟悉的气息热乎乎地迎上来，黑暗中伸出一只手直接按上来，她身上像被压了一块石头，五脏六腑的空气似乎都被压了出去。

“你今天去了老宅子，怎么，想你父亲了？”他的声音冷冷的，黑暗中透着一股阴冷。冷小菁的手指蓦地抓紧，人都死了，他还是不肯放过。她不作声，他愈加胡搅蛮缠：“你说，是不是很希望为你父亲报仇？”

她只当他在发酒疯，道：“你喝醉了，我不和你说。”说罢就伸出手去开灯。她的脸一下子闪在眼前，他似不能适应一般，眯了眼一动不动。

即便两人这样纠缠了一番，他依旧发丝不乱，脸色不变，没有醉意的酡红，依旧是个如玉公子。她忽没有力气再与他说话，直接躺下去。他跳下床本转身想走，只是刚走几步，步子顿了顿。他并没有穿鞋，光着脚踩在樱桃木地板上，沁凉润足。他想起很久之前她总是不穿鞋子就进房间，光着脚踩在樱桃木地板上，一点声音都没有，露出后面粉红的脚后跟，柔柔地踩在地上面。他忽又似赌气一般，不明白为什么要体谅她的脾气，为什么自己要离开，复又折回去睡到床上。

这次两个人都不说话，也不纠缠。

其实大多数的情况，他并不会为难她，若是为难，那就是他心情不好的时候了，或是她惹他生气的时候。她的记忆里只有那么一次是与众不同的。她半夜里醒来站在窗前，望着外面的老樟树发呆，窗外有风吹进来。她当时穿着单薄的睡裙，风鼓起她的袖子。那个时候萧楠洛从后面抱着她，就这样吻上来，又轻又软的吻，仿佛是轻柔的梦。她的脸红彤彤的，像桃尖一般，呼吸紊乱，萧楠洛之前从来没有吻过她，而她就这样青涩得无一丝经验。

昨夜有着异乎寻常的宁静，冷小菁一早就醒了。外面天色未大亮，朝霞似织锦一般，在天边的一角铺展开。睁了眼，她知道自己的睡姿并不怎么好，从小就是一个人住惯了，而后来萧楠洛也不经常和她同床而眠，此刻她的腿正不安分地横在床中央。

她翻了个身，转身去看萧楠洛。他总是留给她背影，他个子高，她纤小，仅有的几次也只是看到他的后脑勺。他似乎睡得极沉，呼吸比平时重了一些。

待萧楠洛醒来，冷小菁扬脸问他："你昨晚说过的话算不算数?"

窗外的一缕阳光照进来，柔柔地打在他的脸上："有没有人告诉你男人在床上说的话最不可信。"他说话的时候嘴角微勾，神情并没有多大的波澜，还带着一抹似有似无的讥讽。

冷小菁忽然就觉得自己犯了一个低级的错误："你真让我觉得无耻。"

他拉住她，静静地看了几秒，轻笑一声："寒木会把钥匙给你送过去。"说完，再不看她一眼。

冷小菁匆匆地出了小区，焦急地拦了一辆出租车，就往公司赶。

进了写字楼，出了电梯，一进杂志社，她大脑里的弦一下子绷紧。李副主编在办公室里忙上忙下，戴着一副眼镜，认真地在书架上左挑右选，时不时还要问问旁边的助理，有没有什么疏漏之处。

李副主编又走到外面大的公共办公室，吆喝着大家把自己桌子上的东西整理干净。外面的人忙得鸡飞狗跳，连打扫卫生的阿姨都在卖力地擦着窗户。

冷小菁根本不知道发生了什么事，进了门，傻愣着。

左晨晨捧着一沓杂志出来，看到冷小菁，使了个眼色，让她赶快回办公室。

送了杂志回来，左晨晨进来一屁股坐在椅子上就是一顿抱怨："累死了，我今天早上七点钟就到了公司，一直像机器一样忙到现在。"

"在忙什么？"冷小菁疑惑地问。

左晨晨用鄙视的眼光盯着她："你不知道？"

"知道什么？"她一头雾水，真的不知道大家在忙什么。

左晨晨一边整理着手上的稿子，一边整理文件夹，听到她的话之后手中的活都停了一下，愤愤地开口："冷小菁，我觉得你一定是不食人间烟火的。虽然你才来了一年，但是这家杂志社你知不知道是谁的？"她不屑地睨了冷小菁一眼之后，继续说道："我们这家杂志社的老板就是 Vivian，圈子里的名人。虽然我们杂志社是文学方面的，但是她其实是著名时尚杂志的领军人物，也是著名的女魔头，要求超级严格。一般来说，只要你在她这里干过一年的话，其他的杂志社你就可以随便去了。不过她常年在国外，一年只会来这里看几次。你看到她的特助在这里耀武扬威的时候，我们就该知道，那位主子更可怕。"

左晨晨说完无奈地耸耸肩，随即问道："当初是谁介绍你来的？"

"一个朋友。"冷小菁回答，其实是萧楠洛介绍的，不过她不愿意提及。

一个小时过后，大家在惊惶不安与期待中，终于迎来了这位传说中的女强人——Vivian。

Vivian是一个很年轻的女人，三十来岁的样子，明艳大方，一头栗色的大波浪鬈发妩媚动人。穿着简约，灰底白线的西装裤搭配一件无袖V领上衣，整体给人的感觉就是优雅与简约，还有一种说不出来的魅力。但是唯独没有大家所说的难搞如女王的样子。

在所有人艳羡的目光中，Vivian进了办公室，外面却炸开了锅。这个杂志社转手给Vivian也不过一年多时间，她一直不管不顾的，如今她骤然出现，很多人自然是心中惶惑。

冷小菁坐在写字桌前，发了一上午的呆，什么事情也没有做。不知道为什么，冷小菁总感觉，Vivian似曾相识，特别是那一双眼睛，有种莫名的熟悉感。左晨晨见怪不怪地告诉她："那有什么奇怪的，指不定就是去了韩国同一家整形医院，而且还是同一个主刀医生。"冷小菁听完笑笑，却不愿意多想了。

"喂，发了一上午的呆，吃饭了。"左晨晨摆出五个指头在她眼前晃了晃，拉着她出了门。

结果她们在门口遇到桥南，于是三个人一起去了最近的餐馆。中午的话题焦点无疑还是上午空降公司的神秘女老板。

"真没想到我们的老板竟然这么年轻，据说得过很多大奖，不过这是我看八卦杂志知道的。"左晨晨夹了一块水煮鱼，一边吃一边说道。

这倒是引起了冷小菁的注意。"她是什么大学毕业的？"她开口问道。

"不清楚，好像是在国内数一数二的大学毕业的。"桥南喝了一口啤酒，笑着说道。

左晨晨有些不信，道："你怎么知道？"

桥南不管她，继续补充："听说这个女人的背景不简单。"

左晨晨看着桥南懂得的事情比自己多，于是嚷嚷道："这些消息你是从哪里听说的？也不知道属不属实……哈哈……我知道了，肯定是你暗恋人家老板。"

桥南一听脸马上都绿了，虽然生气，但是还是忍着，道："你别乱说，这都是老王说的。"王编辑在杂志社干了有些年头，他的话自有几分可信度的。

以后的事情就不按常理出牌了，桥南一本正经地对冷小菁说道："小菁，你相信我，我真的没有暗恋什么美丽神秘的女老板。"冷小菁只低头吃饭，这样的事情大多也是见怪不怪，一个女人取得如今这样的地位，也实属不易了。

左晨晨马上拍开他的手，酸酸地说道："人家的另一半可是极品，而且事业有成。"

左晨晨和桥南杠上了，桥南对她说："人家的另一半帅，我看你就差多了，如果有男的喜欢你，我都怀疑他的审美。"

后来左晨晨这样形容桥南对冷小菁朦胧的爱慕："虽然不至于沦为癞蛤蟆，但是也别想吃天鹅肉。"

下午五点多的时候，还没有到下班的时间，但是因为 Vivian 走了，所以杂志社又恢复了原先的氛围。冷小菁收拾东西准备下班的时候，手机响了起来，她一边整理着稿子，一边接了电话。

那边的口气恭敬而又严肃："冷小姐，请问您现在是否有空？"

这边的冷小菁一时听不出来是谁，一边用肩膀和头夹着手机，一边放下手中的文件，问道："请问你是？"

那边简洁地回答："我是寒木。"

她这才想起来早上萧楠洛在洗手间说的那句话："寒木会把钥匙给你送过去。"

她连忙说道："你等我一下，我马上下班了。"

"那好，我在你们楼下等你。"其实冷小菁想说不用的，只要告诉她去哪里拿钥匙就可以了。可是，跟惯了萧楠洛的人，做事的风格也是像极了他，做事果断，不留余地。

她准时下班，出了写字楼。外面的阳光依旧炙热，她皮肤白皙，不喜欢打伞，于是用手遮住额头。前面马路边停着一辆黑色的奥迪，车窗放了下来，透过开着的车窗，她知道那是寒木开的车，于是走了过去。

寒木看到冷小菁，下了车，然后绕到后面，打开车门让她上车。

一路上两人没有任何的交谈，车厢内只听得到汽车低低的引擎声。车子开得很沉稳，一会儿，当车子驶入四环的时候，冷小菁直了直身子，目光开始飘向车窗外面。熟悉的景致一一落入眼帘，那些曾经走过的街道，曾经逛过的巷子，依旧还在。

只不过，对于她来说，已是物是人非了。

窗外的景致慢慢向后面退去，一幢熟悉的宅子就映入眼帘。墙体外面依旧爬满了爬山虎，葱郁青翠，只是掺杂了少许颓败。

"冷小姐，到了。"寒木严肃恭敬的声音传来，冷小菁才回过神。

她下了车，踩在地砖上。昨夜下了雨，梧桐叶打了水沾在地上，仿似这里长久没有人走过。她看了看前面的大宅子，转身对寒木说道："谢谢，你把钥匙给我就可以了。"

寒木把钥匙递给冷小菁，她拿了钥匙就往台阶上走。开门的时候才发现寒木还跟在自己的后面。

看到冷小菁的迟疑，寒木解释道："老板让我跟着你。"

开了门，里面两年来无人打扫，空气也有些浑浊，地面上积了一层灰，一只脚踏过，便可留下了一个浅浅的脚印。

这个房子现在已是到了萧楠洛的名下，因为那场变故，萧楠洛对冷家穷追猛打，而她也成了落难千金，真可谓往事不堪回首。

冷父的书房在二楼，当初冷小菁将父亲的东西认真仔细整理好放在里面。后来房子被查封，拍卖给了萧楠洛，她也一直没有机会再来看几眼。

她轻轻地打开抽屉，细细找来，也没有什么线索。她带走了父亲生前的一些记事本。

离开房间的时候天色已黑，通往一楼的楼梯没有开灯。或许是因为长期不用，电灯坏了，冷小菁下楼的时候不小心踩空了一个台阶，脚下一落空，天旋地转的须臾，身体一下子失去重心往下掉，她吓得惊呼失声。

“小心。”耳边闪过简短有力的声音，一双有力的臂膀扣上她的腰，用力往回带，电光石火间，冷小菁撞上了坚硬的胸膛。

楼梯的转弯处，两人保持着原来的姿势没有动。冷小菁惊魂未定。失去重心的一瞬间，她害怕极了，脑中一片空白。她依旧在寒木的怀中，趴在他宽厚的肩膀上，沉沉地喘着气，那馨香的呼吸就直接喷在寒木的耳畔。

寒木屏着气不说话，而当那像羽毛一样温暖的呼吸喷在他的耳畔时，他被自己身上突如其来的反应吓了一跳，连忙躲开。

有些许尴尬，她用手拂了拂额前的发丝，拎着刚才掉在楼梯上的放着父亲遗物的袋子，匆匆下楼。

来的时候便是相顾无言，回去的时候更是气氛沉闷，两个人各怀心事。一直到冷小菁下车进了别墅，寒木才松了一口气，而西装里面的衬衫，却已经湿透，全身是汗。寒木一直跟着萧楠洛，细细想来，至今已经有五个年头了。他出身清贫，父亲在他五岁的时候，因为工地的事故，便早早去世了。无良的包工头和开发商串通好，只留下一点点的赔偿金。母亲在他十七岁高中毕业的时候得了重病，需要交高昂的医药费，他没有办法，听了村上几个混混的教唆，就去偷车。

或许是命中注定，或许是在劫难逃，他那时没有见到过什么名车，结果偷了萧楠洛的一辆宾利。凭借萧楠洛在 T 市的地位，寒木的下场可想而知。

其实那个时候萧楠洛是因为从寒木的眼底，看到了和自己当年一样的绝望，才决定放过这个初入社会的男生，结果寒木就一直跟着萧楠洛，一直到了现在。

寒木木讷地笑笑，作为属下，说实话，他一点都不喜欢老板身边那个女人。总是一副受了巨大委屈的样子，以前她每每和老板闹，老板脾气就坏，而倒霉的也就是手下的人。而后来他又觉得她实在可怜。

回到家的时候是晚上七点钟左右，冷小菁身子羸弱，脚又崴了，拎着一大袋子的东西，左摇右摆地才进了别墅。

萧楠洛一下楼，便看到她一瘸一拐拖着一大袋子东西往客厅里走。萧楠洛脸上流露出些许的嘲讽。“方管家。”萧楠洛喊道，挑了挑眉，于是便有用人帮冷小菁把东西拎了过去。

和萧楠洛在一起吃了晚饭，也算相安无事，饭后冷小菁匆匆回了房间。

她其实已经很累，去了以前的房子，不知不觉很多往事浮上心头，心中亦是五味杂陈，原想着找出一些线索，或许爸爸就可以沉冤昭雪，到那时候，恐怕自己在萧楠洛面前也自由了。只是事情没有取得一点进展，出来的时候又崴了脚。

她在浴室里面泡了澡，披了一件浴袍后坐在沙发上，小心翼翼地检查着，脚那里已经肿起了一大片，像个大包子，手指按上去，疼得她直抽气。

冷小菁用一只脚撑地，准备去拿红花油的时候，门开了。

方管家拿着药箱进来了："冷小姐，这是跌打药，这么晚了，也不好意思叫杨医生过来，您先用着。"

她接过箱子，里面的药还真多。她怕闻到药油的味道，只用了喷剂，还好，那味道并不难闻。可怜她的左脚踝是旧伤加新伤，第一次受伤是那次冒雨出门，想起雨里送她去医院的男子，心中一片茫然。很多时候第一次见面就像是一件华丽的旗袍，如果揭开了，就会发现里面满目疮痍。

第八章　狭路相逢

这几天，魏峥一直心绪不宁。他无法静下心来好好地思考案子，看文件的时候会走神，逻辑会有漏洞，证据会落下，和证人交谈的时候态度不够诚恳。这不是他的做事风格。

连小王也发现了魏峥的不对劲。魏峥可是业界有名的律师，工作上的事情从来都是有条不紊的，今天却突然问他："小王，城西烂尾楼改建的案子的起诉书有没有写好？"

小王瞪着眼睛，嘴巴张得好大地回答："魏律师，城西烂尾楼改建的案子上个星期已经一审完毕了，我们现在写的是上诉状。"然后，魏峥"哦"了一声，继续忙着手头的事情。

这都是什么情况啊？鼎鼎有名的律师居然有一天连起诉状和上诉状也不分了。结果，小王前脚刚出来，魏峥就拿着自己的车钥匙和西装外套出了事务所。小王摸了摸头，嘴里嘟囔："这是什么黄道吉日，从来不早退连周末都会加班的魏律师竟提前走人了。"

冷小菁上了一天的班，已经累得说不出话。

她收拾东西准备下班的时候看到对面的左晨晨趴在桌子上，神情呆滞，仔细一看，眼睛还是红的，应该是刚哭过。她不禁好奇，这样一个大大咧咧的年轻女孩怎么哭了？印象中难得有什么事情能让她伤心。

冷小菁总不能不管她，只好撑着桌子一瘸一拐地走过去，抚着她的肩膀问道："怎么了，今天好像不'Happy'啊？"她是学着她说话，希望可以让她开心起来，左晨晨之前总是把"Happy"的挂在嘴上，每天下班的时候总是问："今天晚上我们去哪里'Happy'啊？"

只是此刻，不知道遇到了什么事情让左晨晨这样黯然神伤起来。冷小菁不会安慰人，她心细嘴拙，要不然也不会总是把萧楠洛那样子的男人惹怒了。见左晨晨不说话，她真的有点担心了，弯下腰，仔细打量她："到底怎么了？"

半晌，就在她认为左晨晨依旧要保持沉默的时候，左晨晨忽然抬起头来，眼角还有一点泪痕，似有几分凄楚，与以往嘻嘻哈哈的开心的样子大相径庭："小菁，你说，青梅竹马的感情可不可靠？"

冷小菁讶异，原来是遇到了感情问题。这个年纪的女孩大多如此，把爱情当作生活最重要的一部分，是喜是忧，总是能在青春洋溢的脸上看到深深浅浅的印记。只是她已经没有资格再考虑这样的问题了，爱情于她，太过奢侈。

不见她回答，左晨晨自顾自地说起话来："原本，我以为，这个世界上除了血浓于水的亲情，就剩下青梅竹马的感情最稳定了。我想，我们生活在一起那么久了，他的缺点与坏习惯我都知道，我比他自己还要了解他。我以为……我们就像朋友，就像亲人，可是……"

没能够说完，她已经哽咽着哭出声。

是啊，爱情来来去去的就那么几个环节：遇见—好奇—喜欢—承认—爱。到头，当自己遇到爱情了，谁又能理得清呢？

冷小菁在左晨晨旁边坐下来，办公桌上放着一颗施华洛世奇的吊坠，左晨晨说是男朋友买的，一直随身戴着。再多的话现在都成了多余，左晨晨摇摇头：“小菁，你什么都别说了，你要说的我都懂……只是我还没有缓过来……”

刚刚出了写字楼手机就响起来，冷小菁看到上面显示的来电，心中略动，她没想到隔了这么久魏峥还会再联系她，毕竟，那个时候，修养甚好的他算是拂袖而去的。

他开着一辆银灰色的沃尔沃，她很喜欢这款车，既不失体面，又低调沉稳。魏峥一身西装，应该是刚从事务所出来。其实他的性子温润淡然，但是如果穿上西装，还是透着冷峻威严的。

彼时他站在车子旁边，时不时地看着手表，然后望一眼一楼的大门。

魏峥个头没有萧楠洛高，站在人群里很容易被忽视，但是看见了就让人忘不了，像一块温润的玉。

她走上前，静静地看着这个男人，浅浅地笑笑，一时之间不知道说什么。

魏峥也朝这边走来，只是短短的几步，他嘴角有温柔的笑意，在嘴角缓缓地荡开。

“小菁！”他开口叫她。

冷小菁一愣，她和他总共见过三次面，前两次她是狼狈不堪，他雪中送炭，最后一次，也是导致他们不欢而散那次，她请他吃了一顿饭，他们应该不算很熟悉吧？

可是当魏峥开口叫她“小菁”的时候，她总觉得是熟悉的。仿佛是滚滚涌动的长江之水，终究知道自己来源于唐古拉山脉主峰格各丹东雪山的沱沱河那样的感觉。她忽然就忘了上次的不快，忘记了这个男子开着车绝尘而去的冷漠。

她坐在车上，望着窗外车流如水，长灯如虹，觉得有些不可思议。

外面车流滚滚，太阳依旧炽热，看着路上撑伞往地铁站走的行人，她心中竟有丝丝感动在心底蔓延，至少，他们可以做朋友。

“上次你请我吃饭，地方不错。这次为了表达我的歉意，换我请你吃饭，不过我选的地方没有那么讲究。”魏峥笑笑，语言谦逊，摆明是在讨好她了。

“没关系。”她道。

他带她去的是本市很有名的五星级饭店，虽然不是会员制，但是接待的客人还是有身份的。

他也乐意解释：“我是这家酒店的法律顾问。”

她若有所悟地微笑着点了点头。

他带着她走向包间，这里真不愧是这个城市的地标性建筑，从一路走过去看到的装饰，就知道有多高档。

一顿饭吃得气氛融洽，桌子是红色的，上面摆了一朵含苞待放的红玫瑰。魏峥说了一些自己在外求学和工作的经历，而冷小菁则作为一个合格的听众，两个人谁也没有提及上次的不愉快。

在冷小菁看来，魏峥成为一个事业有成的律师，更多的是因为天赋，可是没有想到，原来他的求学生涯也并不是一帆风顺的。她明白，律师在中国是一种精英职业，想在法律界立足，没有下过一番苦功夫是不可能的。

晚餐结束，两人一起起身离开。因为喝了一点红酒，她的脸上像上了一层好看的粉彩，微微泛红，仿佛一只手按上去就会溢出一汪水。魏峥看着她，心里竟是暖洋洋的。到了门口，墙壁上面一盏壁灯光线十足，柔柔地洒在冷小菁的面容上。她精致的五官莹莹泛着光彩，饱满动人，清新脱俗。

他开门，转身的时候，她薄而整齐的刘海被门外微微的风轻轻拂起来，露出了饱满光洁的额头。冷小菁跟着他的脚步，不禁抬头看他，他正盯着她的额头，目光炯炯，透着一股意味不明的味道。她顺着他的目光，慢慢摸索着抚上自己的额头。好像意识到了什么，连忙偏过自己的脸，拨了拨薄薄的刘海，尴尬地笑笑。“一点小伤，没想到到现在还看得出来。”

魏峥忽然想伸手抚上那淡淡的一道红痕，心里有什么东西在隐隐作痛。这么一张清纯完美到极致的脸，不应该添上这样一道疤痕。他低头，鼻子仿佛可以触到她的发丝：“他对你不好吗？”

冷小菁身体僵了一下，想迈出去的脚步停在了原地，仿佛失了力气。她惊讶慌张地看着他：“你……你……什么……怎么……”语无伦次的慌张，不知道他为什么会突然抛出这样一个问题。

“你真是个孩子，很单纯。其实你很想问我上次为什么生气地离开，对不对？金茗苑是T市有名的住宅区，因为我有个朋友住在里面，所以我去过，也知道我的车停在谁的房子前。”

看着她惊异得说不出话的表情，魏峥觉得有些好笑：“不要告诉我你不知道你下车的地方是梓园。”虽然是嘲讽的话语，但是却没有丝毫的恶意。

外界媒体捕风捉影的报道一直很多，有人说萧楠洛结婚了，两人从来没有在任何公共场合出现过，有人说梓园的女主人是名副其实的正室，有人说住在梓园的女人常年待在冷宫里……众说纷纭。那位女子好像一直生活在传说里，而媒体捕风追影的报道更增添了那位女子的神秘性……

她那样平凡，却又那样吸引人。工作的时候总是一身套装，根本就不起眼。不上班的时候就是简单而随意的打扮，喜欢穿简约修身的白T恤，喜欢蓝色的牛仔裤，脚上总是一双帆布鞋，面容清丽，透出一股青涩。

到底是时间太过残酷，让人不能不改变。而这种变化一个眼神就能让人明白，而这种变化他却不愿意在冷小菁的身上看到。从当年那个在街头热心帮助别人的女孩到如今沉默寡言的女子，像蝴蝶一样，蜕变总是一种痛苦的过程。

她爸爸当年的事他是了解一点的，当时的媒体一边倒，没有人知道冷氏大楼轰然倾塌的背后会有她。

魏峥忽然低下头，在她耳边说道："我希望成为你可以信赖的朋友。"

她心里震了一下。

如果上一次见面时这样开口，她一定会欣然答应的吧。

"Vivian，怎么出国喝了几年的洋墨水，连名字都改了，我还是叫你安雅姐比较顺口。"季宣扬笑着打趣，在他们这一群人的眼里，安雅以前至多算一个认真向上的高才生，很能干，走得出去，是个做事不拘小节的女孩。然而几年不见，她现在却已在时尚界名震海外。当年一个不懂时尚的毛丫头现在变成时尚女魔头，真是让人大跌眼镜。

Vivian坐在萧楠洛的旁边，她今天一身紫衣罩身，白皙的脖子上面有璀璨的钻石项链，流苏耳坠长短大小均宜。她优雅地一笑："你这么叫我，硬是想把我叫老了。不过，你这样叫呢我也接受，谁让你在这里年纪最小，压根就是一个小屁孩。"说完，用余光稍稍瞄了身侧一眼，萧楠洛淡淡地抽着烟，很久才吸一口。

Vivian原名安雅，这是她出国前的名字，外人少有知道。

今天大家就是为Vivian接风来的，都是一个圈子的朋友，在座的哄然大笑。而季宣扬脸红脖子粗地喝着酒，连旁边的美女都不顾了。

严清笑笑："你们一天到晚说人家年纪小，套用冯小刚电影的一句台词，'年轻算什么，谁都年轻过，可是年轻的人却没有老过。'"说完，他自己就先笑了。

这话里有话，摆明了就是欺负季宣扬。他说了一句"安雅姐"，没想到偷鸡不成蚀把米。这一个个的，仗着她是萧少的人，都帮着她数落自己，看来这女人不好惹，萧大哥的女人更不能惹。

"安雅姐，这次回国应该待的时间会久一点吧！我们哥都快熬死了。"季宣扬当着两人的面就这样说，他认识萧楠洛几年，萧楠洛身边来来往往的女人也有，走马灯地换，就是没有一个带上台面被他承认的。而安雅这女人，在他身边的时间最长，他们在一起这么久，虽然其间不知道她因为什么原因出了国，萧楠洛结了婚，可是，他们做兄弟心里自然清楚，哪个才是真正的嫂子。

众人把目光投向萧楠洛，他倒像个局外人，不说话，一口一口地抿着红酒。时不时睨一眼沙发上的手机，寒木刚打电话来，说她还没有回家，说不清楚原因，他的心就乱了。不由得又喝了一口酒，这次是正宗的茅台，火辣的感觉从咽喉一直蔓延到胃里，他倒觉得舒服。

Vivian看着桌子上酒瓶都快见了底，又是混着喝的，而身边的人今天晚上一言不发，她也没有什么兴致再玩下去，劝着大家散了。

萧楠洛觉得胸口特别难受，仿佛有什么东西一遍一遍地敲打着，想着飞出这欲望的牢笼。而这疼痛，在看到不远处的那一幕时才忽然喷出胸口。

Vivian看着他的眸子，墨黑如玉，寒光一闪而过，空气似乎凝结于不远处的一对男女身上。后面跟着的卢易轩和严清也感受到了萧楠洛森寒的气场，都生生顿住了脚步。

季宣扬没有见过冷小菁，只知道萧楠洛是结了婚的，其中的蹊跷他却无半点知晓，只是觉得大家眼神怪怪的。他不禁失笑地说道："不就是一对擦枪走火的男女嘛！至于大家都在这里等着看香艳的表演嘛!"

话音刚落，Vivian仿佛听到有骨骼相碰撞的声音，顿时不寒而栗。

冷小菁在魏峥的怀里，听着他的话，不自觉地沉溺其中，一时忘了推开他，他们的姿势过于暧昧了。她不期然地抬头，目光平直地朝前方看去，没想到却撞上萧楠洛森寒的目光，锐利至极。

她下意识地推开魏峥，和他拉开距离，转眼间，萧楠洛已经站在她的面前。她明明没有干什么，只是和一个男子吃了一顿饭。可是，此刻，她想解释却说不出口。她低头看地面，躲过他的目光。

魏峥若有所悟地转身，淡淡一扫，儒雅地扯出一抹笑容，自然地牵起冷小菁冰凉的手。

萧楠洛不动声色地抿嘴，绷成一条直线。

Vivian尽管脸上是无懈可击的笑容，可还是硬生生出了一手心的汗，她意味不明地看了一眼旁边的萧楠洛。这个男人真正不悦的时候便是如此，整个人像是从油画上拓下来的，不带一丝表情。

Vivian细长的眉蹙起，那目光似乎是一柱光，让人无所遁形。前面的女子一身淡蓝色连衣裙，身上没有任何装饰，除了手腕上的一块表。只是当目光迎上那一双眼睛，她觉得心跳开始慢慢停止。

还真是当年那个女孩子。

僵在中间的冷小菁脸色微微发白，衬得脸上的皮肤呈现出一种异乎寻常的透明，而一双大眼睛显得更加漆黑。

那一双眸子让 Vivian 一惊。一向在媒体面前举止优雅的 Vivian 觉得有些站不住脚，她试图靠着贴了壁纸的墙壁来稳住自己，而扶着墙壁的手因手中渗出的汗而抓不住任何东西。

竟然会是她，她不敢往下想，这个游戏太危险了。

冷小菁比她自己想象中淡定，他们之间的相处早已变成一种小心翼翼。她只是低头，目光所及之处只有萧楠洛的一双皮鞋。

长达几分钟的对峙，她与他都没有动。当她以为自己可以安然退场的时候，萧楠洛长臂一伸，冰凉的大掌瞬间抓住她的手臂，然后用力往身边一带。

冷小菁疼得连眉头都皱了起来，手臂的骨头仿佛都要被捏碎了，却还要可怜地顾着自己受伤的脚踝。她脚踝的扭伤本来就没有好，刚才被萧楠洛一扯，脚下一滑，就觉得脚踝处传来阵阵的刺痛。

即使那样疼，她也不说，目光沉沉地望着他，像海水一样深邃的蓝，不带一丝波澜，仿佛他就是一个陌生人。

她不明白，他在生气什么，她以他们既定的模式相处，一直墨守成规，难道不对？

他身边的女人是 Vivian，那个高雅而干练的时尚界名人，那个人是她的老板。她突然想到桥南说的那句话，Vivian 是有后台的，原来她的后台竟是萧楠洛，这一点让她觉得无比意外。这么多人，簇拥着这样一位风华绝代的尤物，众星拱月一般，想来萧楠洛一定很爱她。

她的心还是疼了起来，以为早已百炼成钢，在此刻还是不堪一击。

萧楠洛很少看见冷小菁以这样的眼光与自己对视，以前的她总是含着泪，一声不吭地看着他。而现在，她眼中带着气愤的倔强，绝望的漠然，却独独没有了氤氲于眼眶的眼泪。

一群人惊愕地站在后面，面面相觑。两个成熟的大男人在五星级酒店 VIP 区的走道上，为了一个女人僵持着。

走道上很安静，他的声音显得越发深沉："你们先走，我还有点事需要处理。"

他的声音里依旧听不出是喜是怒，仿佛是三月里的雪水，冷冽清明。

冷小菁听得心里一颤，只是咬紧了牙，不出声。

魏峥是个律师，可是并不意味着他在任何场合都能够保持自己的专业素养。

"这位先生，请你放尊重点。"魏峥音量不高，但是从事法律职业的他，却是字字掷地有声。

萧楠洛噙着冷笑，笑得很舒畅，线条一直延伸到嘴角，那样冷，仿佛连过道上的空气都开始冻结。"放、手!"他开口，两个字好像是从牙缝里蹦出来的。

严清站在一边，笑着摇着头。他觉得这两个年纪不轻的男人都疯了，一个看上去明明成熟稳重，是业内有名的大律师，明知萧楠洛的身份，却要硬来。而另一个更是喜怒不形于色。此刻两人却要在这里抢同一个女人，气氛剑拔弩张。他心里暗暗地凉下来，如今能让萧楠洛失控的人，是少之又少了。

季宣扬玩世不恭地倚在一旁："这是什么日子，就在这里闹腾上了？两男争一女，男主角之一还是我们 T 市如雷贯耳的人物，真是本市爆炸性的新闻，要不要把这消息卖给报社？最近手头还真是有点紧。"

卢易轩瞥了他一眼，季宣扬才笑着闭了嘴。

“她不愿意，你没看到她很疼？”魏峥对上萧楠洛的眼，一脸责备。

冷小菁知道萧楠洛的性子，他很生气的时候嘴唇会抿成一条直线，脸上的线条锐利骇人。她不想伤害任何人，魏峥是她的朋友，是现在可以依靠的朋友。而萧楠洛是什么人，简直就是魔鬼，什么事情都做得出来。

她看了萧楠洛一眼，然后把手从魏峥的手里抽出来，她的手心一片湿腻。她早已认清一个事实，她斗不过萧楠洛。

“魏峥，很高兴今天你请我吃饭，但是今天就到这里，我们以后还是朋友。现在就请你离开，不要让我觉得为难。”她低低地说，声音压到最低，语气里有哀求。

魏峥听了一阵心疼：“如果我说不呢？”

她的眼中暗淡，无一丝光亮：“魏峥，如果我们还是朋友，那么就请你留一点余地给我，尊严、面子……什么的，可以留一点给我吗？”

萧楠洛笑了：“她是我的妻子，跟我回家在情在理，我倒奇怪，你有什么资格说不？”他突然觉得可笑，他为什么要站在这里和这对男女争辩。

他侧脸冷冷一瞥，冷小菁便跟上了他的步伐。

他步子很大，走得很快，她在后面有些追不上。

“你不走？”卢易轩对季宣扬说。

“哦。”他收回目光，又看了一眼那边的男人，追上去问道，“哎，那个真的是嫂子啊？一直待在冷宫里的嫂子？那安雅姐怎么办？”

……

“别急着走，说一下啊！”

第九章　海蓝其人

远处霓虹成锦，夜风沁凉，驱走了空气里仅剩的余热。商业街道旁的路灯又大又圆，照着黑漆漆的柏油马路，灯影下一对影子被拉得长长的。冷小菁难得穿了一件淡蓝色的雪纺裙，风有些大，裙子下摆被风撩起。萧楠洛的手拽着她，她脚踝处的疼痛丝毫没有减弱，他的力道大得吓人，仿佛是钳子在钳着她。她咬咬牙，一边扯着裙摆一边跟上。

萧楠洛的步子很大，速度又快，并不看她，冷小菁根本跟不上。只听微微的惊呼声，他才转过头来，脸上依旧是余怒未减，目光移到她的脚，迟疑了一下。冷小菁试了几次都没有将鞋子拔上来，而且几乎是纹丝未动的样子，那细细的鞋跟卡在里面，怎么都出不来，脚踝处又是那样的疼，疼得她目光都微微缥缈了。

他们就在路灯下面，她低着头，逆着光线，根本看不清她脸上的表情，只看到她光洁的额头上冒出了细细密密的汗，灯光下仿若晶莹的珠子，一缕发丝顺着耳朵滑落，微微颤颤，似一片薄翼。萧楠洛把拽着她的手放开，夜色浓黑，他站在她面前，双手插在口袋里，静默看她，眉宇微挑。冷小菁身子不稳地晃了晃，抬头望了萧楠洛一眼，见他以公子哥的架子立在那里，悠然不羁，她咬咬嘴唇，眸中似有希冀，但转瞬消失，低下头去用力抬脚。

不知过了几秒，萧楠洛走近，俯身蹲下，握住她的脚踝用力，她小腿一震，鞋跟已经被拔了出来。空气似凝结，又有燥热发散，泊车的小弟已经开了车子过来："先生，您的车。"萧楠洛点了一下头，接过钥匙，却并未打开车门。冷小菁踌躇几秒，开口，声音很低："谢谢！"

萧楠洛的眸色仿佛能与这夜色幻化为一体，只是嘴角嘲讽未减，幽幽道："刚才在里面勾三搭四的本事哪去了？还是说对着我你就是这副委屈的样子。"说完，再不多言，开门进了车子。

车内淡淡的灯光散漫地洒在她苍白的脸上，形成忽明忽暗的错觉。她总是给萧楠洛这样的感觉，坐在角落里，离他很远，安静得仿佛不存在，和当初他希望的一样。

音乐缓缓地流泻，克莱德曼的《秋日的私语》，冷小菁很喜欢的一首钢琴曲。

他并不喜欢在车里听到音乐声。

冷小菁闭着眼睛，把头偏向车窗的方向，车子里面很香，不是以前记忆里萧楠洛用的车载香水的味道，而是一种浓烈的馨香，仿佛一个女子的笑靥，比如说是 Vivian。

她的心早已冷了，可是仍旧感觉到疼痛。她捂着胸口，不知道什么时候，她的胸口会疼，一阵一阵地绞痛，席卷蔓延，仿佛昔日的伤口，被一点一点地揭开，最后鲜血淋漓。

心痛，原来她的心真的会痛。

"你……怎么了？"耳边响起萧楠洛低沉的声音，他侧过身子观察着她。她心口疼得厉害，勉强着撑开眼帘。他的脸很近，就在眼前，眼眸深邃。

"我……"她疼得说不出来，只能痛苦地捂住胸口，身子蜷曲起来，脸上的五官都纠结到一起。额头上有冷汗冒出来，她的呼吸都有些急促，一个劲地揪住胸口的衣襟，那里已经皱成一片。

“冷……”她喃喃出声。

随后，有温暖包裹住了她，很暖和，像冬天的阳光，像爸爸温厚的手掌，那么久都没有触摸到。她如此渴望，想汲取更多，不由自主地靠近。

萧楠洛僵在那里，身子直直的，一动不动，仿佛身上沾了什么东西似的。那个女人却像一块牛皮糖一样缠上来，犹如菟丝花，找到一个支撑点，不管不顾地绕上去。他记忆里没有抱过她，他的拥抱永远留给了记忆中的那个笑意翩跹的女孩子，以后，他都没有想过要抱任何人。

她其实很漂亮的，在他第一眼见她的时候，小小的年纪，脸上青春飞扬。那个时候她脸上带着微微的婴儿肥，她的眉毛很浓，隐隐约约之中带着英气。他知道她从来不画眉毛，偶尔略施脂粉，嘴唇虽薄，棱线分明，总是喜欢抿着。

这样子的五官一一呈现在眼前，那么熟悉的画面，聚集成一张笑脸，仿佛与记忆里的某个影子交叠在一起，然后像镜子里的幻影，迅速地融合成一个笑脸。

萧楠洛心里猛地一惊，直到怀里的女人发出一声吃痛的嘤咛，他才松开自己握紧的手。

萧楠洛看到杨潇出了房间，便熄灭了烟头，皱着眉头问杨潇：“她到底是什么问题?”

杨潇摇摇头，把诊断用的器械放好，去洗手间洗手，若有所思地回答：“家庭的诊断设施有限，无法做详细的检查，最好还是去一下医院，目前，她的情况我也不是很清楚。”

萧楠洛看着杨潇，庭中月色下丹桂油亮，片片叶上显秋声，低头，烟灰缸里已经是满满的烟头。听到杨潇的话语，他半晌没有说话，随之，笑了笑："你蒙我呢，最好的内科医生，告诉我不清楚，谁都不会相信。"

杨潇一听，摸了一下下巴，拍拍他的肩膀，瞧了他一眼："还真担心？"看男人不语，杨潇下楼的时候才郑重道："不是每个问题都能查出原因，她的问题根本不是生理上造成的。不过脚上敷上了药，应该过两天就好了。"

萧楠洛听后面色不明地说了声"谢谢"。

左晨晨回到公寓的时候已经晚上十点了。其实坐地铁只要一个小时，可是还差三个站她就下车了，仿佛是想逃避什么一般，并不想那么快到家。那个是属于他们两个人的地方，而如今，怕是一室惨淡了。劳燕分飞，不过如此，而他们算什么，连夫妻都算不上，这个社会连有法律保证的夫妻关系都长不了，更何况他们？其他的，诺言吗？那是恩爱时才珍贵的东西，临了，只能成为牵绊吧。

她从师范大学到柳荫街，红家湾到跨海大桥，从彩虹广场到时代广场，这么多地方跑下来，双腿都麻木了，却仍旧感觉不到疼痛。累了就坐在路边，看着别人儿女承欢，情侣成双，生活中的任何一个镜头都在继续。

最后还是拦了计程车回去，左晨晨并不热衷于搭计程车，总觉得不如搭公交车来得舒坦，可现在，什么都在乎不起来了。低头一层一层爬到五楼，进了屋子，里面亮着，徐劲安竟然没走，低着头坐在沙发上，双手合十抵着额头，仿若就一直在等着她回来。他听到动静，抬头看见左晨晨站在门口看着他。徐劲安眼中有愧疚，想说什么，却一句话都说不出口。

左晨晨把钥匙扔在门口鞋柜上的玻璃碗里，咣的一声，在这个房间里显得异常清脆。她低头换了鞋子，挺身走过去，望了一眼徐劲安身边的东西，两个行李箱，一个杂物筐，都是一些他工作上的东西，似乎走出这个房子他就和她一点关系都没有了。纸盒里还放着一枚摄影镜头，她记得是自己省了整整四个月的工资才买到的。

“晨晨，我们谈谈？”徐劲安说。

“谈什么，有什么好谈的？徐劲安，你就是一个十足的浑蛋。我们认识多少年了，我从你穿开裆裤的时候就认识你，小时候就是邻居，上小学的时候一个班，上初中的时候一个学校，上高中的时候分开了，你每个月都送我去学校，即使一个月不放假，你也会过来看我。你记得那个时候你怎么说的吗？你说你喜欢我很久了，问我可不可以给你一个机会。原来你的很久就是这样，抵不过你遇见那个女人三个月！”左晨晨吼道，直到现在，即使他变心了，但她还爱他。可是，她容不得这样的欺骗，无关爱情，无关尊严，无关付出，只为不甘心。

“晨晨，你别这样。”徐劲安抬起头打断她，“你怎么就不明白，不要张口闭口就是那个女人，不管你信不信，跟她无关，是我的关系，我厌倦了。算我对不起你，你自己照顾好自己，我走了。”他站起来，没看她就往门口走去。

左晨晨跌坐在那里，眼泪流下来，用手擦了擦，又别过脸。

不知过了多久，手机响起来，左晨晨没接，铃声却一直响，她接起来，“左晨晨，刚才为什么不接电话？”左晨晨心情坏到了极点，直接极不淑女地憋出一句：“有屁快放！”

桥南丝毫未听出她的异样，只是愤愤道：“你这个女人是安了什么心呀！是不是想存心害死我？咱们好歹同事一场，我哪里得罪了你这个姑奶奶，你吱一声，我给你赔不是就好了，可你竟然背后下这种黑手……”

左晨晨完全不知对方在说什么，晕晕乎乎地听了半天，最后的一点耐心都耗完了，差点从沙发上弹起来，咆哮道：“桥南，你给我把话说清楚了，我怎么你了，嘴巴这样毒，你不是吃大米饭长大的？”

桥南已经气得还剩最后一口气了，手中的笔都快捏断了，咬牙切齿地说：“那篇关于《游走在寂寞与执着边缘的人》的稿子是不是给你校对的？”

“是！”

“那你觉得你的任务完成得怎么样？”

“当然是……”话说到一半，左晨晨便没了声音，心中暗暗叫糟。那篇稿子的确应该是她校对的，前天是徐劲安的生日，她中午匆匆地去餐厅定位子，买礼物，回来的时候桌面上只校对了一半的稿子已经发了出去，她还一直以为是冷小菁帮她校对的。

“喂！喂……”那边是桥南的声音。

左晨晨心情不好，可唯独对付桥南还是有斗志的，那稿子是桥南那家伙写的，署的也是他的名字，即使要找值班的校对编辑负责，大不了就是受处分罢了。她道：“我不知道，你自己写的出了岔子，可别赖我。”她道。

桥南觉得世界上最歹毒的莫过于左晨晨这个女人，半天才憋出三个字：“你等着！”

令左晨晨吃惊的是，桥南那个家伙居然说到做到，本以为就是明天和他吵一场，谁知那个家伙过了半夜竟然绕了半个城市杀到她那里。门铃响了半天，要是再不去开门估计整个楼道的人明天都会去居委会那里反映了。无可奈何，左晨晨只好顶着个鸡窝头去开门。

桥南一脸气愤未平，手撑在门框上，两只眼睛直直地盯着她，仿佛一张嘴就能把她给吃了。

“你找死是不是?”左晨晨直接放狠话。

桥南二话不说，一闪身就进了屋子，啪的一声就把杂志往桌子上一拍：“你自己看!”

杂志刚好翻到了那一页专题，文章中已经有词语被红笔圈了出来，异常显眼，仿佛是古代帝王的朱批。左晨晨不屑地探身看了一眼，字体渐渐地在眼中放大，看清之后差点晕过去。

某区级书记名叫钱烈宪，爱党为民，为了区的发展做出了巨大的贡献。明明是一篇褒扬的文章，可是上面赫然写着“前列腺”!

“那……那……怎么办?”左晨晨软了，不知所措地问。

“能怎么办，明天李副主编说不定会把我的皮剥了。”桥南瞪着她道。

左晨晨心中亦有委屈，为了帮徐劲安庆祝生日才会出了这样大的纰漏，现在男朋友劈腿了，饭碗也快保不住了。“男朋友不要我了，这可能就是我的报应，为了庆祝男朋友的生日影响工作。”左晨晨说不出的凄然，无力地坐在沙发上。

桥南不忍，坐下来不说话，坐了一会儿又觉得不舒服，伸手摸了半天居然从屁股底下抽出一件文胸，瞬间勃然大怒：“左晨晨，这是什么?”

左晨晨一看，脸红了起来，眼睛瞪得老大，半天才反应过来，狠狠抢过他手上拿的东西，怒道：“关……关……关你屁事!”

“你这个女人到底乱到什么程度?”

“死桥南，还给我!”

第二天上班，杂志社果然出了大动静，他们B组的都被人叫过去，李副主编一进来就是一阵劈头盖脸的骂，整个会议室鸦雀无声。半个小时后，老李觉得累了，双手撑在桌子上，叹了口气，道："都先出去，小菁你留下来。"

整个会议上冷小菁都在发呆，脑子里一片空白，直到左晨晨用胳膊肘顶了顶她，她才反应过来李副主编在叫她。其他人已经出去，办公室里只剩他们两个人。

"小菁啊，这件事闹得有些大，是我们组里出的事，总得我们自己解决。思来想去，还是得把人约出来，吃个饭，赔个不是，俗话说见面三分情，酒桌上好说话嘛!"李副主编一脸苦口婆心。冷小菁愣是没听明白，这事不是她负责的，没必要让她出去顶了这件事。

没轮到她开口，李副主编顶着个大腹便便的肚子，一脸笑意地说道："小菁，你看能不能让萧氏的CEO出个面，约他们出来一起吃个饭，把这事给了了?"

当初冷小菁刚毕业进这家杂志社，就是上面的人交代下来的，李副主编又是个人精，估摸着冷小菁与萧氏集团总裁的关系匪浅。冷小菁解释了半天李副主编也没肯松口，只说只要交情在，他去出面邀请也是没有问题的，事情揽不到她的身上，让她放心。

左晨晨见冷小菁回来，一脸快快不乐，问："怎么了？做错事情的是我和桥南，刚才我们被骂得狗血淋头都没这样。"冷小菁不知道怎么说，李副主编怕是早就料定她和萧楠洛关系不浅，希望她能帮着说上一嘴。可是她在他面前就是半分的人情也是没有的，这是竹篮打水一场空的事情……

她侧着脸看窗外，左晨晨的脸色却丰富起来，眼睛眯起来，暧昧不明地盯着她的脖子那里瞧，趁冷小菁还没反应过来，伸手去拨她的衣领，嘴里啧啧赞叹："小菁……看不出来呀！看这颜色，也不是一次的吧！"

冷小菁瞪她一眼，拍掉左晨晨的手，拢了拢领子，脸却红了。"左晨晨，你流氓啊！"

"我哪里流氓了，我看流氓的人是大有人在。"

下班了，下午五点钟的日头仍很强，地面上的暑气还未散去，空气燥热。冷小菁正在往地铁站走着，心里却比这日头还要燥热。进了地铁口，终于有风灌进衣服里，沁凉地擦过脸上，她才觉得稍稍清醒。

她在买票机前面踌躇几秒，手指点在上面，选的却不是回梓园金茗苑的那一站，而是去了商贸中心。她没有想好怎样面对萧楠洛，自然也没有想出合适的理由来解释昨天的事情，他不问，并不表明那件事情结束了。

漫无目的地逛商场不是明智的选择，她半个小时之后就兴致索然。她随便在麦当劳吃了快餐，回去洗了澡，看了看时钟，显示的是晚上八点整。二楼的走廊依旧很安静，他还没有回来，她暂时松了一口气。

只是逛了一会儿商场，她就觉得腿很累，早早地躺在床上看电视。她从小就不喜欢看什么时政新闻，百无聊赖地换着台，不期然间就看到了萧楠洛的身影。他穿着剪裁合体的黑色西装，每一颗纽扣都紧紧扣着，头上一丝不乱，站在一大群中年男人中，竟有鹤立鸡群的超绝气质之感，让人在瞬间就能捕捉到那一抹修长的身影。

只不过屏幕上的男子清俊的面容上多了几丝不易察觉的疲惫，嘴角轻抿，比平时更显得疏离淡然。

原来他去了海南，看来自己的担心多余了。新闻女主播的一番报道，她才知道萧楠洛已经在那里买下了一大块地，准备建造度假村。

她以为他是气急了，又要十天半个月不回家，没想到真的是有公事出差了。

准备伸手关电视，稍稍一瞥，她看到了海蓝，穿着得体的记者工作服，坐在采访席的第一排，正认真地做着记录。她没有多想，关了电视睡觉。

当冷小菁看到电视里面的海蓝时，她不会知道，海蓝也想到了她。

第十章　三亚之行

海蓝作为国内著名财经媒体的记者，自然是在第一时间得知了萧楠洛去海南的三亚出席度假村的动土开工仪式的消息。她向主编主动请缨，要求跑这次的新闻，随即便登上了去三亚的飞机。新闻发布会结束之后，海蓝是最后一个走的。她把东西收好，手机这个时候响了起来，她一边从会场往外走，一边接电话。

“蓝蓝，东西我都帮你整理好了，什么时候过来?”徐劲安的声音在那边响起。

海蓝刚想说话，看到前面走过来的一行人。“萧总，酒店已经订好了，您昨天一晚没睡好，要不要先回酒店休息?”蒋若跟在萧楠洛后面道。

萧楠洛走入电梯，揉揉眉心：“先去工地。”蒋若跟进去，按了电梯按钮，回道：“是。”

海蓝看着进入电梯的一行人，对那边的徐劲安道：“先不过去了，你把我的东西先搁在那，我这边还有事，先挂了。”

下午时分，外面的阳光浓烈，大厅里的客人并不多。海蓝走过去，前台的小姐笑着问道：“小姐，您好，我们酒店……”

“帮我订一间房间。”

“好的，您稍等。”前台小姐露出标准的笑容。

海蓝接过房卡，低头笑了一下，这样做的确是有些疯狂了，报社定然不会为她报销这家酒店的住宿费。

君澜度假酒店在椰林长廊的尽头，外面的风景很美。透过窗户就可以看到浅浅的沙滩，广袤浪漫，碧海蓝天之下，她仿佛可以感受到海上吹来的咸咸的风，静谧，安宁。

海蓝洗了个澡出来，披着酒店的浴袍，吃了下午茶，坐在床上翻看手机。有一个未接电话，是徐劲安打过来的，准备回拨过去，指尖无意划过冷小菁的号码。手指顿了顿，她随即拨了徐劲安的号码，那边很快就接了，“蓝蓝，最新消息，萧总裁正在南边的工地视察，我们要不要过去拍点照片？”

海蓝一听，拿过柜子里的衣服，扔在床上，说道：“嗯，你先过去，我马上到，到时候我们电话联系。”说完，挂了电话，穿上衣服匆匆出门。

刚刚动土的工地上，有些尘土飞扬，忙碌的施工现场，到处是弯腰劳作的工人。工地中心站立着一位身形颀长的男子，身边跟着几位西装革履的男子。前面的男子手中拿着一张图纸，戴着一顶黄色的安全帽，即使这个样子，也依旧是英伟不凡。

萧楠洛好像对什么不满意，对其他身着工人服装的男子吩咐了几句，然后朝别的地方走去。徐劲安趁着这个空隙，拍了几张照片。

海蓝觉得他似乎是巡视完毕了，于是小跑着追了上去。

那时萧楠洛刚准备上车，看见那边过来的女子，他眯着凤眼，脚步顿了顿，手停留在开着的车门上，食指与中指随意地敲打着，不动声色的举止中似乎透着莫名的情愫。

海蓝终于走近，大方地笑了笑：“萧总，不知道我有没有荣幸请您说几句，关于度假村？”

萧楠洛眉宇紧了紧，脸上是淡淡的疏离的笑容，透着几丝不解。

海蓝有所察觉，大方地解释："我是《财经时报》的记者，专门负责这次关于贵公司筹建度假村的相关报道。"

萧楠洛笑笑："该说的我在上午的新闻发布会上已经一一做了解释，相信海记者已经了解，别的就不多说了。"这样子的回答，让海蓝有些受挫。可是下面的一句话又让她看到了希望。

"今晚会举行一次小型的酒会，关于成功动土，届时欢迎海记者的光临。"他优雅地一笑，随后上了车，关上了车门，车窗上的膜颜色很深，她看不到里面，只能看着几辆清一色的奥迪绝尘而去。

亚热带的岛屿，晚上美丽异常，酒店里正举行着热闹的商业酒会。萧楠洛一向行事低调，说这是小型的酒会真的是谦虚了。

海蓝穿着一袭雪纺的削肩曳地长裙，在众多来参会的记者中显得超凡脱俗。一晚上，她只是和其他的同行寒暄了几句。

萧楠洛来得很晚，上台后发言几句，下台后忙着应酬，打发媒体记者与企业同行，用餐后又被一些记者缠住。海蓝只是一直远远看着。

晚宴结束时，宾客散场，海蓝从宴会厅出来，失望地在花园里待了一会儿，准备上楼回房间。转身的时候，看到了前面巨大的喷泉旁站着一位男子，身形颇为熟悉，只是背影有些落寞。

"萧总，还没走?"海蓝笑着打招呼。

男子静默地转身，索然无味地看了她一看。

从男子轻飘的脚步看，海蓝知道他喝醉了。她上前扶着他，男子特有的烟草味夹杂着淡淡的薄荷味，扑面而来。他的呼吸在耳边回响，温热绵延，海蓝的心一点一点地加快跳动。

只是几秒的光景，她心底的悸动像只盘桓在心头的鸟儿，想要飞出心房的牢笼。

一路上，她艰难地扶着萧楠洛，上了电梯，开了门，终于把他送到了床上。

酒店花园的夜色很美，外面简直是椰树林立，仿佛是神秘的热带雨林，不远处的游泳池泛着盈盈的光泽。几缕银白的月光洒进来，床上的男子陷入了朦胧的光影中，五官深邃，脸上所有凌厉的线条都软化了。白色的床单因为床上矫健的身躯形成了无数道褶皱，他的胸膛随着呼吸微微地起伏。

她不知不觉有些看痴了，心仿佛被什么吞噬了，一种暗藏的魔咒呼之欲出，以一种不可阻挡的势力叫嚣着。

只是短暂的一瞬，已经来不及思考，她的唇已经贴了上去。她不是小女孩了，以前也和男友接过吻，但是，却从来没有这样的感受。仿佛是浸了雪，沁凉冷冽，从唇边一直蔓延到心底，那样的凉，她却不能忍住不要。

冷小菁从前说过，这个男人是魔鬼。而她，只觉得有毒，不是妖艳的罂粟，却能称得上是清新淡漠的夹竹桃，不同的是性情，相同的是有毒。

“冷小菁”这个名字让她一震。

萧楠洛觉得自己做了一个很长的梦，有小雨，村头的老槐树下，地上落了厚厚的叶子，她静静地站在上面……

陌生的味道在唇齿间弥漫，他蓦地睁开了眼，借着床头散发着微弱光芒的壁灯，女子的面容此刻一点一点地清晰起来，他的眸子一下子暗了。

周遭的空气在这一瞬间陡然降了温。

男子起身，拿起落在地上的外套，利落地穿好。扣扣子的时候，他淡淡地扫了一眼床上的女子。

此刻的海蓝满身狼狈，从身到心。“你……就这样走了?”她问。

萧楠洛此时的眸光冷冷的，轻笑了一声：“海记者，难道你还真的想发生点什么?”语气颇为嘲讽，眼中一片冰冷。

失望在眼底扩散，她直了直背脊：“刚才明明有感觉，为什么……”海蓝不是怯场的女子，包括在爱情上。

萧楠洛像是听到了天大的笑话，薄唇抿了抿，道：“我萧楠洛从来就不是君子，我以为我至少会对你的身体有感觉。但是，从吻上你的那一刻，我发现……还真……没感觉。”

砰的一声，关门声响起的那一刻，她身子猛地一震。

有泪水在地板上滴落，圆圆的，洇散开来。

身旁的凌乱，仿佛还有暧昧的痕迹。海蓝笑了两声，眼角却滑过一片骇然。

萧楠洛开着车子在街上漫无目的地兜风，度假好城市，此刻霓虹灯闪烁，万家灯火的繁华。海风真凉，隧道两边的灯像两条炽烈的火龙一样蜿蜒。

这样荒唐的生活并不是没有过，而他现在却觉得异乎寻常地累。

看着冷小菁一边颓然地撑着下巴，一边在键盘上敲敲打打，左晨晨把手伸了过去。啪的一声，一本杂志倏地映入她的眼帘，熟悉的身影，明明是应该出现在财经杂志上的人物，却总是成为一些八卦媒体的常客。

“小菁，看看，我们老板的这副魔鬼身材，不去当模特真是可惜了。”说着，左晨晨还不时地发出一些喟叹。

封面上的男子气质卓越，身形若竹，一身剪裁合体的黑色西装，显得内敛深沉。

他身边的女人真的很美，才华横溢，连冷小菁都忍不住要看几眼。

“美吧?”左晨晨问。

“嗯，很美啊!”她说道。

“可是你不觉得这幅照片对于我们来说，最吸引的是旁边这位男人? 萧氏集团的董事长兼首席执行官，真的不敢想象，原来真的像传说中一样的完美。三十二岁，超过一百八十厘米的身高，好让人羡慕，等等，我怎么感觉有点眼熟……”不知是不是和她的青梅竹马和好了，还是别的原因，左晨晨又恢复了以前那种没心没肺的样子。

“你和你的男朋友和好了?”见她这么开心地聊着八卦，冷小菁开口问道，上次哭得那么伤心，真的吓了她一跳。

左晨晨脸上欢快的表情顿时敛去，看了一眼她桌子上的蝴蝶兰，不冷不热道：“没啊！分手了。”

冷小菁看着她，有些不相信。

左晨晨耸耸肩，摊摊手：“他的心都不在我这里了，我们一起长大，这么多年的情谊他都觉得淡了，那说明他是真的变心了，真的不爱我了，那还不如分手痛快。”

左晨晨是个无比坚强的女孩子，此时话说得坚决，眼中却有丝丝缕缕的怆然，但终究狠得下心。爱情来的时候炽烈，中间平淡，走的时候也要果断一点，一如长在心中的刺，只有一次性地拔出来，才会有愈合的机会。否则，怕剧烈的疼，一直不肯拔出来，疼痛就是一辈子的事。

冷小菁觉得眼前的女孩子有一种独特的美，可是变心的男人总是发现不了。

“他是报社的摄影师，喜欢上了他们报社的一位优秀的记者，喜欢了很长时间，只是我一直不知道，像个傻子一样……”左晨晨话一出口才发现，原来心还是疼的。

下班以后，左晨晨拉着冷小菁去外面逛街，她本是不愿意去的，可是怕这个失恋的女子孤单，她还是奉陪了。她给寒木发了一条短信，告诉他她可能会晚点回去，让他转告萧楠洛。

“今天不是周末，为什么要来逛街?”冷小菁问道。

左晨晨不屑：“小菁，你是什么逻辑，非要周末才逛街?”

进商场之前，左晨晨忽然停下步子，侧着脸一直看着广场的另一边。冷小菁不解地伸手去拉她，却感到她的身子都是僵直的。

冷小菁好奇地转过头，发现一对男女在那边激烈地争吵，男人似乎在挽留着那个女子，而女人一直推开上前想要拥抱她的男人。男子的面是朝着她们的方向的，很秀气的脸，溢满深情。

远远地看着那个女孩转过身子，冷小菁一愣，不过是短短几秒的光景，她便认出那个女子是海蓝。她闭了闭眼睛，再次睁开，才确认没错，那个女孩是自己的好友海蓝。

怔怔间，有人比她更快地上前。

左晨晨没有上去和他交谈，只是站在一旁，仿佛和许多来来往往的人一样，无心地在看热闹。

“我和她分手了，为了你，和她彻底地分手了，为什么你还不肯给我一个机会? 我是真的想和你在一起!”徐劲安道。

海蓝尴尬不已，她小心地瞥了周围的人，多事的人全部站在旁边，围成一个圈子，看着这对争吵的男女。“你别在这里闹好不好，我们换个地方说，怎么样?”海蓝觉得自己的脸快丢光了，她是个记者，不想惹麻烦。

“好，我们去别的地方。”徐劲安见海蓝态度稍缓，声音放低，拉着她挤开人群往外走。

对面过了马路就是一个人民公园，聚在那里的人已经散去。冷小菁从来就不是一个多事的人，即使朋友之间也有不能分享的事情，转身欲走，可身边的左晨晨已经先她一步跟过去了。

市中心的公园，晚上散步的人很多，一家老老少少都出来，穿着大多随意清凉，身边还带着宠物。

公园的西边是一片小树林，海蓝站在一棵大树下。她站在树枝洒下的阴影里，背着男人，阴凉的大树下，海蓝的背影冷漠。

徐劲安扳过海蓝：“蓝蓝，给我一次机会好不好？”

海蓝不说话，神情淡漠地推开他的手，别开脸：“劲安，别这样，以前你并不是玩不起的人，如今怎么这样了？”

徐劲安眼中的希冀溃散，取而代之的是茫然的绝望，他自嘲地笑了几声，原来她只是抱着玩的心态……他丢开了青梅竹马的女友，断了一切后路，她竟然就这样抛开他，说分手就分手？

“徐劲安。”左晨晨开口唤道。

徐劲安惊讶地回头，看见左晨晨站在他身后。他走过去，语气有些斥责：“你怎么来了？”

“我……看到你……在商场外面……”左晨晨没有了在冷小菁面前活泼的神情，小心翼翼地看着男人的神色。

原来，不管是谁，陷入爱里，都注定卑微不堪。

“我已经和你说了我们分手了，你还缠着我干什么？”徐劲安字字如弹，一腔怒意无处发泄。

“小姐，既然他是你的男朋友，那就领回去看住了。”海蓝走过来，细眉微微挑起，双手环胸。

冷小菁那个时候才恍悟，原来左晨晨的前男友是海蓝的现任男友。

左晨晨眼中有泪水滑落，吸了吸鼻子忍着不让它落下。情深而始，情淡而终，原来情变最后只有伤害。

“小菁，你怎么在这里?”海蓝直到此刻才看见站在一边的冷小菁。

冷小菁不知道自己会遇到这么复杂的场面，两个女孩都是她的好朋友，却都和一个男子关系颇深。她勉强着挤出一抹笑容，对海蓝道：“那位女孩是我的朋友。”

“那正好，你叫她管好她的男朋友，不要来缠着我，我有自己喜欢的人了。”海蓝走近，一语道来。

她还没有开口，已经有人抢了先。“不是！你和那个男人根本就不可能，他只是玩玩你，根本就不会有真心。”徐劲安大声说道。看到海蓝眼中的萧索，突然语气又软了：“蓝蓝，我是真心喜欢你的，我和她真的已经分手了，我真的不喜欢她，我们只是一起长大的朋友，但是那从来都不是爱情。”

左晨晨离开了，已经说到这份上了，她还能说什么？泪水流下来，像夏天早上的露水，蒸发殆尽，永远留在了炎炎夏日中。

最后，海蓝也走了，只有徐劲安留在那里。

冷小菁转身离开的时候，听到徐劲安自言自语：“她真傻……萧氏集团的总裁怎么会喜欢她……”

秋天的风凉中带寒，吹在皮肤上，激起一层寒。隔得那么远，可她还是听见了，淡淡地，轻轻地，遥远而清晰地灌入她的耳朵。她觉得自己一定是听错了，怎么可能呢?

应该不是同一个人……

可是眼泪还是流下来了，滴在自己的衣襟上，一滴一滴，慢慢地湿了一大片。

她仿佛听见自己的心凝结在一起，然后，碎裂……

海蓝和萧楠洛！怎么会？

她不知道自己怎么还记得路。她是走回去的，足足花了两个多小时，竟然也不会感到脚疼，因为没有感觉了。疼的时间长了，麻木了，就没有知觉了。这样子其实还蛮好的，可是她的心呢？要是也麻木了，该多好。

方管家因为家里有事请假了，用人也不见。

三百平方米的别墅，太大了。一步一步地走下来，不知道要走多久。整个别墅里只有她一个人的脚步声。她把所有的灯都开了，光线填满了每一个角落。星星碎碎地落下来，落下一地的光影。

然后，她再把灯一盏盏地关掉。

萧楠洛……萧楠洛……她一遍遍在墙上写着这个名字，什么时候对他有心痛的感觉？什么时候一步一步地沦陷，即使开局输了，终究不希望结果一败涂地。她不知道自己是什么时候爱上的，也不知道那种感觉是不是爱，可是当她听见那句话的时候，心从来没有那样疼过。

她在浴室里泡了很久，温热的水冲去了眼泪。不知道过了多久，直到感到全身开始冷得发抖，她才发现水早已冷了。裹着厚厚的睡衣去厨房里下了一碗面，呼啦呼啦地吃完，一点不剩，连碗里剩下的汤也喝完了。出了汗，她没有再洗澡，裹着浴袍，直接睡下。

晚上不知道什么时候醒来，她感到身后有湿湿软软的东西贴在她的背上，慢慢地移动，从脖子然后一路下滑，一路蔓延到腰际。她的身子很暖，但是贴在她皮肤上的湿软的东西却是凉凉的。

她不禁打了一个哆嗦，大脑一下子变得空白，可人开始清醒过来。有人睡在她的床上，而且，那个人不会是其他人，只有萧楠洛！

房间里的窗帘很紧密，亚麻色的布艺窗帘，外面一丝星光都透不进来。

她蓦地睁开眼睛，没有光线。

他的五官在黑暗中尤为深邃，眸光幽深地注视着她。

她觉得自己仿佛置身于荒凉的大漠，看不到尽头。

脑子里全部都是他和海蓝在一起的画面，像一团乱麻似的滚成一团。心仿佛被什么腐蚀，酸酸麻麻的触感一点一点沁入心扉。

在萧楠洛吻上她的那一刻，她下意识地别开了脸。在她上面的男人吻了个空，他的呼吸有微微的停滞，她不看他。外面的月光还是很亮，只是窗帘拉得太紧密，白色月光照不进来，屋里显得那样静谧与黑暗。

萧楠洛的眸子像一潭幽幽的水，上面波平浪静，底部波涛汹涌。

他扣住她的下巴，墨黑如玉的瞳孔在黑暗中一点一点地收缩，汇聚成一点火苗，清冽地开口："长能耐了，会反抗了？"

她不说话，只是灼灼地看着他。

他突然别开脸："只是一顿饭，你就想为了别的男人，守身如玉？"

她抑制住胸口的愤懑不平，昂起头，迎上萧楠洛的目光，倔强地扬着下巴："你以为谁都像你一样肮脏？"

萧楠洛不说话，移到她的颈侧，重重地吻下来，没有怜香惜玉，没有浅尝辄止，仿若报复与惩罚。她觉得萧楠洛像看一只宠物一样在研究她，那样子的眼神又不像以往的冷漠，仿佛连她的每一个神情都要研究清楚似的。

他近乎嘲讽地在她耳边说道："我脏，你又能干净到哪里去？"

他是个魔鬼，冷小菁此刻想不管不顾地大叫起来，可嘴被堵住了，什么声音都发不出来。她欲扬起手来，他似乎已有所察觉，伸出手扼住她的手腕，居高临下，声音冷冷的："你最好乖乖的，不要反抗。"

她有眼泪涌出，湿湿地沾湿了长长的睫毛。她推不开，放弃了挣扎，呆呆地望着天花板："萧楠洛……你放过我好不好……你讨厌我，我一直都知道，你身边女人那么多，燕瘦环肥，要什么样的女人没有……为什么就不放过我，也放过你自己……"

萧楠洛的动作顿了顿，没有说话，眸中幽深一片，撑在上方若有所思地看着她，薄唇抿成一条锐利的直线。

外面的风声大了，穿过枝丫簌簌作响，仿佛小孩子的哭声。

她继续说着，不管他愿不愿意听。"爸爸的事情我不知道是怎么回事，那个时候我还在上学，对生意上的事情一窍不通……我只能说，对于爸爸的事，我很抱歉……不管你相不相信……"冷小菁平静地说着。

楼下的钟声咚的一声敲响，划过夜晚的寂静，已经过了子夜，外面不知不觉地下起了雨，夹在风中，时轻时重。

萧楠洛心头燃起一丝烦躁，去拿床头的烟。外面雨声渐渐大了，仿佛连烟都潮了，点了几次才点着，他幽幽地吸了几口，目光缥缈地望着漆黑如墨的外面。在商场上浸淫了这么久，他早已不需要靠借助外物来让自己清醒，但是这一刻，他却并不想去看她的脸。

冷小菁知道他根本不可能答应，墙上的时钟嘀嗒嘀嗒地走着，不知过了多久，她听到他开口："好。"

她心中一怔，没想到他会答应。萧楠洛披起睡袍站起来，出门之前他回过头，脸上仿若有一种似有若无的落寞，轻喃般嘲讽：“冷小菁，是你说的，希望你到时候别后悔。还有，至少现在你还是我的人，即使我不要，也不会让别人沾染分毫。”

萧楠洛不知道是什么时候走的，房间又安静下来，外面的雨声停了。

她躺下来，把头埋进枕头里，上面还有他的味道。她记得他第一个晚上就对她说：“冷小菁，别指望我会放过你。”

她知道，从开始就已经知道，只是那个时候她没有想到，踏错一步，就会万劫不复，直至沦陷。

她似乎已经精疲力竭，终于可以忘记一切，昏昏睡去。

第十一章　拨云见日

冷小菁一上午忙得焦头烂额，伸手端起手边的水杯来喝水，杯子放到唇边，才发现没有水。去茶水间打水的时候碰到李副主编，冷小菁脸色变了变，想着上次他交代的那件事，心中一阵唏嘘。

李副主编脸上堆了笑，丝毫未提到上次在会议室的事情，这让冷小菁松了口气。结果到了下午下班的时候，她却被通知陪领导应酬。这种事情根本轮不到她，可是在人情世故面前，冷小菁根本就不懂得拒绝，只好硬着头皮上。

到了会所的包间才知道，这一行非同寻常。她搭了李副主编的车去，包间是至尊包间，到了包间的时候里面的人已经差不多齐了。那些人她一个都不认识，也不知道这种事为什么要找她来。

里面的人见他们进来，席间有人道："老李，领了个小姑娘，就来得这么晚了。"李副主编只是笑，忙为众人介绍道："我们报社的后起之秀，小冷。"说完，又对小菁一个个地介绍。

冷小菁心中发颤，在座的几个人，来头不小，其中包括在桥南的报道中被误写名字的那位领导。冷小菁没有见过这种场面，只是一声不吭地坐着，脸上浅浅地挂着笑容。

众人谈笑了一会儿也不见开席，她中午忙得没有时间吃饭，只吃了一块蛋糕，现在早已饿了。低头煎熬间，听众人站起来，客客气气地称呼："萧总。"冷小菁身子一僵，一种不好的预感从心头升起，忙抬了头去看，只见侍者引了萧楠洛从门口进来。他依旧是一身西装，只是上面开了几颗扣子，清冷中多了一分柔和。不知道他有没有看到她，因为他目光并没有定在她身上，只是轻轻掠过，便和里面的几位人物寒暄去了。

她这才定了定心，此刻才知道，为什么中间那个主人位子空在那里，原来是萧楠洛做东。里面早有人嬉皮笑脸地开口："萧总不给我们面子，这是姗姗来迟啊!"萧楠洛风轻云淡地笑笑："路上出了点事，过来晚了。"

这顿饭一直吃到晚上九点才到尾声，在觥筹交错、推杯换盏间，他们得到了领导的原谅。

喝了点酒的冷小菁只觉得头痛欲裂，晕晕乎乎，一回到家便趴在床上就睡着了。

宿醉的感觉，冷小菁是第一次尝到，头痛欲裂，浑身的骨头抽丝剥茧般的疼。仿佛睡了很久，做了很长的梦。她睁开眼，还是熟悉的房间，呆滞了几秒，梦终究是要醒的。

她拿过一旁的手机，却发现已经没电了，只好侧过身子看墙上的时钟，上面赫然显示是下午一点。她怔了怔，根本不敢相信，闭上眼，又睁开，才确定没有看错。冷小菁几乎是一下子从床上坐起来，已经是下午了，她没请假，岂不是缺了一天勤。迅速下床，走进浴室，热水触在肌肤上，人终于清醒过来，她蓦地松了一口气，原来今天是周末。

把手机接到充电器上，又折回床上，尽管睡了超过十二个小时，可依旧还是累，她迷迷糊糊又睡着了，第二次醒来是被手机铃声吵醒的。

下床直接按下接听键，那边传来海蓝的声音：“小菁，今天下午有事吗？没事就出来逛逛吧。”对方的话说得极为顺畅，没有一丝不自然，仿佛她还是她很好的朋友，未曾变过。

冷小菁最后的一点睡意消失殆尽，或许每个人都有鸵鸟情结，此刻她真的想什么都不管，做一只鸵鸟，将头埋进沙子里。

她沉默几秒才开口：“好吧，到时候老地方见。”说完就挂了，她重新坐起来，想着此刻如果手中有一支烟就好了。

下楼的时候一个人都没有，也没有见到萧楠洛的影子。

到咖啡馆的时候恰好是下午茶的时间，三三两两地坐着一些客人。她在靠窗的地方找了一个位置坐下来。深秋已尽，转眼冬天就要来了，外面马路边的丹桂花开得极好，甜甜的芳香弥漫了整个街道。叶子油油亮亮，仿若碧珠。可是外面玻璃橱窗外走过的那些学生依旧穿着短短的热裤，仿佛依旧是夏天。冷小菁眼中露出一丝羡慕，年轻真好。

一会儿，马路的对面多出了一个熟悉的女子的身影，打扮大方成熟，直直的长发从后面全部扎成马尾，清爽而干练地挂在脑后。里面是浅 V 领的背心，外面罩着 GUCCI 的风衣，脚上是一双裸靴，小腿的曲线显露无遗。阳光正好，海蓝用手遮住额头，在路边左右看了看，匆匆过马路。

“小姐，您的咖啡。”

冷小菁闭上眼睛，深深吸了几口气。刚端上的咖啡温热，指尖流连在杯壁上，蓦地一烫，她惊了一下收回手。拿起汤匙缓缓搅动，低头抿了一口拿铁，苦涩的味道在嘴里蔓延，一直从嘴里透到了她的心里。

抬起头，海蓝已经从外面走到了里面，在冷小菁对面拉开椅子，然后坐下，动作大方流畅。

有侍者走过来，问海蓝要喝什么咖啡。“和她一样，一杯拿铁，谢谢。”海蓝回之以笑容。

冷小菁朝海蓝笑笑，没开口说话，目光对上她的，持续了几秒才移开。

她从来没有仔细思考过，为什么两个性格迥异的女孩子会走到一起。上大学的时候志趣相投，她参加学生会的文学社，海蓝也参加，讨好一般对她说：“我陪着你，两人成双，岂不更好。”那时她的衣服都是父亲秘书买的，大都是价格高昂的名牌。海蓝羡慕极了，拼着省下两个月的零花钱，也要买上一件。她从来没有怀疑过这样有什么不好。

爱好太过于一致，喜欢彼此的一切，有时候，就会连男人也会喜欢同一个。

“蓝蓝，你喜欢什么样子的男人？”冷小菁放下手中的汤匙，眯起双眸问海蓝。

海蓝端咖啡的手抖了一下，几滴咖啡溅了出来。“我喜欢什么样的男人，你还不清楚吗？”敛去了不易察觉的紧张，她笑着回答。

“是啊，我怎么会不知道？”冷小菁意味不明地笑笑，喃喃自语。从以朋友的身份，那个时候就开始探听她和萧楠洛的事情，她一直心无芥蒂以为那是朋友的关心，所以一直毫无保留地直言不讳，如今想来，一切只怕都不是偶然。

海蓝静默几秒，忽然想起那天商场外面复杂的相遇：“小菁，那天的事情……不是……我真的没有想过要去介入别人的感情，我也不知道你和那个女孩子是朋友……”

“你喜欢萧楠洛？”冷小菁忽然打断她，抿了一下唇，倏地展开一个妍丽无比的笑容，眸中一丝漠然掩住眼底的嘲讽。

这样子的冷小菁在海蓝眼里是格外陌生的。海蓝脸色蓦地难看到极点，抬眼对上冷小菁的眸子，几秒后狼狈地移开。“你说什么?”

“我不想再问第二遍，算是节约彼此的时间吧。”冷小菁的声音听不出喜怒哀乐，竟是心平气和。

“我不懂你在说什么，也不知道你为什么要这样问。”海蓝忽然激动起来，沉默之后仿佛想起什么，一下子推开座椅站起来，手撑在桌子上，“是不是徐劲安跟你说了什么?你别听他胡说八道就是了，他是疯子!”她声音颇高，咖啡厅里为数不多的人已经把目光投过来，海蓝的脸涨得通红，而后扶着椅子坐下来。

对面的冷小菁浅笑嫣然地坐着，搅拌咖啡的动作不疾不徐，仿佛对她所说的一切都漠不关心。海蓝忽然觉得是她自己先乱了阵脚，自己喜欢萧楠洛的确没错，可是她冷小菁也不见得有多爱她的丈夫，否则现在为何脸上是一片漠然?这样的冷小菁才让海蓝觉得难堪无力，仿佛一记闷拳打在棉花上，绵然无力。

“小菁，真的不是这样，我从未想过介入你的婚姻，你要相信我，我们这么多年的好朋友了，不是吗?”最后的一句，艰涩难忍，似要哭出来，让冷小菁的脑海里浮现了“低声下气”这个成语。

整个过程冷小菁都没有再说一句话，她的脸上浮现着一层恬淡的光泽，眸子里有一种不悲不喜的智慧在闪烁。直至此刻，她吃完一块芝士蛋糕，放下手中的叉子，擦了擦嘴，才淡淡地说了一句:“是朋友，可是我不知道是不是好朋友。”如此轻飘飘的一句话，海蓝没想到冷小菁也会有尖酸刻薄的时候，一时之间无法适应。

冷小菁看了一下车水马龙的街道，觉得太晃眼了，来来往往的人那么多，街道拥挤，大家互相不认识，起码够安全。至少好过曾经在一起的最要好的朋友，却一直对她满腹心机。

整个世界都在变，又怎么能要求人心不变？或许吧，曾经是好朋友，如今不复往昔。可能她不够善学，起码比不上海蓝，能够敛起伪装戴上面具应对每一位朋友，短短三年，她已经从刚毕业的大学生爬上了国内著名财经媒体记者的位置。她曾经读过一篇文章，从中国古币的天圆地方里谈到人性，外在圆融，人情世故里懂得周旋，可只要内在方正，始终如一，就算不上在繁华中丧失秉性。想到她与海蓝的大学生活，只祈祷海蓝曾经真诚待她。

“为什么铁了心甩了刚在一起没多久的徐劲安，难道不是为了一心一意追萧楠洛？”冷小菁一针见血，海蓝被噎得一句话也说不出来。她脸上表情丰富，一阵红一阵白，堪比变脸一般，想到上次萧楠洛给她的难堪，心中闷着一口气无处发泄，只好暂时忍着。

“小菁，你们走到一起不是因为爱，而是因为恨，既然彼此不相爱，为什么不放爱自由，给彼此一条活路？”

天空暗灰一片，仿佛撒了一层粉末。马路上车水马龙，红色的汽车尾灯与橘黄的前灯交汇出一个温暖暧昧的光圈，几分钟的光景，车流开始缓缓移动，那光影也随之湮灭。其实，让人难过的不是人心变了，而是珍贵被遗忘了。

放爱自由，理由太牵强，目的太伤人。

余晖落进玻璃窗，在海蓝脸上留下一道光影。她道：“我可以在你面前发誓，我真不是故意要破坏你们的婚姻关系，不管你信不信，我只是爱上了一个不该爱的人。人在爱情面前，谁能一定做到不自私？我也有爱的权利，对不对？”她语意委屈，让人不得不怀疑，到底是谁伤害了谁？

冷小菁的瓜子脸上浮出一抹笑意，像秋日里的芙蓉。她略略地弯起嘴角，委婉地一笑，但是瞳孔却在慢慢地收拢，化成坚韧的一点。

“那既然这样子，你准备以什么方式来延续你这份迟来的爱情?”

海蓝无可奈何地摇头，眼中的泪盈盈欲出：“等待，只要他有一点点喜欢我，我就会和他在一起。”语气坚定，有种不达目的誓不罢休的决心。

一场谈话，以十分尴尬的气氛收场。海蓝离开之后，冷小菁坐了一会儿才离开。这里是她们最喜欢来的咖啡店，只是风景依旧，人情不再。很多东西都会改变，不仅仅是人们天天挂在嘴边的爱情，还有她曾经很珍惜的友情。

第十二章　人醉心不醉

夕阳渐沉，浅灰的天幕上印着几道红光，像是被人掐出来的几道红印子。风中不时飘来汽油与灰尘的味道，微微呛人。一抹车灯打过来，映在她的脸上，眸中是盈盈一片，仿佛泪光。商业街附近人很多，她混在逛街的情侣里面，漫无目的地走，眼泪不知不觉地流下来。她任性地一直哭一直哭，夹杂着那么多的事情，似一颗颗珍贵的珠子，从心底凉凉地滚落。曾经被珍藏的回忆，真的成了南柯一梦，有些事情没有原因，却真的改变了。

街道人影憧憧，天气冷了下来，石凳又硬又凉，冷得让人直打哆嗦，连腿都开始没有知觉，可她却一点都不想动。

“小菁!”背后有人喊她，虽然省去了一个姓，她却听出来是在叫她。她脸上还有未干的泪水，索性没有回头，保持着一直背对着的姿势。

桥南是出来给马上要回国的嫂子买礼物的，谁知道还没有进商场，就看到了坐在外面石凳上一动不动的冷小菁。她一直低着头，好像是怕别人看到她的脸。他怕认错人，于是才喊了一声，结果那女孩的背果然一抖。

“怎么一个人坐在这里?”桥南走近笑着问道。

她吸吸鼻子，哈出一口气，空气里有薄薄的白气，浅浅如烟，抬起头，眼眶红红的，脸上的泪痕在风里渐渐消逝。她绽出一抹笑容："我在这里看风景。"

"看风景?"桥南一脸疑惑，这年头的女孩子都这么鬼灵精怪吗？在杂志社的时候也没有觉得她说话这么好玩。

路边的霓虹灯这时恰好亮起来，霎时投在桥南的脸上，他不明所以地抓了抓头上的短发。冷小菁笑了笑："你都没有听说过吗？你在桥上看风景，看风景的人在桥上看你。"看着桥南点点头之后，她突然笑着站起来，大声地说道："所以，现在我就是那个人，我在这里看着别人，你在我的后面看着我。只是我始终是别人眼中的风景。"最后一句，她声音放低，似受了委屈一般。

桥南只能干笑，女孩子的心思还真是难以捉摸。好在冷小菁后面的话终于着边际了："你来这里陪人逛街还是买东西?"她探着头往桥南身后望了望。

"我啊！我来给我嫂子买礼物的。就是不知道女孩子都喜欢什么样的东西。不知道你愿不愿意帮我选一下?"他摸着脑袋望着冷小菁，在桥南眼里，冷小菁在杂志社是一个不多话的女孩。看见她的时候，总是低着头默默做事的时候比较多。要不就是一手撑着头，看着窗外发呆的时候比较多。对于这样的女孩，他根本拿不出和左晨晨说话的那种架势，总觉得仿佛是唐突佳人一般的感觉。

"好啊!"冷小菁一口答应，她急需用什么事来分散自己的注意力。

桥南爽朗一笑，露出一口洁白的牙齿。真是刚毕业的大学生，什么情绪都写在脸上，是喜是忧，一看就知道。

冷小菁帮他选了一条细细的手链，水钻串在一起，泛着星光。付了账，他们出了百货大厦，天已经完全黑了下来，正是华灯初上时分，繁华如水，街上的霓虹灯已经全部亮起。

“为表谢意，我请你吃晚饭吧。”桥南从裤子里掏出手机，看了一眼说道。

冷小菁还没说话，包里的手机响了起来，左晨晨的名字在屏幕上闪闪跳跃。“喂！小菁，我在离岸酒吧，你来吧，陪陪我……咦！我怎么有种醉生梦死的感觉……”冷小菁根本就没有听清楚那妮子说的什么，那边很吵，充斥着音乐声，她在这边耳膜都快被音乐声震破，只零零碎碎地听到“酒吧……死……”之类的字眼。冷小菁听了不免担心起来。左晨晨刚刚失恋，她决定还是过去一趟。挂了电话，转身问桥南：“你知不知道哪里有一家叫离岸的酒吧？”

桥南想了想，片刻之后说道：“我好像也不是很清楚，但是我车上有 GPS 导航仪，应该很好找。”

冷小菁正在踌躇让桥南送自己过去会不会很冒昧，桥南看着她为难地咬着嘴唇的样子未免好笑，拿着车钥匙在她眼前晃了一晃，笑着说道：“想什么呢？当然是我送你过去，索性也看看左晨晨那个女人会不会发什么酒疯。”

路况依旧处于晚高峰时段，车流量大，车速很慢，冷小菁看着车窗外车灯闪耀，暮色中宛若蜿蜒不绝的火龙，在二环的中心街道绕了一圈。导航仪里机械冷漠的女声报出了具体位置。桥南去停车，冷小菁自己先进去找左晨晨。

不知道是什么酒吧，外面装潢极为低调，到了里面才知道完全不是那么回事，灯光旖旎，每个角落都充斥着轰隆隆的音乐声。冷小菁绕过中间人影摇晃的舞池，才看到坐在吧台边，一边有节奏地摇着头一边喝酒的左晨晨。

“晨晨，就你一个人？”一个女孩在外面喝得烂醉如泥多危险。

左晨晨笑了一下，仰着头，奇怪地问道："是啊，就我一个人，不然呢？总是习惯了有人陪着，一下子失去了会受不了的。"

她是笑着说的，可是眼眶中却氤氲着薄薄的雾霭，仿佛要潸然泪下。冷小菁知道她是为了什么而难过，她以为她已经放下，没想到还是如此难过。可是感情这东西，一旦爱了，若是得不到或是失去了，抓心挠肝的疼总是注定的。

"小菁，你能想象被在一起那么多年的人背叛的滋味吗？"左晨晨趴在吧台上，许久，才喃喃出声。

冷小菁苦笑一下，怎么会不知道呢？被背叛过的人都懂，一颗心自己捧出去举在头顶，最后却发现被人踩在脚下，跌落下去，一颗心就全碎了……

"知道的，很痛很痛。"她轻轻地拍着左晨晨，心却飘远了。

左晨晨一听，激动地举起酒杯，叫道："那么，为了祭奠背叛的滋味，干杯！"

冷小菁不知不觉也被她那种伤心感染了，于是在她旁边坐下来，要了一打啤酒，和左晨晨干了，豪气喝下一大口。她不喜欢喝酒，也不怎么喝啤酒，酒入咽喉，冷冽火辣，刺激着口腔，心中却觉得舒畅至极。她不觉皱着眉头，咳嗽了两声。

左晨晨被她的这一举动逗笑了，指着她，大笑："哈哈……不会吧！啤酒都喝不惯！"

此时有手机铃声很不协调地响了起来，冷小菁想去接，左晨晨不让："别理那些人，真烦！"她索性伸过手，按住了那只不依不饶响着的手机。

"小菁，你的丈夫真是很坏吗？有……多坏啊？"左晨晨趴在冷小菁的肩膀上，口齿不清地问道。

冷小菁听到她问萧楠洛，简直恨得咬牙切齿："当然是很坏很坏……一天到晚臭着一张脸……给脸色我看……笑起来阴险得要命……我看他简直就是面瘫……时不时给我一刀子，见不得我开心，专门找我撒气……”此时冷小菁微微醉了，双颊酡红，话匣子一打开，就收不住。

“哈哈……这样子的人……真的好像蛮坏的……那你为什么跟他在一起？是因为喜欢？”

萧楠洛在海南的行程很赶，新项目下来，公事自然繁杂，从下飞机一连几天，一直处于忙碌状态，到了晚上又是应酬。生意场上的事，到底还得打起精神应付。

酒过三巡之后，薄薄的嘴唇微微泛白，他按了按眉心，对众人说了声“抱歉”便出了包间。倚着门口站了半晌，目光紧锁手机屏幕，手指一划，电话拨了出去，短暂的空白过后，响起了突兀的音乐声。冗长的铃声还在持续，在他以为对方不会接电话的时候，传来接通的窸窣声，取而代之的，不是意料之中她的声音，而是震耳嘈杂的音乐声，听得出来，应该是在酒吧。他舒缓的眉心微微蹙起。

随后，便传出了两个女孩子的对话。

“那你为什喜欢他啊？”

“这个……这是我们家欠他的，虽然当年的事我不是很清楚，但是我知道……他恨我们一家……连带也恨我。很难想象，这场婚姻是建立在报复的基础上，可是我还是沦陷了。”

“我不理解。”另一个女孩子说道。

“是啊！所以我现在不喜欢了……也不敢喜欢……他不喜欢我喜欢他……我就不喜欢他了……”她的声音变得很低，这边的萧楠洛有些听不见了。

他只觉得心里面一片长期冰冷的地方裂开了一道口子，旧的伤疤血淋淋的，但是涌出的液体却是火热火热的。他像逃避似的迅速挂了电话，转身进了包间。

桥南来的时候，看到便是一副这样子的景象，两个女孩子软绵绵地趴在酒吧的吧台上，一人一句地说着什么，然后另一个傻乎乎地开始笑着。

“左晨晨，快点起来了!”桥南在左晨晨的耳边大声说道。

左晨晨突然一震，恼怒地说道：“桥南，你这个臭小子，那么大声干什么!”

桥南不理她，过去温柔地扶起冷小菁。他从没见过这个样子的冷小菁，脸上泛着酒后的红晕，眼睛半闭，媚态横生，“小菁，我送你回家。”

“不……我没有家……自从爸爸离开之后我就没有家了……”她不依，甩开桥南的手。

桥南顿时一脸无奈地看着这两个女人，没想到醉酒之后的冷小菁也会有些小脾气。冷小菁还站得起来，只是那个碍事的左晨晨像一堆烂泥似的不肯走，而身为同事的桥南怎么说都不能扔下左晨晨这个女人不管。

桥南的母亲是大学的讲师，他的家教自然是好的。他叹了一口气，结了账，准备一个一个往车里送。冷小菁倒是安静一些，旁边的左晨晨不知道扯着嗓子说些什么，引来了不少人的不满与好奇的目光。桥南心里暗骂，皱皱眉，决定先解决那个大嗓门的女人。

“你拽我……干什么?”左晨晨对桥南怒目相向，想动手教训一下这个臭小子，只是眼前的人变成了两个，手被夹着，脚是悬空的，人几乎是被桥南拎出去的。

桥南从来没有把左晨晨这样叽里呱啦的女人当女人，动作也是粗鲁不堪的。见这个女人不安分，便转头骂道："谁拽你了？自己这么重，真该减减肥，我还没见过你这么重的女人!"

左晨晨本来就失恋了，心思敏感得不得了，一听这话，便不再闹腾，嘴巴也消停下来了。桥南见她安静不少，抓紧时间扶着她去停车场。

谁知还没走几步，这个女人便大哭起来，路也不走了，竟然死皮赖脸地蹲在地上："你们男人真不是什么好东西，不喜欢我了，就说我重，以前还称赞我纤瘦。你说，我哪里不如她了，是腿没她长，胸没她大，还是腰没她细……"断断续续的话从左晨晨的嘴里出来，简直让桥南目瞪口呆。他在大学里也没少交女朋友，但是大多是文文静静的，从来没有女孩像左晨晨一样大胆。他有些后悔刚才没有喝一口酒，不然也不至于像现在这样口干舌燥，喉咙一阵一阵地发紧了。

严清和魏峥从包间出来的时候，就看见下面一抹熟悉的身影，楼下的酒吧里人影憧憧，昏暗不明的灯光里，他一眼就看到了她。她吃力地站在吧台的旁边，身影孱弱，与这里的一切都是格格不入的。

严清顺着魏峥的目光扫过去，笑着拍了拍他的肩膀："兄弟，我可好心背着我的好哥们提醒你，那个女人不是你惹得起的。"

魏峥头也没回，也没有出声，到了下面，才开口："谢谢提醒，其实你可以转告他，我惹定了。"

看着魏峥渐渐走近那个女人，严清不置可否地摇摇头。

冷小菁的视线有些模糊，眼前的同一个事物有时会跑出几个来，然后又变成一个。视线中出现一双质地良好的黑色皮鞋，乌乌的发亮，线条流畅，上面是笔挺的裤腿。

她笑了笑，然后抬头，说道："我就知道是你……你怎么总是穿着这双鞋子……难道一直不换?"她仰着头，像个无辜的孩子，可是魏峥听了依旧是黑了一张脸。

他严肃的脸上，不动声色，沉着气注视着这个女孩。可是看到她站立不稳，走路都成了S形，一个踉跄就要扶住旁边的墙壁。魏峥叹了一口气，连忙搂住她的腰，让她能够站稳。

她仿佛找到了一个属于自己的位置，乖巧而霸道地腻在他的怀中，不肯撒手，一双手不安分地抱住他的腰，简直把他当成了一棵大树。

怎么感觉爸爸回到了她的身边，怀抱又大又温暖，胸膛的味道也令她极其安稳，真想赖着这个怀抱一辈子不放手。

可怜魏峥觉得抱住自己腰的手越来越紧，她的脸和指尖的温度细腻地拂过他的皮肤，气息透过薄薄的衬衫，仿佛能够碰到他跳动的心脏。

他好气又好笑，但是又很难得见到冷小菁这样子真实的一面，倒是可爱得紧。

"你怎么在这里？女孩子一个人喝得这样醉可不好。"魏峥明明是板着脸教训她的，可是语气却是温和的。

她真是有些醉了，眯着两只水眸看他，微醺地笑。

把她扶上了车之后，替她系好了安全带，她全身都很软，仿佛没有力气。他开着车，时不时静静地看她一眼，她有一点不安分，断断续续地说着话，大多都和她的父亲以及萧楠洛有关。

他默默地听着，车子稳稳地行驶。

"我从来不相信我的爸爸会做出那样的事……他对我很好……自从妈妈去世后就再也没有过续弦的打算，只是怕我会过得不快活……他这么多年都是一个人，怎么可能会……我不信，萧楠洛说的我都不信……他要我们还债，说是冷家欠他的……我乖乖地还，不管是不是我欠，我都认了……他在外面怎么玩，我从来不会多说一句，以至于后来他把女人带回家来，我都认了……可他最后还是不会放过我，连我最后的尊严都要践踏……他说我们欠他的，可谁又欠我的？”她说得很慢，断断续续，双肩颤抖，手掩面，指间有泪水流下，似在哭泣，有些话还不完整，他却听得清清楚楚。

他只觉得心疼。

等到萧楠洛感到头发晕的时候，一行人才散了，寒暄着道别。出了会所，秘书早已开了车子过来在外面候着。他坐在后座，估计是酒喝高了，头昏沉得厉害，胃里一阵一阵地抽疼。他用手指敲了敲窗户，秘书会意，把窗子打开，凉凉的晚风灌进来，拂过发间，他才觉得有些清醒。眯了几秒，还是拿出手机。

对方说：“你好！”

……

“你好！”那边陷入沉寂，魏峥再次开口。

萧楠洛的眸子镀上了寒冰，他握着手机的手紧了紧，沉了声音问道：“怎么是你？”

两人都是极其聪明的男人，只是一句话的功夫，对方的身份已经明了。

想到小菁盈满泪水的眼眶，面对这个男人的问题，魏峥只觉得莫名其妙，肃然简单道：“是我。”

“你们在一起？”即使再冷静，魏峥还是从对方语气中听出了愤怒与不可置信。他笑了笑，目光温柔地注视着床上的女子，可是脸上的笑意却是不达眼底。

仿佛过了几秒之久，魏峥开口："对不起，她睡着了，需要安静。"说完，便直接挂了电话，把手机重新放到她的身边。哭的时间久了，在酒精的作用下，她终于伏在抱枕上睡着了。他帮她掖好了被子，轻轻地关上门。

或许是因为空调的温度有些高，或许是因为静谧的房间内响起了突兀的声音，床上的女子翻了个身。魏峥以为她醒了，而冷小菁只是翻了个身，嘴里传出一句呓语，又沉沉地睡去。

初冬的夜，寒冷干燥，海南的晚风带着咸咸的味道，车里暖气开着，可窗户却没关，萧楠洛感受不到一丝暖意。腕表显示的时间是晚上十一点五十分……

车子已经停在了酒店门口，车厢里很安静，仿佛初冬冰雪落在车顶上的声音都能听到。秘书蒋若不得不开口提醒："萧总，酒店到了。明天上午九点您要参加关于酒店设施招标的会议，回去的机票已经订好，时间是下午三点二十分。"

萧楠洛听闻，没有说话，将手中的烟熄灭，才迈开步子下了车。

蒋若觑了一眼老板铁青的面色，小心翼翼地捡起落在车厢地毯上的手机，连忙追上去交给他，"萧总，您落下的手机。"

萧楠洛看了一眼，拿过来就往地上一砸，转身淡淡道："不要了。"

蒋若不吭声地低头将手机捡起，取出内存卡，才进了酒店。

一阵熟悉的手机铃声响起，冷小菁从遥远而模糊的梦中醒来。

"喂!"

她吱了一声，左晨晨的大嗓门就传了过来："你昨天哪去了？打电话也没有人接，今天早上醒来，桥南那家伙对我说他昨天把你给弄失踪了，急得像热锅上的蚂蚁。不说了，那你现在在哪呢？"

"还能在哪，在家。"说着，她翻了个身，盯着白色的墙壁，回想昨天的事，却不能理清楚。

左晨晨瞪了身边的桥南一眼，道："好了好了，既然回家了，我们就没什么担心的了。真是个没良心的丫头，我还以为你在酒吧被人拐走了，也不知道来个电话。"

"知道了，抱歉抱歉，我都不怎么记得昨天怎么回家的，哪里还记得给你打电话。"

"嗯，没事就好，我先挂了。"关了手机之后，左晨晨一手叉腰，一只脚差点踹出去，"小菁没事，你说咱们这事怎么解决？"

冷小菁放下手机，闭着眼睛，五分钟之后，还是睁开眼，想来是睡不着了，她的生物钟一向很准。掀被下床，拉开窗帘，明亮的光线一下子冲进来。她目光不经意触到一块腕表，静静地躺在那里，闪着碎光的精钢表壳，短吻鳄鱼皮表带。她知道他一向喜欢收集腕表，尤其喜欢 Arceau 系列。一直没有留意，他的东西怎么会遗留在自己的房间。

结婚的时候，他什么都没有送给她，包括戒指，唯一的一件礼物就是手表，但她从来没有戴过，一直放在床头柜最下层，一直到现在都没有拿出来过。仿佛是一段记忆，已经蒙上了薄薄的灰。

她把温水泼在脸上，对着镜子看了一眼，眼眶下面有淡淡的阴影。昨天的确是和桥南、左晨晨去了酒吧，但是对于后面的事情却想不起来了。

地铁上并没有开空调，冷小菁有些冷，往后面的位置缩了缩。还有几分钟才到公司，脑子里很乱。她拿出手机，把耳机塞在耳朵里，低沉的音乐声响起，上面显示几通未接来电——萧楠洛，时间是昨天晚上……地铁里的到站广播声响起，她把手机放进了包里，出了地铁。

第十三章　时尚教主

办公室里面充满着薄荷与铃兰的味道，窗台上的一盆蝴蝶兰开得正好。给蝴蝶兰浇了一些水之后，她走到左晨晨的身边，问道："锡兰红茶，怎么想起来喝这种茶？"

左晨晨撇撇嘴："我好歹也算都市白领一枚，偶尔喝点这种茶，也算是淑女了。"

冷小菁不知道她又是受了什么刺激，她知道她向来只喝白开水，在外面是自备的矿泉水，出去逛街累了，总是挑最便宜的点。于是幽幽开口："怎么，发了横财还是天降红雨了？"

左晨晨不屑："怎么说话呢？不就是一杯茶？"

冷小菁微微笑道："第一，看上面的标志，就知道出自于新城新开的斯里兰卡茶城，我很好奇，你竟然可以在周一早上绕大半个城市去买一杯茶；第二，你一向最舍不得花钱，这个小八十元呢！以前你总说喝什么都一样，最后都是一泡尿的功夫，怎么现在你不心疼啦？"

左晨晨好像被戳到了痛处，叫了起来："冷小菁，你真粗俗！"她蔫了似的趴在桌子上不说话，几秒后才道："以前我省钱是为了徐劲安，他总是说想要佳能 5DMAKEⅢ相机，我想存钱给他买，现在不需要了，我自已享受生活不行吗？"

冷小菁没再说话，心头一片空茫。

“昨天你真的是自己回去的?”左晨晨笑嘻嘻地凑上来问。

冷小菁白了她一眼：“不然呢?”

左晨晨把手从她肩头拿开，失望道：“我以为有艳遇。”

冷小菁始终想不起来昨天是谁送自己回来的，想到自己终是平安到家，就不打算多想。倒是这个左晨晨，和桥南两人撞到一起，好像问题很严重。

“是桥南送你回去的吧?”左晨晨嘴里刚好含了一口茶，听到后噗的一声喷出去老远。

冷小菁笑而不语，拿过纸巾给她，虽然心里不问，但是知道两人之间有事。

两人没有聊多久，就开始准备周一十点钟的例会。Vivian 不在的时候，大小会议一般都是 Vivian 的特助李娜主持，李娜三十多岁，做事风格极其严谨，只要有一点不满意整个公司都可以听到她在办公室里的声音。但是到底是同事，时间久了，知道她就是雷声大雨点小的架势，自然也没有了那份提心吊胆。如今 Vivian 在公司，作为老板，这次例会她自然是没有理由缺席的。

Vivian 在时尚圈子里面颇有名气，她旗下的美国时尚杂志《Flower》销量在欧美名列前茅，其团队的视角总是引导着一个季度的潮流前线。但是冷小菁所在的杂志社在如今日新月异的市场里面，一直沿用着传统的风格，杂志销量可说是江河日下。而 Vivian 收购了这家杂志社，但是一直不管不顾，没有做过大刀阔斧的改革，所以仍是半死不活的状态，只不过年代久了，名气还在，在市场仍有一席之地。

这次会议是 Vivian 回来后第一次做了充分准备的会议，重要性自然不言而喻。果真，会议上就针对公司杂志风格调整进行讨论。

“我们传统的风格已经不适合现在市场的方向与需求，各项专题我都已经看过，大家应该知道我主攻什么，所以这本杂志的名称不会变，但是风格要变。和我在美国纽约《Flower》的主流方向一致，我要全力打造在中国的《Flower》。所以下一期我们做人物专题，对象是企业精英，先看一下市场效果。”

会议一直持续了三个小时，涉及的方面众多。结束后，一行人鱼贯而出。到了办公室，左晨晨把东西往桌子上一丢：“一回来就这么改，行不行啊?”

“行不行不是我们能改变的，我们是做的，说难听点是上行下效，就按照上面说的干吧!”冷小菁埋头说道。

下午的时候王主编开了小会，针对上午开会的要求，拟出了三个人物，要求针对这三个人物，进行专访。冷小菁坐在会议桌前静静地听着，时不时埋头做笔记。当一张单子传到自己手中时，那个熟悉而又陌生名字深深灼伤了她的眼。

她怔了怔，王主编的话继续在会议室里响起：“这次的采访人物交给小瑜和千千。我知道任务很重也很难，我们杂志社向来没有这方面的经验，但是，凡事没有绝对，潜力也是需要激发的，对不对?”

王主编人到中年，大腹便便，倒显得人尤为平易和蔼。他话音还没有落下，下面已是哀号四起。“主编，难度很大呀!”“怎么办，我只会看稿子和写文章，对其他的都不在行啊!”

王主编有些头疼，喝了一口水，继续说道：“你们好好干，否则等着被炒，Vivian总编向来做事讲究效率，不行的话她就让你们走人……”说完，抬头看到一桌子的人像被打了霜的茄子，语气又软了下来，“怕什么，都是中文系毕业的姑娘小伙，刚毕业那会儿出来找工作不都是先从采访做起的？再说，这个事情成了，你们还可以和商界精英好好接触，都是机会，是不是？年轻人，拿出点气势嘛！”

不过这话下来，姑娘们的确是好多了，跃跃欲试的态度都摆到了脸上。王主编骄傲地点了点头，一群人才散了。

“千千，这个机会得好好抓住啊！那些都是杂志上经常出现的钻石王老五，这次可以和真人接触一把了……”

“机会难得，我还记得他当初去我们学校演讲的时候，我那个激动，只可惜，当时离得太远……”

中午冷小菁在餐厅用餐，因为手头的事情比较多，等到想起是餐点的时候，餐厅也只剩下一点残羹冷炙了。左晨晨因为有事出去了，她无人陪着。此时餐厅清冷，因为他们公司员工少，便和这栋写字楼的其他公司搭伙。寥寥数人，因为不认识，都远远坐着。

低头吃饭的时候，有人在她旁边坐下来。

“怎么，一个人这么晚？”声音柔亮，她抬头，看见 Vivian 端着餐盘过来，坐在她的对面。Vivian 的穿着一直很讲究，复古的修身七分袖白色外套，衬着里面黑色连衣包臀裙，黑白搭配，大气简洁。

冷小菁喝了一杯水，忙站起来打招呼：“总编好。”

Vivian 笑了一下：“坐下吧，不需要这么客气。”后面又补了一句：“我令你们很紧张？”

冷小菁坐下继续吃饭：“没有，您工作的时候很严肃。”

“哦，我向来如此。”

看了看餐盘中的食物，Vivian 叹了一口气放下餐具。冷小菁把杯子捧在手心，踌躇片刻，道：“不合您的口味？”很难想象，一个杂志上面的传奇人物，竟然会工作到很晚，还出现在员工餐厅。

“还好，东西有些冷，我的胃不是很好，不宜吃生冷的食物。”

冷小菁也没有再吃多少，两人一起离开的时候，她听见 Vivian 不经意地提起：“对我们这次杂志风格的转变有什么看法？我听说反对的声音比较大。”

她略微思考后才回答：“我们做下属的不好说话。”

Vivian 点头，表示同意：“对小洛的专访做好准备了吗？”进电梯之前，她转头问道。

冷小菁微微一怔，才明白她说的小洛就是萧楠洛。从上次两人和萧楠洛的朋友一起出去，她就能猜出来，两人的关系不简单，但是她喊出小洛的时候，冷小菁还是有些震惊。

她有片刻的失语，回神才道：“负责采访的不是我。”

Vivian 不理解地笑了一下：“我以为王主编会让你去的，我认为还是你去成功的机会比较大。”

电梯里的红色数字变换得很慢，冷小菁想起上次的见面，这个女人记住了自己。当数字变成 18 的时候，冷小菁说道：“别人都不知道。”她没有说清楚，但是相信 Vivian 一定是懂的，又或者她心里很清楚，这只是一种很有自信的试探。

电梯的门终于打开，Vivian 先抬脚走了出去，留下最后一句话：“小洛下午的飞机，一起去机场。”

在门关上那一刻，冷小菁才走出来。Vivian 心里明白，萧楠洛一定不会接受采访，冷小菁想，她可不可以把它视为一种挑战。

初冬的下午，经过几场雷阵雨洗刷过的地面湿漉漉的，空气的潮湿与寒冷夹杂在一起，薄薄的寒意降落枝头。冷小菁若有所思地坐在后座，静静地看着窗外，天空并没有放晴，灰蒙低沉的天色一直蔓延到心里。车子驶过水坑的声音偶尔传来，她眯着眼，倦意袭来，不过只是眨眼的功夫，已经到了。

机场外面是熙熙攘攘的行人，除了司机在车子里面等着，冷小菁和 Vivian 下了车。不过三五分钟的光景，空荡的机场 VIP 通道上便出现熟悉的身影，一身黑色风衣，硬挺的轮廓从衣角一直延伸到全身，狭长的眸子藏在深色的墨镜下，遮去了一小部分脸，神情看不分明，年轻干练的秘书紧随其后。

一直到酒店，萧楠洛都没有和她说过话。商务车车厢的空间很大，似乎每个人都相距甚远，只是在上车的时候两人有眼神交汇，里面不若寻常的味道让她心惊。一路上，这种气氛似乎都没有缓解过来，或许他认为，她根本不应该来。

在酒店外面下了车，秘书拿了行李和文件先行离开。萧楠洛走在前面，Vivian 直接跟上，冷小菁施施然随后，心里后悔为什么要按照 Vivian 的意思跟过来。

旋转门安静地转着，酒店里面的一名年轻的侍者已经迎上来带路。

包间里面很热闹，却不显得嘈杂。房间很大，包括客厅、餐厅、浴室、卧室，后面一块落地玻璃正对着酒店花园的人工湖。年轻的男子们在客厅里面慵懒闲散地坐着说笑，看见三人进来，纷纷和萧楠洛打招呼，然而每个人的表情却都是不同的。

抱着年轻女孩玩着色子的季宣扬看了这边一眼，笑着道："怎么，哥，你怎么这么厉害，简直是整了一个双响炮啊！"在座的都是淡淡地笑笑，并没有说话。萧楠洛嘴角动了动，似乎想说什么，但是终究没有开口，走过去在沙发上坐了下来。

Vivian 去了洗手间。冷小菁闻言，脸上一阵红一阵白，几乎就想冲动地夺门而出。

Vivian 回来的时候，看到孤零零地愣在一旁的冷小菁，笑着说道："站在这里干什么，过去坐啊。"

沙发是面对面的，围着中间的一张巨大的玻璃矮茶几。萧楠洛面色稍稍露倦怠，倚在沙发上保持静默。Vivian 推着冷小菁坐在萧楠洛的身边，她则是在他们对面坐下。

季宣扬没有再说什么，只是一口一个"安雅姐"忙着和 Vivian 聊天。看得出来，Vivian 和这些人很熟，她虽然大多数没有见过，但是到底都是本市的青年才俊，她略微知道，那都是萧楠洛圈子里的朋友。她不知道今天怎么会答应和 Vivian 一起来接机，以至于这样狼狈地陷入这样一群人中，像是被排挤到了一个圈子的边缘，虽然里面有一个人是她的丈夫。男人的话题动不动就会从股票基金聊到一些荤段子，都是风月场里的老手，到底也不避讳女士，出口的话风流却不低俗，她只是眼观鼻、鼻观心地喝着茶，而萧楠洛沉默着不参与其中。

席间她一直魂不守舍，表情淡淡的，让人不知道她在想什么。聚会主要是为了预祝萧楠洛在海南的第一期工程能顺利完工。Vivian 坐在冷小菁旁边，见她失神，提醒道："不舒服？要不要去洗手间？"

她点了点头。

洗手间里，冷小菁看着镜子里面的女人，依旧是很年轻，可是却没有与年轻相符的生气。

"不习惯？"

冷小菁勉强地笑了一下，点了点头："你知道的，我并不干预他的生活。"

Vivian 一点也不意外："你应该学着慢慢适应，如果你想在自己工作的领域有所突破，就需要学会很多东西，融入对手的朋友，也就是了解对手，毕竟知己知彼，百战百胜。”

冷小菁愣怔地看着她，Vivian不以为意，拿毛巾擦了手，道：“过来做我的助理，怎么样?”

她更加吃惊，显然对Vivian这样的决定很意外。

Vivian眼里带着笑意，镇定地说：“我可以帮你要回你想要的生活，包括摆脱小洛。”

这对于她是不是一个契机，很难确定，如果是以前的冷小菁，她可能还会犹豫要不要离开这个男人。而现在她却是真的想离开了，那些所谓的债，不是她欠的，也不想还了。

那种埋葬在心底的感情，已经在一种闷热的热情里，渐渐变质，腐烂。

岁月会带走很多东西，包括曾经引以为傲的爱情。

对于Vivian，她还是存了一分谨慎，最后留了一句话：“我需要时间考虑。”

Vivian眸子里流露出一抹惊讶的眼神，冷小菁不喜欢看到这种眼神，仿佛要看到人的骨子里，她觉得内心的角落被别人窥视了一般。冷小菁从她的眼神里，读出一种了如指掌的笃定。

冬日的晚上寒气微微侵人，一群人陆陆续续地离开。冷小菁双手环胸稍稍抱紧自己。

寒木已经把车子开过来，萧楠洛看着前方的人影，橘黄的灯光把她纤细的身影拉得长长的。他还没有开口吩咐，寒木的车子已经开过去，让那可怜兮兮的人上了车。

萧楠洛没有再说什么，闭目养神。

寒木从后视镜里打量了两人的神情，动了动嘴，最后还是低下头开车。

灯光从别墅里透出来，方管家还没有休息，恭敬地站在客厅里。冷小菁点了一下头，算打过招呼。萧楠洛不知道和方管家交谈什么，她不愿意听，便直接上楼了。

翌日，冷小菁早早起床，梳洗一番，直接去了公司。果真，上午打完卡回到办公室，王主编的命令就下来了，冷小菁负责萧楠洛的采访。

其实王主编说得没错，很多相关专业出来的应届毕业生，起初在工作岗位上大多是跑采访，但是冷小菁却没有这样的经验。那会儿她刚刚大学毕业，就嫁给了萧楠洛，很长的一段时间里，她都是在家里，无事可做。直到后来她自杀，他虽然很生气，但是却给了她出去工作的机会。

萧氏集团位于CBD的中心地段，毕竟是中心商务区，高楼鳞次栉比，但是眼前这栋楼前面却是视野开阔。他的公司她只来过一次，还是大学的时候，一身的校园学生气，红着脸和他谈条件。那样精明的男子，不过只说了几句话，她就只能落荒而逃。司机提醒她可以下车了，她才回神。

“萧总，《年华》的记者来了，现在请她上去吗?”内线从一楼前台转到了三十八楼的总裁办公室。

萧楠洛的眉头蹙了蹙，眸色渐渐深沉，幽深如潭。

“说我现在没空。”他简洁明了地回答，而后搁下电话。他若有所思地停下笔，起身走到后面的窗户前，从这里俯身看下去，三十八楼的高度，下面所有的繁华不过如草芥一般。

秘书会意，马上挂了电话。

写字楼里面四季恒温，沙发一旁的绿色盆栽生长得极好，幼嫩的叶子，光泽鲜亮，透过去可以看到电梯里面上上下下的人。冷小菁揉揉肩膀，她已经在这里等了两个小时。

这位大老板很少接受采访，在杂志上出现时，一般都是偷拍的，或许是他默许的。只是不知道这样等下去，有没有结果。她一直做文学类的稿件，要不是这次杂志风格的改变，她根本不可能接触到商业圈子里的采访。向来不善于与人沟通，嘴笨口拙的，但是一想到回到杂志社无法交差，心里还是一阵烦躁。

上面的话传过来也是模棱两可的，他只说了现在没空，并没有把话说绝，那么她只能等，可是当初杂志社与之沟通的时候，他却是答应的。难道只是因为他知道了是她来？

等到她以为萧楠洛不会见自己的时候，前台小姐笑着过来说道："小姐，你可以上去了。"

她有些艰难地站起来，背脊僵直，说了声"谢谢"便往电梯的方向走去。秘书已经在三十八楼的电梯外候着，领着她往总裁办公室的方向走过去。

敲了敲门，两人都有些紧张，一同走进去，秘书站在一旁。

他背着光站在那里，整个人陷入一种淡淡的光圈里，清冷的轮廓清明。她清了清嗓子道："萧总，我是《年华》的记者，感谢您在百忙之中接受我们的采访。"

萧楠洛闻言转身，眸中深敛的光芒更加深沉："我记得跟我预约的记者不是你。"

因为记者临时改成了我，所以你就要我在外面等两个多小时？怒气充满了胸腔，但是脸上还是维持着笑容。冷小菁沉静如水："领导临时做了决定，所以由我负责这次的采访。"

他点点头，表示同意。她在他对面坐下，秘书端了茶放在她的面前之后，便出去了。

没有外人在场，但是两人却和互不相识的陌生人没有两样。萧楠洛一派闲适地坐在交椅上，她从包里拿出录音笔、本子和笔，开始采访。因为问题都是提前谈好的，所以问出来没有困难，但是萧楠洛的确是一个狡猾的男人，很多问题都是淡淡地转开话题，敷衍了事。

一个小时很快过去，冷小菁皱了皱眉头，如果这样下去，就算这一次的采访成功了，稿子拿回去，估计也没有什么价值。Vivian说了这是一个机会，虽然她并没有做出明确的回应，但是她想把这次的任务出色地完成。而对于眼前这个男人，她已经没有过多的想法，只等着一个契机，让他放开自己。

男子看了看手腕上的手表，目光扫向她，道："还有十分钟的时间，现在已经是午餐时间了。"

冷小菁咬咬牙，硬着头皮开口："像萧总裁这样出色的商界青年才俊，年轻又多金，是我们T市很多女性心目中的钻石男人，不知道萧总有没有结婚，因为从您手上来看，并没有戴结婚戒指。"

萧楠洛的目光敏锐了起来，似笑非笑地看着她，幽幽地回答："冷记者的手上也没有婚戒，不知道冷小姐是不是单身呢？"

冷小菁一怔，没有想过萧楠洛会突然把枪口转向自己，片刻后答道："萧总裁说笑了，我……已经结婚了。"

"哦！可是为什么不戴婚戒？"他的眉毛扬起，似笑非笑地问。

两人的对话已经开始脱离采访的轨道，萧楠洛看到她摁掉录音笔，放进包里，目光澄澈地看向他："不好意思，这是私人问题，采访结束了，谢谢您的配合。"她站起来收拾自己的挎包，准备离开。

但是萧楠洛却不想就这样放过她，在她开门的瞬间，将她的身子一转，砰的一声，门已经关上。

"可是我没有说过你可以走。"

"你……"她忽然之间有些明白他为什么要这样为难自己，他早就说过，除了在家里，她不能出现在他的面前。

眸中的清冷已经一步一步地转化为滚滚的怒意，随着一声巨响，桌子上的物件全部落地，她几乎是被他按在了冰凉的办公桌上。这样的姿势令她尴尬，她瞪他，声音亦是干哑："你……放手。"

他的下颌是紧绷的，每一根线条都是。"我说过的话你为什么一直不听呢?"他的声音低沉缓慢，从她的耳畔像风一样地掠过。

她的手被他紧紧地箍着，很疼，他仿佛要将她捏碎。她连说话声都是极其不稳的，低声道："对不起，这是我的工作。"

萧楠洛的黑眸深处，划过一丝让人不易察觉的落寞。他倏地放开了她，背身而立，她狼狈地从桌子旁站起，整理了一下自己的衣服，拿着自己的包，几乎是逃跑地夺门而出。

"你最好记得自己是一个结了婚的女人，不要三更半夜不着家。"她听到他说的最后一句话。

经过秘书办公室的时候，那些人的目光在她身上停留，探究打量着这个女人。刚才办公室里面的声音那么大，外面的人应该都听见了。冷小菁顾不上这些，低下头，只想赶快进入电梯，离开这个是非之地。

直到按下了"1"的数字，她才松了口气，倚在冰凉的电梯壁上，心情是说不出的复杂。原来他这么生气，是为了那天晚上的事。从包里掏出手机，二十三日，通信录上的确是有两通萧楠洛的已接通来电，那天她是醉了，可是并不记得与他通过电话。

出了大楼，手机响了。

"采访完了吗？一起吃饭，还是老地方，快点来啊!"左晨晨交代完，挂了电话。

忽然下起了毛毛细雨，她里面套了一件针织衫，外面是一件小外套，细雨落在领口，黏黏的有些难受。尽管处在CBD地段，但是在雨中出租车还是很难拦到。

雨不大，但是天空却一下子黑了下来，有车子在她旁边停下，车窗缓缓降下："先上车。"

冷小菁转头看到魏峥，他对上她的目光，说道："雨快下大了，先上车来。"

她点头开门进去，相比较外面街头的纷乱，里面实在有一种安逸的氛围。魏峥把纸巾递给她："先擦擦吧，天冷了，容易感冒。"

冷小菁笑着接过，整理了一番。让人看到自己的狼狈，有些不自在，他好像总是在自己狼狈的时候出现。"出来的时候还挺好的，谁知道天变得这么快，这会儿下雨了，这里车很难打。"她埋怨道。

魏峥开着车，目光注视着前方，把空调打开，说道："你都不看手机上的天气预报？"

她笑着摇摇头："觉得不准，所以不在意。"想到在这里遇见他，便问道："你怎么在这里？"

"我是这边一家公司的法律顾问，每个月会过来几次。"前面是红灯，车子缓缓停下。他问道："吃午饭了吗？"

"没有，同事喊我过去一起吃。"绿灯亮起，她向窗外看了看，"你把我放在天珠路时代广场那边就可以了。"

魏峥失望道："本来还想让你请我吃饭呢。上次可是我把你从酒吧里带走的。"他的神情略微严肃，"女孩子还是少喝点酒，很危险。"

她望向外面的目光顿了顿，原来是他送她回去的，她一点印象都没有了。她本想让魏峥和她一起吃饭的，可是想到左晨晨那一副发现新大陆的样子，还是作罢。前面萧楠洛的反应让她心有余悸，她道了声"谢谢"之后就进了餐馆。

第十四章　肆无忌惮

“你能有点淑女的样子吗？这样子还有哪个男人敢要你？而且以这个趋势发展下去，‘齐天大剩’的行列你不进，谁进?”桥南瞪了一眼左晨晨准备拿筷子的手，自从有了那晚的惨痛记忆，他心里就不把左晨晨当女人了。

左晨晨把筷子重重地往桌子上一拍，忽然之间脸就冷了下来，她觉得此时此刻桥南的脸上就写着“难怪你会被劈腿”这几个字。看到左晨晨端起桌子上的水杯，桥南忙摆摆手，表示他马上闭嘴。心里却直犯嘀咕，看来男性的尊严一般不能挑战，女人在这方面同样如此。不过她哪有半分女孩子的样子？

左晨晨抬眼见到冷小菁已经来了，站起来招招手，因为不是在包间，冷小菁一眼就能看到她。桌子上的菜已经点好，就差动筷了，看来她是来晚了。发现两人之间针尖对麦芒的架势，她一点也不奇怪。

桥南已经饿得快前胸贴后背了，直接动筷，那松鼠鱼上面浇着一层薄薄的酱料，金灿灿冒着丝丝热气。下手的一瞬间，他还没有反应过来，筷子里夹好的一块肉已经到了左晨晨的嘴里，她正津津有味地嚼着，一双大大的眸子挑衅地望着他。

桥南撇了撇嘴，心想算了，今天算他不好，虽然他刚才只是随口一说，但是良好的家教还是让他觉得有些愧疚，到底人家是女孩子，而且还刚刚被男朋友甩了。“爱吃就多吃一点，没人跟你抢的。”说完，他把那盘松鼠鱼端到了左晨晨的面前。

左晨晨果然只是淡淡睨了他一眼，就低头扒饭了。

冷小菁偷偷问左晨晨：“他又惹到你了？”

左晨晨因为含着饭，口齿不清地说道：“没有。”其实她应该早放下了，可是事实却是根本做不到，饶是她这样一个没心没肺的人，也体会到了什么叫心碎。上次她不顾脸面又去找了徐劲安一回，他也算真的做绝了，“我们认识这么多年，难听的话我真不想对你说……”“你能不能快走，等一会儿要是被她看见，她会生气的……”“下次别来找我了，你父母那边过年的时候回去我会和他们说的……”她心里苦笑自己的行为，看来男人变心了，真的是十头牛都拉不回来。

出了餐馆，雨已经停了，冷小菁看着前面凑近说话的两人，心中感慨。

“别伤心了，不就是个男人，哥哥下次给你物色几个好的，要不下次那个劈腿男来，哥哥给你壮壮士气。”桥南把手搭在左晨晨的肩膀上笑呵呵地说道。

左晨晨扑哧一下终于笑了：“好的，到时候可不准耍赖。”

“那是，哥哥是做那种事的人吗？”

两人之间总算一笑泯恩仇。

踩着湿漉漉的地面回到杂志社，冷小菁连忙把稿子整理好，交给了王主编。王主编一脸笑容：“小菁，我就说年轻人有潜力，事事都有希望的吧。”冷小菁笑着点了点头，只希望这样一篇采访稿最好通过，否则她可没有勇气再跑一趟了。

冷小菁到了五点半准时下班。出了写字楼，冷小菁抬头看了看天，又下雨了。她没有带伞，心里不免后悔，看来又免不了淋雨了。

小跑着到马路边去打车，目光不经意间看到熟悉的车牌，抬眼间，寒木已经走了出来，眼睛往这边看。等到左右的车流不多时，她才过了马路，上了车。

寒木始终是个冷性子的人，可是冷小菁却发现，他今天的神情却比刚认识的时候还要冷冽几分。幸好她坐在后面，偏头看向窗外，绵绵细雨，淅淅沥沥，想断却断不了，抛不开，甩不掉，这才是令人烦恼的。

下午的时候季宣扬来了电话，说是辛凌回来了，没事的话一起聚聚，萧楠洛说好。

季宣扬见他进来，便拿着酒杯道他来晚了。沙发上坐着辛凌，其余的几个人都在砌长城，每个人的身边都坐着如花似玉的女孩子。

卢易轩问萧楠洛："最近见你一面真难，忙什么呢？"

严清是萧楠洛公司的法律顾问，自然知道他这阵子脚不沾地是在忙什么，看了一眼手中的牌。"我碰。"又继续道，"他能干什么，海南的第一期工程都开工了，他在准备酒店设施的招标。"

"我听说顾氏也投标了？"卢易轩问道。

"你消息倒快。"萧楠洛笑笑。

"难怪！看来最近都成和尚了。"季宣扬调侃道。

萧楠洛拍拍严清的肩膀，道："你来吧，我过去坐坐。"

"怎么，人追回来没有？"辛凌的事情他们都知道，到底是没有见过那个女孩子，听他们说年纪很小，竟也把一个内敛至深的男子迷到如此程度。

辛凌沉默半晌道："没有。"便没有下文。

萧楠洛在那里坐了一会儿，便起身告辞。后面的一群朋友都在打趣："这么早走了，夜生活可是刚刚开始，结了婚的男人真是没法比了。"

"要不你也试试?"

"不了，趁着年轻我还想多玩几年。"

因为今天淋了雨，冷小菁回到家先洗了澡，因为洗头的时候没有用护发素，头发根本就梳不开，心下烦躁，她直接拿了吹风机吹干。

下楼的时候到底还是看见了那个男人，虽然外面下了雨，可是这个男人依旧纤尘不染，连头发都一丝不乱。或许年轻的时候有着一股书生气，早年那样艰难地发家，可到底还是没有沾染一丁点的匪气。此时他正坐在一楼客厅沙发上看着电视，很难得。他穿着一身粉红条纹的衬衫，袖子稍稍卷起，一直到手肘处，露出手臂白皙的肌肤，还是一成不变地看新闻。她知道他的习惯，他只看一个台的新闻。冷小菁想，海蓝是不是就是看上了沙发上的男子的这一副好皮囊?

萧楠洛看了一眼站在二楼上面的女子，沉沉道："下来。"

她很喜欢站在楼梯的栏杆边，古典的紫檀木栏杆，柱子上刻着深深浅浅细致的花纹。二楼的一面有很好的中庭采光。她总是喜欢穿着长长的白色睡裙，望着下面的花园。有风的时候，单薄的睡衣从裙摆下面一点点鼓起，她的身形显得越发的纤细，仿佛被风一吹，就没了。

方管家马上吩咐用人上菜，中西合璧的菜式，简单精致的餐点。一想到那天她酒喝多了，魏峥送她回来，虽然不确定萧楠洛是怎么知道的，但是加上那两通不知道在什么情况下接的电话，她胸中的一颗心就没有底地直接往下沉。

“你说我面瘫、阴险？”坐在对面，拿着上好的骨瓷汤勺的男子突然幽幽地抛过来这样一句话。

冷小菁正在喝着暖暖的虾仁笋尖粥，一口粥卡在喉咙里，她脸上呛得通红，一旁站着的方管家连忙递过纸巾。

“面瘫、阴险？”这是她认识这个男人时的第一印象，谁能告诉她，她什么时候说过这句话？

对面的男子却是一派淡然，悠闲地喝着汤，仿佛刚才说话的人不是他。只是他越是这个样子她心里越是发慌。

瞥见她惊呆不知所措的样子，他并不打算停止这个话题。但他看见她的窘，又不觉得讨厌。

“我好像还没有提醒你，女孩子最好不要喝酒。”

冷小菁微微一颤，道：“我知道了。”

这个话不仅是对他说的，也是对自己说的。这顿饭，她真的就是平平稳稳地度过了，或许是因为这个原因，晚上躺在床上，不过几分钟，她就睡着了。

“爸爸，你能不能告诉我发生了什么，你告诉我！他要什么，商铺，码头？他要什么我们给他，不就好了？”

“菁菁……不管人家说什么……你……要相信爸爸。”

“我肯定只相信爸爸说的……爸爸……你会好起来的。”

有个女孩一直哭一直哭，直到那握在手中的手缓缓落下……仿佛是一块千年陈铁突然从天落下，哐的一声，尘土飞扬。

这个夜晚仿佛特别长，很多梦境断断续续的，一直出现在她的脑海。一丝阳光透了进来，冷小菁不适应地眯起眼，眼前的光影氤氲着淡淡的光圈，等到视线慢慢变得清晰，她身体一滞，眼神都暗淡下来。

这个男人睡得如此安逸、安静，从这样无害的面容上，找不到一丝狠戾冷漠的气息，可是事实告诉她，他就是一个不折不扣的魔鬼。女人的自尊心已经被践踏得所剩无几，一直向往遥远的梦，不可能实现，总会有梦醒的一天。

或许是她向后退的动作幅度很大，背对着她的男子被惊醒。

这个男人睡着的时候是特别安静的，睫毛很长，仿佛闭合的眼皮里面是一双安静无害的眸子，可是只有她才知道，睁开的那一瞬间，那双眸子狭长锐利，让人心惊。无论如何，她无法心平气和地面对伤害，仿佛就在昨天，昨天似乎并不遥远。

看见她后退的动作，他冷冷道："原来你这么讨厌我。"

她不知道是哪里跑出来的勇气，咬唇问道："难道你不应该让人讨厌吗？"

他靠在床头，点燃一支烟，吸了一口，隔着烟雾渺渺，好整以暇地看着她："哦，我做了什么，让你这么讨厌？"

"你做的那些事情还需要别人告诉你？"

"哦，我还以为你忘了那些事情，因为你这些年都很乖，像只小狗一样乖。"他的声音很轻，仿佛说的事情很平常，可是她却觉得这个男人应该马上从地球上消失。

心仿佛被钻了一个洞，淅淅沥沥地滴着血，整个心脏都失去了知觉。外面的光线更亮了，太阳已经冲过了地平线，霞光漫进来，她的整个脸颊被映得红彤彤的。

似乎有一种心如死灰般的决然："你真无耻。"

看着她转身离开的背影，萧楠洛已经站了起来，披着浴袍逆着光，笑着摇摇头："现在果真是肆无忌惮了……"

"肆无忌惮，所有的东西，还有什么东西是你没有拿走的？"

她喃喃道。

窗帘拉开的一瞬间，阳光炽亮耀眼，光芒万丈，黑夜与黎明只是一瞬间的事，新的东西来得那样热烈，热烈到让人害怕。“你最近可以去看看你家的老宅。”

她握紧门把蓦地转身：“你什么意思？”

他唇线微微勾起道：“因为要卖了。”

她能说什么，这个男人永远有在一秒钟内让人失控的能力。她就知道，他不会轻易地放过她，上次的那句话浮现在脑海，“希望你到时候别后悔”，言犹在耳，如此清晰，没想到是以这种方式。

这样也好，什么都没有了，正像他所说的，肆无忌惮了。最坏的已经是这样，难道还有比这更坏的？没有了……或许，这会是一个新的开始。

“你怎么发了一上午的呆，怎么，你们家那位‘禽兽’又欺负你了？”左晨晨把手中的稿子写完了，伸了伸懒腰，端起水杯出去倒水。

冷小菁的神思被拉了回来，低头看了一眼手头的工作，一个上午，只完成了一小部分，所有的思绪都在飘，精神完全集中不起来。而她只听到其中两个字“禽兽”。她扯了扯嘴角，勉强笑了一笑。虽然左晨晨对萧楠洛和她的事情知道不多，但每次总是能从她的嘴里套出一些事。左晨晨每次听了，都是拍案而起的架势，恨不得拿把刀就冲出去。

后来冷小菁跟她说，如果她拿把刀去的话，他肯定会让那把刀子进到她的肚子里。可怜冷小菁敢怒不敢言，左晨晨愤愤把他称为“禽兽”。

“哼！你说我以前怎么没发现那个女人的本性？”左晨晨倒了水进来，面色不善地说道。

她把杯子重重地放在自己桌子上，几滴水溅到冷小菁手背上。冷小菁拿过纸巾擦了擦，皱起眉问道：“怎么了？哪个人惹到你了？”左晨晨虽然大大咧咧，但是绝对不是无缘无故挑事的主儿。

她拉过椅子往冷小菁面前一坐，愤愤道：“你知道我刚才出去听到什么吗？Vivian让你去她办公室一趟，千千却在一旁阴阳怪气，说你抢了她的机会。”冷小菁没有多大的反应，心想也是，千千那个性子，心性极高，从来不肯吃一点亏。这一次上面把采访萧楠洛的机会给了她，千千自然不会舒服。不出半天，整个外面的工作间都会纷传着她抢了千千采访机会的流言。

看见她这个反应，左晨晨只觉得她就是软柿子，任人揉捏。左晨晨想说什么，冷小菁已经转身出了办公室。

冷小菁经过外面的时候，同事们也没有多大的反应，只有千千睨了她一眼，冷哼一声。

在门上敲了两下，里面传出一声果断的“进来”，冷小菁开门进去。

冷小菁有些意外，并没有在最前方的交椅上发现Vivian的人。这间杂志社的办公面积不是很大，并没有标准的会客室，一般接见客人都在各自的办公室。Vivian坐在沙发上，随手翻着桌子上的一大摞时尚杂志。

“过来坐吧。”见她进来，Vivian抬起头道。

冷小菁走过去在对面坐下，和往常对待上司一样问道：“总编，您找我？”

Vivian放下手中的杂志，笑了一下：“喝什么？”

冷小菁微愣，因为没有任何一个上司会用待客之道对待下属，她连忙摆摆手："不用了，您有什么事可以直接和我说，现在是工作时间。"

Vivian觉得忽然之间看不懂这个女孩子。眼前的女孩一袭标准的套装，不施粉黛，好像一点也不对她这个年龄女孩子最热衷的妆容感兴趣。看到她的采访稿，很细致，能抓住重点，是个心思细腻的女子，但是她却看不到这个女子对工作的热情。

"好，昨天的采访稿写得很不错，我没有看错你。"Vivian淡淡地抿抿嘴，喝了一口咖啡道，"上次我提的建议你考虑得怎么样?"

放在膝盖上的手微微绞紧，冷小菁把背脊直了直。对方的目光似一汪深潭，她不知道该不该相信对方，但是这是她唯一的机会："我答应。"

"好。在我眼里，对于女孩子来说最重要的是事业，不需要依靠任何人，也不会受制于任何人，明天替我去北京参加一个时装发布会。"说完又加了一句，"你一个人去。"Vivian的意思她明白了。

第十五章　北京一夜

这是冷小菁第三次来北京，第一次是爸爸带着她来游玩。爸爸很忙，而不懂事的女儿缠了他半个暑假，他最后不得不答应。十来年的光景，现在想来，仿佛还是近在眼前，而爸爸也从未远去，自己也从未有这样多无可诉说的烦恼。上大学的时候和同学来北京度假，青春懵懂，正值少年不识愁滋味的年华，现在才知道那是岁月的珍贵，却回不去了。

冬日的北京，肃杀的感觉在这个城市蔓延，已经枯黄的法国梧桐，僵直地立在街道两旁，一阵风过去，秋风扫落叶，带着一阵凉意。绚丽的霓虹灯，繁忙的街道，这个城市永远可以将繁华与落寞结合得如此完美。

外面的光景，迅速地向后退去，冷小菁看着车窗外面的世界，一个陌生的城市，让她感到一种漠然的安全。

北方的冬天来得匆忙，而且来势汹汹，路上匆匆而过的行人已经换上了御寒的服装。她低头看看自己，不禁一阵懊恼，没有过出差的经历，连御寒的衣服都不知道多备几件。

时尚摩登的款式，五颜六色的灯光，模特不停在T台上来回走着，几欲迷人眼。因为Vivian，她拿了邀请函进去，工作人员把她奉为上宾，她的位置极靠前。这是一个未知的世界，她渐渐从漫不经心变得好奇，痴迷于设计师独特的创意和精湛的技巧。

到了最后，模特和设计师纷纷登台，迎来了掌声雷动的高潮，连带着晚宴都是一派辉煌，热闹非凡。奇怪的是，她享受时尚的氛围，却不喜欢衣香鬓影的场合，一个人在这种地方难免尴尬，于是等到晚宴进入尾声的时候，一个人悄悄离场。

酒店外面仿佛都是这种奢华的气氛，七厘米的高跟鞋，配着紫罗兰色的晚礼服，寒意袭来，她忍不住战栗了一下。寒冷的天气，呼出的每一寸空气仿若都会结冰，她简直站不住，但是离可以打车的马路还有一点距离。不知为什么，晚上街道上的人影突然很少，她心里爬上一丝恐惧，不禁稍稍加快脚步。可是绝对不是幻觉，她感到后面有人跟着。她越走越快，脚步似乎已经停不下来，直到有人拍着她的肩膀，喊了一声"冷小菁"她才停下来。

"真的是你，我都怀疑我看错了，一直不好意思上来打招呼。"说话的是一位男子，一身得体的西装，却不像萧楠洛那样冷俊疏离。橙黄的灯光下，他显得温文尔雅，一派绅士的味道。直到看见那张熟悉的脸，她才想起来。

恐惧终于从心头散去，"赵之扬，原来是你，刚才吓死我了。"她笑着说道。

赵之扬不好意思地挠挠头："呃，不好意思，我那是太兴奋了，不敢确定是你。"说着，望了她一眼，把身上的外套脱下来披在她的身上。冷小菁连忙拒绝，赵之扬没说什么，让她先上车，免得在外面会感冒。

冷小菁也不矫情，外面的空气干燥寒冷，她起了一身的鸡皮疙瘩。

上车之后，他马上开了暖气，一阵阵暖流吹在裸露在外面的肌肤上，驱散了少许寒意。他一边开车一边问："这些年你都去哪里了，每年的同学聚会你都缺席，你来北京是出差吗?”他丝毫不觉得自己的问题很多。他只知道她是南方人。毕业的时候很多同学都搞联欢，却独独少了这个女生。

冷小菁有些无奈地笑笑，道：“你问题很多，当年我毕业的时候家里出了点事情，所以和同学就没有什么联系了。这次来北京是受主办方邀请，代表我们公司出席的。”对于当年的往事和他的问题，她寥寥数语带过，不想在撕心裂肺的往事里纠缠。

“倒是你，怎么会出现在那里?”她记得当年他有了出国留学的资格，三年时间，想想也差不多完成了。

他毫不避讳轻松地回答：“嗯，我没去，现在自己创业，那个秀是我一哥们主办的，我来见识一下。”

这一路回到酒店，两人交谈愉悦，老同学相见，不管曾经关系怎样，这一见是难得的缘分。下车的时候，他说：“这么多年同学聚会都没有来，这次有机会总要聚一聚吧！当年的同学很多都在北京发展，今年聚会时间就定在后天，你还是抽空来一趟吧。”

毕竟都是同学，她不想表现得拒人于千里之外，便点头答应了。

不过没有想到的是，远在北京，她难得参加的聚会，海蓝也来了。所谓狭路相逢，也不过如此。估计海蓝也没有想到，她看到冷小菁的时候，四目相对，两人俱是一惊。

所谓聚会，不过是找个地方吃顿饭，然后开始一系列的娱乐节目。来的同学大多数现在颇有成就，聊着事业与各自的另一半，以及生活的经历。讲出来的，都是令人艳羡的东西，仿佛这几年，人人都是意气风发，生活的艰辛不曾有过。

那句话怎么说，那些热闹，只是别人的，和她无关。冷小菁端着一杯果汁，静静地坐在一隅，心绪随着音乐安静地流淌。意外的是，当年热络无比如今在社会上左右逢源的海蓝也安静地坐在沙发上，而她的目光，一直徘徊在一个人的身上，眷恋且温柔。顺着目光看去，冷小菁一怔，怎么会是他——赵之扬！？

当年的赵之扬是学生会的主席，阳光而热情的一个男孩，却每每喜欢缠着她。赵之扬是体育系的，因为经常在操场上打篮球，皮肤黝黑，身材高大，和冷小菁喜欢的类型完全不符。

因为她的冷淡，赵之扬与海蓝的接触倒多了起来。

当年关系一般的朋友，现在见面，也有老友一般的情怀。海蓝此时的背影倒折射出几分校园时代的味道，或许是因为她对面的男子。冷小菁不得不嘲讽自己总是后知后觉，当年的海蓝，那样不肯浪费精力的一个人，总是为自己鞍前马后地去应付赵之扬，现在想想，觉得往事越发清明。

金禾会所的花园很大，偌大的一个园子，左边餐饮，右边娱乐，中间是SPA馆，后面是宾馆。正值晚间休闲的黄金时段，前厅来来往往的人很多，后面却安静多了。一旁巨大的喷泉擎天玉柱般滑然而落，水顺着阶梯缓缓流淌，空气中还浅藏着清淡的花香。赵之扬和海蓝面对面坐在木椅上，长久缄默不言，如此寒夜，两人竟然都不觉得冷。

良久，赵之扬首先打破沉默："几年不见，你倒成了名人，上次在北京房地产峰会看见你，还以为看错了。"

海蓝低头看着自己的脚尖，神思缥缈："哪里比得上你们下海做生意的，只是混口饭而已。"心中苦笑，心底那么多的话，客套一点的"一别多年，别来无恙"，还是矫情一点的"赵之扬，这么多年，你到哪里去了"，到了此刻却只能这样回一句。

赵之扬讪然一笑，摸出一支烟吸了一口："这么几年的同学聚会都看不见你，不知道是不是……"

“当然不是，是你多想了。”海蓝打断他的话，大方一展笑颜，仿佛又是平日里自信的她。“我只是忙，脚不沾地地出差，哪里顾得上。倒是你，女朋友很漂亮，恭喜你，什么时候结婚，到时候好讨上一口酒喝。”她这样说话，笑着看着对面的男子，而赵之扬却没有看到她眼底一闪而过的伤感。

他没想过她会说出这样一番话，倒觉得放不下的是自己了：“谈结婚太早了，先这样处着，你也知道，父母年纪大了，对后辈的婚姻总是盯得太紧。”

冷小菁洗完澡从浴室里出来，左晨晨的声音在电话那头响起：“小菁，上次的专题做得不错，反响很好啊！总编已经把你调去当助理了，哇哇！我们以后不能一个办公室了。”她虽然这样说，但是怅惘的语气倒没有多少，倒是兴奋居多，好像是她的事情一般值得庆祝。

“没关系，都在一个杂志社，不过这样我们少说些话，还能提高工作效率。”冷小菁开玩笑，两人在一起，芝麻绿豆大的事情都能聊起来。

左晨晨果然“嗤”了一声：“反正回来你请客，马上就是我单身三个月的纪念日了，为我庆贺啊！”她声音很大，明明是很开心，而冷小菁听起来，却颇有些伤感。左晨晨是一个执着的人，这一次却舍得放下。

冷小菁笑了笑：“好啊，我请客，不过下次等到你告别单身的时候，记得要告诉我。”

左晨晨敷衍地挂了电话。大约是对未来觉得无力，把前一段感情看得太深，以至于总觉得下一段感情太浅。

冷小菁回去才知道，这一期的杂志专题有多成功。很多媒体采访不到的商业人士，出现在了这本看似传统的杂志上，受到了整个市场的热烈追捧。看了这一期发行量与之前的对比，效果明显。冷小菁放下了笔，拿起水杯放到唇边，才发现杯中已经没有水了。她起身去外面准备冲一杯速溶咖啡。作为 Vivian 的助理，她的办公室在总编室的隔壁，助理室和总编室只隔了一墙薄薄的磨砂玻璃。里面的灯光折射出来，她讶异，Vivian 还没走。

Vivian 挎着包拿着手机出来的时候看到她，微微点了点头。冷小菁端着水走进办公室，她把在北京时装发布会的见闻用稿子整理出来，手头还有一些文章没有敲定。虽然几个专题都不做了，但是还是有撰稿者来投稿，她希望选出一些适合的，或许以后还可以用。

Vivian 进来看见她在台灯下低着头。她察觉，抬头问："您还没走？"

Vivian 的嘴角扬起一种笃定的笑容，仿佛是肯定，点了一下头，留意到她手头的东西，语气轻松："在加班？"她说的时候目光仍然停留在她的办公桌上，东西很多，堆了好几摞，可以说是有点乱。冷小菁倏地垂下头，自从 Vivian 的团队过来，加班的员工是很少的，加班意味着一个人的工作效率低，而这个是她不想承认的。

透过百叶窗，外面灯光璀璨，灿若星辰，这个城市的夜晚才刚刚开始，整个城市都陷入一种轻松的状态中。台灯的光线下，冷小菁的脸特别明亮，认真的力量都可以透过这张脸看出来。

"没事，工作总是做不完的，不要影响了休息，晚上太晚回去也不太安全，还是让小洛来接你吧。"Vivian 走的时候好意提醒，冷小菁没说话，只是说自己会注意的。

手头的工作忙到很晚才结束。一直以来，她抱着无所谓的心态面对着这份工作，只因为她总觉得干不长久就会离开，而现在，却好像只有工作才能掩住心底的很多事。

CBD就是这样，白天和晚上的人流量相差很大。她走出大厦，执勤的保安坐在一旁玩着手机，安静沉闷。看到外面熟悉的车子，她着实一惊，踯躅间，寒木已经下车，绕到后面，把车门打开。她走过去坐进车子，静静地眯着眼，仿佛真的很累。

用人和管家都已经歇下，她随便在厨房下了一碗面，静静地吃着，直到把最后的几口汤喝掉，才收拾碗筷。周围的一切很安静，瓷碗碰到水槽的声音显得清脆响亮。她都整理完之后转身，突然看到倚在门框边的身影，吓了一跳，手中的碗碟差点掉在地上。

萧楠洛默不作声地转身走开，冷小菁这才想起来两人快一个星期没有见面了。以前他忙，高兴的时候回来，没兴致的时候十天半个月不进这个屋子一步。她自然知道他不止这一个住处，她那时年纪小，多半带了贪玩的念头，他不回来，她白天自然也玩得开心。想到这次出差，一去一个星期，觉得也是好事，他们的关系这样，倒不如不见了，而这样她也好过些。

她擦干净手，倒了一杯水，出来的时候，看到客厅的沙发上还坐着人。电视的声音低低地在客厅里响着，他目光注视着电视，她却知道他是在等她出来。

“最近工作很忙?”他开口问道。电视开着，此时屏幕上的主持人面露淡笑，语音标准地播着一条新闻。模特们在T台上面色僵硬地来回穿梭，镜头切换的瞬间，她仿佛看到了自己，坐在第一排，神色认真地注视着前方。

冷小菁惊讶地收回目光，又瞧了他一眼，他似乎也有微微的惊讶。“嗯，我现在不做编辑了，在总编身边做助理。”她把事实都说了，等待着他的反应。这个工作是他给的，她一直不咸不淡地做着，而现在突然表现出了一种前所未有的兴趣，受到上司的提拔，似乎又是这个男人没有想到的。

半晌之后，他才说话："工作的事情可以随你，但是你最好和安雅保持距离。"他一字一板地说着，虽然目光停留在液晶屏幕上，但是声音却直捣她的耳膜，命令一般。

冷小菁嘴角荡起嘲讽的笑容。他称她"安雅"，真实的姓名，不像圈子里的人叫她 Vivian，仿佛是隔着一种淡漠的疏离。他们之间的关系，她一直都是知道的，但是如今这样谈到，心里还是有些酸涩。在她面前，这样维护别的女人，终究让她觉得有一丝可笑与难堪。

"我知道，我不会对她和你造成什么困扰。"她喃喃地说道，说给他听，又仿佛是说给自己听。

外面的风声渐渐大了起来。门前种了几棵樟树，虽然是移植过来的，但是长势极好。寒冷的风从枝丫间刮过，沙沙作响，仿佛有一种抓心挠肝的感觉。

他来不及回神，就看到她上楼的背影。秋海棠花开得极艳，一簇簇缀在枝头，他把头转向窗外，目光波澜起伏间，仿佛有什么话要脱口而出，但终究没有说出口。

第十六章　她的不甘

上午，冷小菁在茶水间泡咖啡，上好的夏威夷科纳，放在咖啡壶里，鲜润饱满。Vivian 对咖啡的要求很高，味道、香味以及浓度都要上乘，李娜被派去了纽约出差，而她这个助理自然顶上。她没有煮咖啡的经验，自己也不讲究，以前自己喝的是速溶咖啡。端给 Vivian 的时候，冷小菁还是稍忐忑。

Vivian 呷了一口，目光从手上的杂志转移到她的身上。Vivian 的眉毛细长，双眼皮之间淡淡的眼线妩媚狭长，此刻打量她的时候，带着审度的味道。

“我们新的时尚类杂志马上要创刊，你的穿着是不是……”她伸出食指指着冷小菁的衣服。

总编的办公室重新装潢过，风格时尚，办公桌简洁大气，大片大片的红色。冷小菁上班从来都是穿套装，粉色、藏青、黑色、白色，而且是一样的款式，裙不过膝。那时候一下子买了四套，款式倒不老土，只是在时尚风气愈来愈浓重的杂志社，显然有些格格不入。

她知道 Vivian 的意思，那次开例会的时候提到过，作为她的团队，如果想留下来，必须具备敏锐的时尚嗅觉，而第一点，就是从自身做起。意思很明确，着装需要改变，于是一贯随便惯了的编辑都将离开了，大家倒不觉得那是什么坏事，毕竟他们不擅长这个领域。

冷小菁略微尴尬地低着头，表示很无力。

“过一阵子 Alan 会过来，让他教教你。”

“我知道了，您还有其他的需要吗？”

Vivian 拿着笔一边思考，一边敲着桌面，抬头说道：“帮我把 GUCCI 旗舰店里定的礼服取来，下班之前放到我的办公室。华伦天奴系列的服装周六运过来，航空公司那边要做好接洽。明天平面模特的拍摄场地你再次确认一下，不能出任何意外。一会儿有媒体打电话来，告诉他们在四季酒店等我。还有，上一期的人物专题效果很好，所以这个专题保留，你把夏功铠的采访拿下，给你一个月的时间，如果不知道是谁，自己去查。”因为她说得很快，冷小菁不适应，拿着笔快速地记着，时不时点点头。

把两件事情做完回到办公室，已经是中午。她和左晨晨、桥南一起吃晚饭时，总是莫名地想到今天在旗舰店里遇到海蓝，她走的时候留给自己的一抹笑容，非比寻常。

萧楠洛在外地出差，这一个星期对于冷小菁来说，忙碌而充实，但是生活的节奏总会被一些事情搅乱，比如说海蓝的电话。不知道算不算她有一定的预见性，当冷小菁在北京遇到海蓝的时候，总觉得有些事情远远没有想象中那样简单。有了结果，其实还是要问一句原因，不然，谁都不会甘心。

所以当冷小菁从模特公司出来，接到海蓝的电话，她便去了。坐在出租车上，有一点忐忑，又有一点安心，还有一点决然，仿佛是已经读了十几年书的孩子，最终面临高考，不管好坏，总会有一个结果。

她们以前常来的咖啡馆，墙上已经有了斑驳的痕迹，透出一股子后工业时代的气息，颓败之中不失古典。落地窗很大，隔着马路看，流畅的拱形，外面的阳光一丝不剩地透进去，可以照亮每一张桌子，而外面繁华的街道又映入眼帘……

她们没有选择最适合聊天的咖啡馆，而是选了后面的公园，或许，对于曾经，谁都想留一点念想。

前面是一个池塘，修饰得极好，莲花在上面浅浅地开放，淡淡的白，衬着叶子，清香宜人。已经是这样深秋的天气，这里竟然还开着莲花，阳光透过旁边的竹子落在莲叶上，一点一点的光斑缓缓跳动，却微微刺眼。池塘上面有汉白玉的建筑，小小的器件，精致通幽。

越过池塘的白莲，目光到达对面的小桥时，她的眸光渐渐定住，一对身影，很熟悉，深色的黑和优雅的白，黑色是萧楠洛，白色是海蓝。两人不知道说什么，靠得极近，生出一种亲昵的错觉，只是萧楠洛背对着她，而海蓝刚好面对着她。

她不知道海蓝有没有看见自己，因为隔了那一株株稀稀落落的翠竹。一阵微风吹过，在细密的枝叶间发出窸窸窣窣的声响，像是一片薄薄的水晶，最后零零落落地碎了一地。一如她的心，总是碎了再拼起来，然后再碎……

她下意识地转身，仿佛脚下是一片烈焰，站不住，只能快速地走开。几步之后，脚步停住，她怆然一笑，自己居然忘了来的目的，要一个结果，不管是好是坏。

她从包里拿出手机，电话拨过去。

“海蓝!”她道。隔着竹子，她看见海蓝接电话的样子，虽然是一个池塘，可是面积并不小，远远望去，恍若一面湖泊。水面很宽阔，苍茫，波涛在风起云涌。因为通着江，她往江面看去，冬日下午的江面，波光泛着寒意，江水打着旋，向东流去。金色的余晖洒在江面上，像是铺了一层金子。江边浅水处长着一簇簇的芦苇，在风中花絮乱舞，说不出的萧瑟秋意。

对方接通，却又挂断。这一刻，一个意识终于冲破脑海，像是已经发酵到一定时期的酵母，终于以一种力量衍生开来。

远处的两人并肩而立，在肃杀的风中自成一景。

片刻的犹豫，手指一划，终究能够提起勇气，那边很久才接起。他的声音竟比平时还要冰冷几分，就像洒在江面上的余晖，看似金灿温暖，实则沾了冷气，一点一点凉到心底。

“你在哪里?”她像个暗中偷窥自己丈夫与小三的女人一样问道，声音却是平静如水。有冷冽的风从江上拂过，划过她的耳畔，原来，这样冷!

萧楠洛一愣，眉宇蹙了蹙，薄薄的嘴唇抿了抿，才回答：“在外边。”竟是隔了几秒才回答。

“有什么事?”最后，他还是问了这样一句。

冷小菁吸了吸鼻子：“没什么，只是想要告诉你，自从我的父亲过世之后，我就没有什么东西是接受不了的。那样惨败的境地我都有过，还怕什么呢?”

萧楠洛身子一僵，眸子深若寒潭，他转身望了望江水：“你到底什么意思?”

她拿着手机的掌心出汗，滑滑的，她快要握不住手机。“没什么，我只想说，我其实什么都接受得了。”说完，她挂了电话，笑靥如花，好像是了却了一桩久久未完成的心事，即使做得不圆满，至少，这件事情结束了。

萧楠洛放下手机，目光渐渐收回，好像有什么东西在随着不远处的江水渐渐流去。

直到竹林后面那抹身影消失，海蓝才收回目光：“怎么，不相信我说的，还是不相信自己看到的?”

萧楠洛不以为意地笑笑，那笑意不达眼底。深秋的江水很冷，如果人掉下去会更冷。

海蓝最终也没有得到一个答案，即使是一个眼神，也读不懂他的意味。

她知道，这场赌，自己倾尽全力，到底是输了。原来看到的并不一定是真的，又或许开始的时候是假的，最后却变了。

冷小菁到底是什么时候回去的，她自己已是记不清楚。唯一的感觉是翌日清晨醒来，她仍是一身昨日的装束，连洗漱都不曾有，在床上躺了一夜。生物钟第一次出现误差，可她并不急着起床。翻身的时候，脸颊触到枕巾，冰凉一片。洗脸的时候，看到镜子里面红肿的眼眶，突然发现不认识镜子里人，所有的一切，恍如隔世。

有时候，总觉得一次眼泪换一场勇气，就好像有的人相信这一次的离别是下一次的相遇。

寒木进来的时候，看到桌子上烟灰缸里满满的烟蒂，旁边是一大堆的文件，沙发上丢着西装外套，烟雾缭绕的空气微微呛人，厚厚的窗帘隔绝了一切。他不确定老板是不是在这里坐了一夜。他有些冷，目光瞥向头顶，中央空调并不在工作状态。

寒木看看手表，显示的时间是八点四十分。室内太暗了，有一种让人窒息的困惑，寒木伸手去拉窗帘。

“别动。”萧楠洛看着寒木的动作，开口说道，声音喑哑。

寒木转身站在旁边，没有开灯，四周是浓重的黑。几分钟后，萧楠洛伸手按了开关，哗的一声，窗帘拉开了，室内忽然亮如白昼，下面的街道依旧繁华。阳台外面有小植株的桂花，香气袭人，可他的心境却有了天翻地覆的变化。

会议还有半个小时才开始，寒木离开房间时看到茶几上的一大堆照片，停下了脚步。照得很专业，长焦镜头，连脸上的表情仿佛都很清楚。夜色下，那个女子和陌生的男子并肩而立，冬末街头的晚上，不知道什么节日，到处火树银花。其实没什么其他的动作，最亲昵的一张也就是男子给她披上外套。

萧楠洛洗好澡从浴室出来，穿戴整齐地站在落地窗前抽烟，寒木进来，他也没发觉。萧楠洛最近烟抽得特别多，他本不是嗜烟之人，只有遇到了棘手或者烦心的事，才会抽上几根。可是最近，倒有些变了。

“老板，这些照片？”他问。

萧楠洛坐在桌子前找一份文件，也不知道有没有听到，几秒之后才道：“扔了。”

“其实可能冷小姐也没有做什么，或许只是普通的朋友……”寒木第一没有多加思考在萧楠洛面前说话，却不知道为什么，只是本能地想为那个女人说些话。殊不知，他这样拙劣地替她辩护颇有此地无银三百两的意味，作为下属，当真没有学会什么叫言多必失。

萧楠洛似乎没有生气，只是淡淡地问了一句：“什么时候话变得多了？”

寒木微微惊讶，没有回答，却也知趣地不再多言，把照片理好拿在手中，准备扔进碎纸机，厚厚一沓，应该有十几张。按照老板的性情，这些年，随着岁月流逝，除了生意上的事，他计较的事情真的少之又少，却独独对一个人刻薄而较劲。

早上，世界又充满了力量，仿佛昨夜的暴风雨不曾来过。

三个小时会议之后，招标的事情终于圆满完成。出了会议室，每个人的心情似乎都很不错。顾祥撇开众人追了上来，年过半百的年纪，一副精明的嘴脸，对萧楠洛道："萧总，日升能竞标成功，深感荣幸。"

萧楠洛眸光深沉："都是双赢，顾总客气了。"

这次投标竞争很激烈，全国的投标商就有三十多家，最后他能脱颖而出，不知道是不是运气太好。

萧楠洛并没有拒绝顾氏年会的邀请，答应届时一定参加。

车上很安静，听见的只有低低的引擎声。

他很累，心被绷得紧紧的，仿佛有什么东西塞在那里，太大，以至于装不下。心浮气躁的时候，听到手机的振动声。一条短信，他看了却像有一声雷响在脑海炸开。

两旁是千篇一律的繁华，这个城市在朝霞中活过来，又在余晖中冷寂，日复一日，却不会死去，因为它拥有每一个日日夜夜，不圆满了，第二天又是新的。他目光停留在那四个字上，"我们离婚"。发件人——她。

从来不知道怎样称呼这个女人，对她是恨的，但是她与他的关系却是那样清晰。所以当初保存的时候，用了"她"这个字。四十多个月，一千多个日夜，他终于将她的棱角磨平，当他想要替她上光的时候，她终于如他开始所期望的一样，想要逃离。

"你觉得他还记不记得我们?"顾祥坐在车上，吸了几口烟，把烟蒂扔在窗外。

姚元脸上的皱纹越发沉重，直到看到萧楠洛的车子消失才开口："肯定不记得了，当年的萧总裁哪里有心思记住我们，一门心思想要整垮冷氏，连老冷的女儿都没有放过。听说小丫头嫁给了他?"

顾祥脑中浮现出一双澄净的眸子，仿佛感到膝盖上的温暖，有小孩子的头枕在上面，软绵绵的。

他说道："不清楚。"那么久的事，他老了，如果可以埋藏一辈子，他也宁愿。

冷小菁的眼泪，只留给了黑夜，一晚，也只能是一个晚上。

最近她学会了化妆，以前没有专门学过。她用笔给自己上了重重的眼线，对着镜子弯弯唇角，红肿的眼睛看上去终于没有那么明显。

Vivian把工作重心转移到了国内，新的杂志要创刊，杂志社的人已经忙得人仰马翻。听说国外的团队也会过来，这才让大家稍稍放心。

Vivian看完手中的设计图稿，抬头看到冷小菁站在一边："你的眼睛怎么了？"

"最近失眠。"她道。她没有说谎，真的是失眠。

Vivian不置可否地点点头，目光落在她的身上，摇摇头。冷小菁尴尬地说了一句："对于服装的搭配真的不在行。"

"好吧，到时候会有人教你的。"Vivian站起来到后面的书架上取出一本杂志，翻到一页，放在冷小菁的面前，问道："对绘画了解多少？"

冷小菁摇摇头，有些沮丧："一窍不通。"目光转移到杂志上，报道的是欧洲绘画大奖赛冠军得主，一位华人女画家。只是少了相应的人物介绍，让人对这位获奖者有一种神秘感。

"她最近回国了，我们可以做一期人物专访，效果应该会不错。"视线对上冷小菁的，道，"这个任务还是交给你。"

冷小菁点点头，说道："我尽力。"

在冷小菁看来，生活对于她太过残忍，悲伤、背叛承载得太多，而自己所剩的太少。而她，被一伤再伤之后，仿佛已经百炼成钢，所有的痛楚，已经幻化成了一份不知不觉的坚强。她期待着生活为她打开一个缺口，她在这条路上已经走了很久，最终在迷失方向之后，看清了自己。

第十七章　形同陌路

办公桌上的茶已经凉了，茶香渐淡，但是搁在精致的英伦风格的茶具里，仍旧赏心悦目。天边的夕阳一下子热烈起来，红红的光晕透过百叶窗在地上形成一个个不规则的矩形，原先清亮的茶水变得更加透明。

他本不喜欢喝茶，上学的时候因为经济原因，倒宁愿喝白开水。记忆里那个女孩，说喝白开水很好呀，能够解渴，而且不用担心质量问题。所以，在很长的一段时间里，他最钟爱白开水。仿佛儿时的感情，澄净透明得不含一丝杂质。

岁月如水，来去无常，风清云散。后来又有个女子却总喜欢端茶给他喝，她偏偏爱绿茶，觉得有助于提神。可他偏偏不喜欢，如果说提神的话，他宁愿选择咖啡。于是，这些年，他不知道和谁赌气，一直喝着咖啡，渐渐成了习惯。可是，只有他自己知道，自己并不喜欢咖啡。

因为成了习惯，就无关喜欢。

“萧总，茶已经凉了，需要我去换一杯吗?”秘书蒋若走过来轻声提醒，见他不说话，端着茶杯准备出去。

萧楠洛回过神，伸手看了腕上的表，道：“不用了。”

蒋若说了一句“知道了”便退了出去。他一时间心浮气躁，仿佛一个尘封了很久的空间突然打开，里外交汇般浑浊。

冷小菁从来没有这样渴望地等待过萧楠洛，她和衣靠在床头。床头的落地台灯光线充足，悬浮的灰尘回转，墙上的时钟嘀嗒嘀嗒律动，手中的书迟迟都没有翻页。她望了望窗外，一抹橘黄的灯光从院子里亮起，伴随着低低的引擎声。她放下书，拿起床头柜上的水杯，喝了两口，杯子在手中轻轻旋转。

萧楠洛一上楼，倏地灯光亮起，定睛看到她，不禁皱了皱眉，道："怎么还没有睡？"

她默不作声，跟在他后面一直到他的房间。

在脑海沉淀了一天一夜的话，到了现在，却有些犹豫。萧楠洛似乎并不觉得后面跟了一个人进来，自顾自地脱下西装，随手扔到沙发上。

"我想和你谈谈。"她道，头顶的水晶灯太亮，又或许是这个房间空气沉闷，她的嗓音喑哑，却很坚定，不带一丝起伏。

萧楠洛身子晃了晃，似笑非笑地问道："哦，谈什么？"

她直了直背脊，呼出一口气，道："我们离婚。"

她第一次没有用商量或者低声下气的语气和他说话，仿佛和他以前每一次对她说话一样，冷静而坚决。空气凝滞一般的沉重。几秒之内，萧楠洛没有开口说话，似乎刚才根本就没有听到。

少顷，他淡淡地问道："原因。"因为隐忍着怒气，所以声音很淡，如果眼前的人不是他，冷小菁会觉得这句话中有淡淡的失落。

原因是什么呢？仿佛是高中的时候做的数学题，一下子看不到答案。是发现他和自己大学同窗好友在一起，仅剩的自尊心受到了打击？是突然觉得这样的关系累了，觉得所谓的偿还苍白了？

还是自己根本就是在和时间赛跑，而这个游戏没有他？

或许，都有……又或许，什么都不是。她回答不出来。

“原因很简单，因为这段关系开始的时候就是你强加给我的。你害死了我的爸爸，毁了我的生活。萧楠洛，我宁愿和任何人在一起也不愿意和你在一起。我恨你，你知不知道？”最后的两句话，她说得很大声，几乎是声嘶力竭，连嘴唇都开始泛白。

其实萧楠洛一直觉得她的声音很好听，带着三分年轻女孩子的清脆，夹杂着苏吴地区特有的吴侬软语的味道，面对他时，还有三分的怯怯，一分淡淡隐藏的倔强。可是此刻听来，却是这样刺耳。

“萧楠洛……我恨你，你知不知道？”

这句话在他的心上响起一记空雷。他知道，他怎么会不知道？她和身边不同的男人关系那样亲近，她笑得那样开心，接受得那样自然，仿佛不知道自己的身份，不知道自己是个结了婚的女子。唯独对着他时，总会竖起全身的刺。她眼底的倔强与隐忍，难道他看不出来？她那时口口声声说喜欢他，他就知道是假的，伪装着的感情，现在到底是说出了实话。她恨他，真的恨他。可是难道又不应该？这不是自己当初想要的？

可是为什么心会那样的痛，仿佛是一把刀，一寸一寸地挑开他心底不能触碰的伤疤，那里面有触目惊心的血和脓，惨烈到他自己都不能看。

他一步一步地逼近，她哭着一步一步地往后退，仿佛已经走到了悬崖边，后退一步便是绝路，而错一步更是粉身碎骨。犹如这份感情，无论如何都不会有结果，明明两人恨得这样深，已经习惯了撕心裂肺的纠缠，即使这样痛，却没有人放手，仿佛中了魔咒，习惯了彼此伤害……

她的下巴被他箍着，骨头仿佛都要裂开来，两只手都被绕到身后，她像只小兽，呜咽着不能说话。他冷冷道："宁愿和任何人在一起也不要和我在一起，是这样吗？所以你就和别的男人搞暧昧，身边有一个备着，去了北京短短一个星期，又搭上一个。你怎么这么厉害？我以前小看你了。随便一个男人就可以被你迷得晕头转向的，你是不是缺了男人就不行？"忍了这么久，终于说了出来，仿佛是一种深入骨髓的毒，不到病入膏肓的时候，不知道已经埋得这样深。

她只是拼命地摇头，眼泪像断了线的珠子，簌簌而落，一颗一颗的眼泪圆而凉，像珍珠一般。她死死地看着他，那恨意汇聚眼底，仿佛能化作一支支利箭，直射人的心底。明明不是这样的，这三年，即使她过得这样辛苦，都不曾想过逃离。她傻，傻到了无药可救的地步，她拼命地告诉自己，留在他的身边，只是为了给爸爸还债，可是只有她知道，不是这个样子，她的借口有多么的自欺欺人。她用一个可笑的理由说服自己留在这个男人的身边。他对她那样不好，一点点的温柔都吝啬得舍不得给予，可是她却舍不得不要。

萧楠洛眸底的光芒一片凛冽，冷若冰窖。他将她粗暴地扔到床上，床很软，像一团棉花，她挣扎无果，喘息着伏在床上，却只是哭。他双手撑在她的双肩上，亦是剧烈喘息地低头看着她。她眼睫湿漉漉的，似沾过雾气的芦苇覆在眸子上，脸却别过去，不看他。

她真的觉得累了，两人都像在拔河，左边是恨，右边还是恨，无论如何，都是一个结果。她睁开眼睛，吸了吸鼻子，道："萧楠洛，真的够了，这三年，我觉得像是过了十年，我能还的都已经还了，我身上已经没有什么东西可以给你了。"

墙上是玫瑰花纹的墙纸，明黄的底色，浅浅的纹路流畅地展开，仿佛是岁月的裂痕，渐渐延展到她的心里。

痛吗？不知道。久了，麻木了。身累了，就休息。心累了，就淡定。难过了，蹲下来，给自己一个拥抱。别人就是别人，不要指望别人对你的伤痛感同身受。别指望别人来怜悯你，你哭了，眼泪是你自己的，被伤了，痛在你自己的身上。

光线太亮，他的脸枕在她的颈边，形成一道浅浅的光影，他的呼吸仿佛变得很轻，却在下一刻，如噩梦的呓语在她耳畔响起。

“这段婚姻是我说了开始，所以也只有我说停才能停，而你，永远没有资格。”他的语气这样轻，恍若一种低喃的祈求，而她，只觉得如此的不真实。

眼泪是咸的，此刻却带着凉意，一点一点从眼角滑入鬓角，凉润沁骨。她冷冷地开口：“这一次，我不会再听你的。有没有资格，也不是你说了算的。”她的目光坚定，仿佛能插入人心的钉，狠硬而坚决，又似乎是心如死灰的释然。

他其实是喝了酒回来的，这些年，他对酒已经敬而远之，商场上的应酬，他只是淡淡地抿上几口，意思到了，便作罢。不像多年之前，胃里再痛，也只能拼了命往下灌。今时今日，到底不同了。他是低估了自己，即使是醉了，可是头脑却一片清醒。仿佛是一个很久的梦，久久不愿醒来，而今天，梦终于碎了。即使身体麻痹，可是心里却是那样痛，思绪如潮水一般，翻涌而来。记忆的闸门一旦打开，就再也关不上了。心越痛，就越害怕。其实他也会害怕的，害怕自己对她不知不觉的目光，从关注，停留，最后演变成迷恋。

而他，却还是舍不得放弃用这样的方式绑住她……

“翅膀硬了，想要飞了，拧断了就好。”他抓住她的胳膊，那样用力，仿佛要把她的胳膊拧断。

她疼得喊都喊不出来，整个身体都好像在一个油锅里炸着，五脏六腑里的空气都被挤了出来。她没有办法，仿佛是陷入了一个精心布置的陷阱的小兽，没有利爪，只能一口气咬上去。“你……休……想。”

他冷笑：“那我们试试。”脖颈处传来一阵疼痛，仿佛是一种电流，点燃了他身体叫嚣的细胞，在脑海突然炸开。他从来不知道这个女人竟是这样的倔强，以前的乖顺都被收敛了起来，更深的倔强藏在她的骨子里。

萧楠洛知道此刻自己疯了，是真的疯了，身不由己，他醉了，可是身体却比以往都要诚实。这一刻，他什么都不想管，只想要把这个女人一点点磨碎，碾成齑粉，在下一刻，挫骨扬灰。

可是当他靠近她的那一刻，他才发现，原来曾经那些他不愿意记得的东西都藏在不知名的深处，她身上的味道，每一寸美好。从开始的时候，一直到现在，时间在尽头都化成了灰烬，酿成一抹绚烂的烟火。

可是为什么，他想靠近的时候，她却选择了离开……他想停止伤害的时候，她却习惯了这种伤害……

仿佛一场小舟对湍流的追逐，她如陷入荒流之中的一叶轻舟，跌跌撞撞漂流，哪怕是最后粉身碎骨，哪怕是一无所有，她都甘之如饴。可是，终于有一天，风平浪静，一切归于平静的时候，这场追逐却换了角色。

爱情终究不是一场你追我逐的游戏……

萧楠洛苏醒过来的时候，没有一丝亮光，浓墨的黑，那样深沉。只是那样的一瞬，太阳穴便突突直跳，仿佛全身的血液都向那里涌去，上面脉搏的跳动如此清晰。他伸手按了开关，整个房间亮了起来，身上滑下来的真丝被提醒着他昨晚发生了什么，按了按太阳穴，拿了一支烟，尼古丁的味道让人清醒。

床上已经没了她的影子，他下床披上睡袍，心里突然闪过慌乱。不过是半分钟的光景，他却觉得过了一个世纪，他从来不知道她的房间离他的这样远。他站在她的房间前，犹豫之后推开门。

床上很整洁，连被子都没有一丝褶皱。最左边是一张化妆台，上面最常用的几瓶化妆品已经不见，只有一大块镜子硕大银亮。镜子里的男人眉宇紧蹙，嘴角微沉。靠门墙上是矩形的衣柜，他把每一扇门打开，其实里面依旧很满。靠墙的一格放着风格华丽的礼服，裙摆一直垂到底部，新颖，却又陈旧。中间放着一两件嫩黄色的羽绒服，很短的上衣，却塞满了整个衣柜。而最外面的那一格，空空如也。

呼吸终究还是沉重了，他嘲讽的笑容在嘴角绽开。这是不是报应?

左晨晨接到冷小菁电话的时候是早上五点。清晨的温度很低，外面起了浓雾，天地茫茫，整个城市都陷入一种瘫痪的状态里。左晨晨苦着脸闭着眼接了电话，几分钟之后睡意消失，视线定格在窗户上。因为室内开着空调，窗户上的水珠一点一点蜿蜒而下。沉默几秒之后，她开口，带着睡意："行，你等着!"

草尖镀着银白，几只鸟儿清脆的鸣叫划破静谧的青岚，许是寒意未尽，露水从叶尖上缓缓滑下，一点一点聚成一颗颗晶莹的水珠，倏地滑落。冷小菁的指尖一凉，心头一震，发现一辆黑色的路虎在身边的马路边停下。

左晨晨早早就看到了马路边的身影，她转头嘟囔道："愣怔着干啥？还不下车?"桥南没有比左晨晨好到哪里去，亦是清晨五点半就被左晨晨吵醒，被拉来当车夫了。他白了这个女孩一眼，开门下车。

看到车子里面走出来的人，冷小菁倒觉得真是不好意思，她素来很少求人，只是现在真是逼不得已。

放在别墅里的东西很少，原来自己是早有先见之明的，整理的时候也就只有两个行李箱，倒也干净利索。她一人坐在后座。桥南开车，左晨晨坐在副驾驶座上，两人不依不饶地斗嘴。

“你知道我早上打了几个电话吗？你是不是猪啊，怎么吵都不醒？”

“彼此彼此，我回过去的时候你还不是没接！看不出来，睡的境界这么高，有句话怎么说，犹入无人之境。难怪你身材这么差，原来是睡觉过猛。”

左晨晨不服，语重心长道：“你懂什么？没谈过恋爱吧？还是你的女朋友没有告诉过你，女孩子睡眠有助于护肤，知道不？”顿了顿，开口继续：“你小子没开过荤吧？那句话怎么说的，走在街上要瘦的，躺在床上要丰腴的，知道吧？我这样才是最佳的。”

一直镇静开车的桥南还是惊到了，黑着脸问道：“左晨晨，你还是不是女孩子？”

窗外晨景素白，不看也罢，冷小菁收回目光后，从包里掏出手机，找到魏峥的电话号码。细细想来，两人已经一个多月没有联系了。怕影响到他睡觉，她还是发了信息过去。车子在小区里停下，桥南帮冷小菁把行李拿到楼梯口，冷小菁一路都是沉默的，最后笑着轻声说了声“谢谢”。桥南想把行李一直送到门口，左晨晨却一把拦住，道：“好了，东西我们拿得动，你可以回去了。”

桥南觉得自己就是一个马夫，完事了连一杯热水都没有喝到，转身下楼的时候道：“不进去也罢，又不是没有进去过，真不像个女孩子家，惨不忍睹!”左晨晨闻言想要回嘴的时候，桥南已经进了车子。其实她并没有十分生气，如果细心，发现她眼角还藏着一抹笑意。

其实里面还好，并不如桥南所说的惨不忍睹，收拾得很干净，一看就知道是女孩子住的地方。房子是典型的中户型，八十几平方米大小。两室一厅，一间卫生间，一间厨房，一种温馨的感觉扑面而来。客厅的墙面上贴着几张海报，是她喜欢的球星，却是用彩色的相框装裱好的。左晨晨把行李拿到卧室放好，出来看见她对着海报发呆，心里一阵难过，却还是笑着说道:“房子装饰得很温馨。”

左晨晨不语，把她拉到沙发坐下，把空调打开，又去厨房倒了一杯热水给她。太阳已经完全冲破了地平线，窗帘拉开，明亮的光线全部洒了进来，算是上好的采光。左晨晨背对着她，端着水杯，幽幽地说道:“这套商品房是我和他买来准备结婚的。那个时候为了这套房子忙上忙下，现在每次回来，看到这一室的光景，当真觉得还是挺刺目的。分手的时候，不知道算不算补偿，他把这套房子留给了我。当然，以后的房贷也是我自己还。当时，我任性地和他说我什么都不要，只要他，后来想想自己也真傻，作为补偿，这房子我为什么不要，反而徒增一丝矫情，让他笑话。”晨曦浓重，她的脸藏在一片光亮中，看不真切。

冷小菁只觉得伤感又袭上心头，她轻轻地捧着手中的水杯，踌躇半晌，想安慰却又不知道怎样开口。左晨晨却笑着说:“不必伤感，我只是觉得不甘心而已。”

是啊，付出了，潜意识总是渴望回报，更何况是对一个人的真心。

因为靠得近，左晨晨看见她红肿的眼眶，就知道她可能是哭了一晚上，不禁叹了口气，问道："到现在我还没问是怎么回事呢，怎么都搬出来了，是他把你赶出来的？他怎么可以这样，有什么资格把你赶出来？"

看着她焦急而又心疼的眼神，冷小菁心中泛暖，还好，她还有一个真心关心她的朋友。冷小菁摇摇头："没有，我想离婚了。"

左晨晨似乎并没有多惊讶，低头拍拍她的肩膀，道："没事，你就在这里住下，我养你。"

冷小菁吸了吸鼻子，抬起头的时候，天空的一抹朝霞明艳璀璨，她扯出一抹笑容："好。"

第十八章　转身离开

“魏律师，真不知道该怎么感谢您，您真是好人，谢谢您了。孩子，快来谢谢魏律师，要不是他，你后半辈子只能在轮椅上度过了。”一老一少站在魏峥面前，喜极而泣。

魏峥一脸微笑，眉宇间的肃穆并没有消散：“力所能及，作为律师，这是我的职责。”

老人和孙女一直弯腰感谢，魏峥劝了好一会儿他们才离开。他回头望了一眼法院，公正威严的徽章高高挂着，整个天地之间都是一派威严。他一步一步走下楼梯，驱车离开。对于魏峥来说，别人的感谢，他也只觉得受之有愧，其实，这是他第一次作为公益律师出庭辩护，那种感觉和平时真不一样。整个社会浮躁，一味地埋怨和愤世嫉俗改变不了什么，而可以做到的，就是尽自己的力量去改变。

今天一天都在法院，他的手机一直搁在车子里，此刻才看到她的信息。魏峥的眸子倏地亮了，挂上蓝牙耳机，回拨了过去。

包里的手机响起来的时候，冷小菁正在外面跑采访。有消息称这位华裔女画家——清子会在下午乘两点的航班回国，她得到消息之后马不停蹄地赶过去。在机场通道口等了一个多小时，却没有等到人。后来发现人已经从 VIP 通道离开了。她打听到那位画家下榻的酒店，拦了车赶过去。

接到魏峥的电话并不意外，冷小菁坐在酒店大厅里，压低了声音说话。

“小菁，抱歉，今天我出庭，一直到现在才看到你的短信。你没事吧?”魏峥一边开车一边问道。

冷小菁目光还注视着电梯出口，说道：“没关系，就是有事想找你帮忙。”

“好的，你说。”魏峥说话的目的性很强，直接开口问。

其实她是想找魏峥咨询一下离婚的事务，可还没有开口，便看到一身蓝色雪纺连衣裙的中年女子，纱裙曼曼，因为保养得很好，看上去很年轻。或许是因为第一眼便有一种莫名的熟悉，又或许是因为她有一种浑然天成的艺术气质，冷小菁一眼便能确定她就是自己要找的人。“不好意思，现在我有事，一会儿给你回过去。”急匆匆地挂了电话，那女子已经出了大厅的旋转门，冷小菁急忙起身追过去。

因为站久了的缘故，她脸颊冻得通红，又因为忙没有吃上午饭，手脚冰凉，整个脸都缩在围脖里。

在华清的记忆里，很少有女孩子能有那么一双眸子，灵气逼人，而那双眸子也只属于那个女孩子。现实与记忆交错，她来不及细想，冷小菁已经站到了她的面前。

的确是同一个女孩，一点都没有变，却又有什么地方变了。想想也如此，那样大的一场变故，这个孩子也必须长大，只是看着她时眼底泛酸。华清优雅地笑了笑。冷小菁有一瞬间的失神，惊讶地开口：“请问……您是清子女士吗?”

对方似乎一点都不意外，点了点头：“是我。”

“可是……您不是……”

华清笑笑："菁丫头，是我，你是不是该叫我一声阿姨？"

原来真的是她，没想到这位声名大噪的华裔女画家竟然是华清阿姨，人生当真在有些时候会给你一些惊喜。冷小菁垂下头，搓搓冻得发红的手，慢慢握紧，骨节处微微泛白，指尖陷进掌心，疼痛那么清晰。几秒之后，她抬头称呼道："华清阿姨。"

她鼻子微红，眸中盈泽，仿佛是泪光。

旁边有人走过来提醒："慈善晚宴还有三个小时就开始了。"

华清和那人说了几句便回头说："去里面喝杯咖啡吧！"

酒店一楼的咖啡做得极好，奢华的维多利亚风格的茶具，流苏坠地窗帘，夕阳缓缓洒进来。冷小菁搅动着杯里的咖啡，眼睫微颤，金属咖啡勺沁凉的感觉慢慢地传到指尖，她心头倏地一凉，打好的腹稿却一个字也记不起来了。她依旧无法将几年前的华清阿姨和此刻要采访的华裔女画家联系在一起。她依稀能记起当年去顾叔家里玩耍的时候，知道最上面的阁楼是一间画室，却没有想到华清阿姨现在会是一个赫赫有名的画家。心中有太多的疑问，顾叔为什么要搬家？为什么这么多年来断了联系？华清阿姨这几年为什么一直住在国外？疑问虽然多，但却似乎无从问起。

华清觉得这个女孩子成熟了，沉静了，再不是那个喜欢坐在秋千上，嚷嚷着让人给她推秋千的女孩子了，仿佛是一块温润的璞玉被套上了沉重的金属，敛去了本性。见她一直不说话，华清垂眼一笑，道："我在机场的时候就看见你了，见你一直跟到这里，找我有事？"

冷小菁似乎忘了来这里的目的，放在下面的双手微微绞紧，犹豫之后开口道："嗯，是的，您猜得没错，今天我本是以杂志《年华》记者的身份想要采访您的，可是如今一见，现在我却有其他的问题想要问华清阿姨了。"

她的认真与焦急，困惑与疑虑在脸上一展无遗。华清却笑笑，那笑意很深，仿佛能看透她的内心，深刻却没有恶意，她道："我很久之前看到一则故事。

"有三个人要被关进监狱三年，监狱长答应满足他们三个人一人一个要求。美国人爱抽雪茄，要了三箱雪茄。法国人最浪漫，要了一个美丽的女子相伴。而犹太人说，他要一部与外界沟通的电话。

"三年后，第一个冲出来的是美国人，嘴里鼻孔里塞满了雪茄，大喊道：'给我火，给我火！'原来他忘记要火了。接着出来的是个法国人。只见他手里抱着一个小孩子，美丽女子手里牵着一个小孩子，肚子里还怀着第三个。最后出来的是犹太人，他紧紧地握着监狱长的手说：'这三年来我每天与外界联系，我的生意不但没有停顿，反而增长了200%。为了表示感谢，我送你一辆劳施莱斯！'

"丫头你上过大学，应该知道这个故事想要说明的道理，什么样的选择决定了什么样的生活。我三年前就和你顾叔离婚了，这些年我们泾渭分明，不然我也不会去英国完成我年轻时没有完成的梦想。我三年内不曾回国一次，也是不想和你顾叔有什么纠葛，所以如果你要问与他相关的事情，只能说，阿姨真的无能为力。"

冷小菁心里一阵失落，自己的自由，父亲的清白。她眼眶泛红，声音微微战抖，仿佛要掉泪："华清阿姨……"

华清微微动容，当年这个丫头缠着自己教她画画的样子仿佛还历历在目，她叹了一口气道："好吧，菁丫头，你叫我一声华清阿姨，阿姨也是看着你长大的。你想要来采访我，就应该知道我原则上并不接受媒体的采访。这样吧，我给你一个选择，我可以接受你的采访，或者回答你想要知道的问题，公事或者私事，阿姨帮你一样，怎么样？”

窗外的太阳渐渐隐了下去，天边却像铺了一层碎金子，连洒进来的光线似乎也暗淡了一些。霞光隐隐的天边，只留下了余晖脉脉。华清背着光，温和地笑着问她。这样的境况或许真如那个故事一般，什么样的选择决定了以后什么样的生活。

一直远远站着的年轻女子走了过来，低首附耳道：“离您晚上的慈善晚宴还有两个小时，造型师那边问您什么时候过去。”

华清微微颔首，道了声“知道了”。咖啡已经凉了，她抿了一口就放下，站起来略表歉意地开口：“菁丫头，阿姨今晚有事，我在国内暂时停留一个星期，五天之后来这里告诉我你的答案。”

走出酒店，太阳已没入了地平线，留下余晖，暖到让人想掉眼泪。而她也忘了自己是怎样回答华清的话的。

车子经过闹市区的时候，魏峥打了电话过来，告诉她此刻他在一家会所，一个小时之后有空，如果她有时间的话可以过去找他。

所有的疑问都指向了一个时间点，那就是爸爸出事那会儿。可是华清阿姨的态度明确，即使知道，也不想言明。

会所大厅里的一角明亮而安静，淡淡的英文歌缓缓地流泻。罗马柱上的幕布金光熠熠，明黄的流苏一直垂到大理石上，映着碎碎细细的光泽。冷小菁自是没有心思细细欣赏，只是淡淡地一瞥眼前的装饰，觉得大气辉煌。没有会员卡便不可以入内，不过服务倒也人性化，提供了客人休息的场所。

歌曲在轻盈的乐器声中结束，她抬眼看时，魏峥已经从楼上下来了。

“等很久了？本来说好了一个小时，现在看来那群人的话真不能信。”魏峥面露愧意，拉开椅子在她对面坐下。

冷小菁笑笑，轻轻地搅拌着手中的一杯奶茶，抬眼道："没事，等了一小会儿而已，没想到你这么忙。"是啊，以前的每次见面都那样偶然，却又那样轻易，仿佛都是他主动出现在她的面前。如今她要见他一面，没想到他这样忙。他的声名其实早就在外了，几年前的一场官司，让他一举成名，现在他是一家知名律师事务所的合伙人。

冷小菁低着头，仿佛在沉思。会所里面的温度微高，她的外套搁在一旁，里面是一件七分袖的羊毛衫，露出了一段洁白的颈子。魏峥突然觉得有些烦躁，下意识地伸手看时间。

正当冷小菁准备开口的时候，魏峥的声音传了过来："你从外边直接赶了过来，有没有吃晚饭?"

其实不光是晚饭没有吃过，她今天根本颗粒未进。从早上到现在，她的大脑以一种不曾有过的效率运转，她竟然也不觉得饿。

魏峥见她低头不语，建议道："三楼是用餐区，那里的粥做得不错，要不要尝尝?"

冷小菁点头说好。

电梯里，冷小菁给左晨晨打了电话，告诉她今天晚上可能会晚点回去，让她别担心。

三楼的粥果然不错，两人俱是慢慢地喝着，环境安逸。她后面是藤条隔成的一面墙，加上几株植株，每一张桌子都隔成了小小的隔间。

这样的氛围太过安静。

"有个案子能不能帮我做辩护律师?"她右手捏着莹白如玉的瓷勺，静静地开口。

魏峥似乎对她的话并不意外，这个女子的性格安静隐忍，看似软弱实则倔强，自我保护欲极强。而找他的人都是官司缠身的，自然她也不会例外了。可是当这句话说出来的时候，魏峥无法否认，他的内心透出从未有过的欣喜。

魏峥拿起纸巾擦了擦嘴角，神色依旧平静，认真地问道："什么案子？"

她抬头与之对视："我想离婚，可是你知道的，他很难同意。"其实她依旧是给了自己一丝念想，不是很难同意，而是萧楠洛根本就不会同意。萧楠洛是什么身份，其实她比谁都清楚，当年的事，他一手遮天，决定了就不会给别人喘气的机会。冷小菁觉得自己从未做过一件损人利己的事情，或许唯一的一次，就是今天。对面这位叫作魏峥的男子，她知道他对她好，交往中所流露出的某些感情超出了普通朋友的范围，而这个世界上没有一种感情是理所应当的，因缘之道，向来如此。她知道他有能力并且会尽力帮助她。

魏峥笑了，很淡很淡，眸子的光亮却通透雪亮。

"哟，我说魏大律师怎么撇下众人先走了，原来是佳人有约啊!"说话的是一位笑意翩然的男子，油头粉面的，站在旁边，一身绅士的打扮，还挽着一个年轻貌美的女子。

魏峥似乎也略有意外，起身客气一笑，却也不解释，道："提前离开，当真有些私事。介绍一下，我的朋友，冷小姐。"转而又对着冷小菁道："小菁，我的一位客户，柳先生。"

冷小菁点头道一声"柳先生"便算是打过招呼了。

彼此都是相互了解的，很多事情只需要一个眼神，便能见微知著。姓柳的年轻男子笑笑，又聊了几句之后，看到一旁有相熟的几对男女等候，说了声"先走一步"便携着佳人离开。

"看不出来，魏大律师也有护食的时候，平时请他出来，哪个女子能近得了他的身，又有哪个女子能劝他喝下一口酒？那个时候我们都觉得这鼎鼎有名的大律师是不近女色的，或者性取向不同。如今看来，只怕是一颗心早已被收了。”柳承铭眉毛一挑，对着身边的女子道，“遥遥，你的希望恐怕是要落空了……”身边被唤作遥遥的女孩一脸娇嗔，道：“人家什么时候说过看上他了，柳少不喜欢我，尽可以用其他的法子打发我。”说完，竟有几分凄楚。

“遥遥生气了，别啊！那个女孩子我在萧氏集团见过，是个记者，哪有我们遥遥漂亮，对不对？”一同的其他男子笑着说道。

“难说了，她们两人是各有千秋，是不是？”

“这话说得对，难说难说，要试过才知道。”这群人是胡闹惯了，一阵哄笑之声在过道上响起。他们向包间里走去，没有人注意到转弯处一位男子锐如鹰隼的眸子中波涛汹涌。

卢易轩打开包间门出来的时候，一眼便看到倚在玻璃窗上吸烟的男子。晚上七八点的夜空，暮黑如墨，繁星乱坠，一颗颗的星星若宝石一般璀璨。而萧楠洛的身影陷在一大片夜色中，指尖一抹猩红，竟然给人一种落寞孤寂的错觉。

看着萧楠洛一直吸烟，卢易轩也掏出一支烟，吐了几口烟之后，他才侧脸开口说话。

“怎么了，一直站在外面？他们让我出来看看你干吗去了，是不是被哪个女人绊住了。”卢易轩语气轻佻，眼中却幽深一片。他们一起读的大学，萧楠洛的性子他自然知道。他自己是世家子弟，大学时候不管不顾地胡闹，他们的相识，是因为一个女生。那个女生长相一般，亦可以说是其貌不扬，而穿着亦是简朴。那女生来自农村。一群人去逗她，卢易轩便是第一个吃螃蟹的人。结果不知道是哪里跑出来的男生，把他揍了一顿。卢易轩什么时候被人打过，结果两人之间的恩怨情仇一发不可收拾，但最后却成了朋友。可是，有一天，那个女孩走了，而萧楠洛变了。他看着他一点点地改变，从青春热血的学生到如今深沉冷漠的男子，从失意到成功，他经历了太多，而给他上这一节课的人，便是他现任妻子的父亲。

萧楠洛右手夹着一支快点完的香烟，左手撑在玻璃上，良久，他才开口："觉得真没意思。"

卢易轩怔了一下，对他的话亦是似懂非懂。他并没有直接接着萧楠洛的话说下去，只是问道："阿洛，你怎样才会觉得有意思？"

见他不说话，卢易轩继续说道："觉得没意思，只是一种心态，因为你把事情当作一个游戏。而这个游戏，却始终不会尽善尽美地吻合你的要求。如果你不会玩，便觉得没意思，如果玩得过于顺利了，你也会觉得没有意思。而游戏者享受的是一种收放自如，游刃有余的姿态。阿洛，其实没意思的人是你。"

萧楠洛身子一颤，仿佛一直深藏的心事被人看穿般窘迫与不适。

他幽幽一笑，那抹笑意噙在嘴角仿佛有股嘲讽的意味。"阿轩，我记得你不是一个会绕弯子的人，怎么如今也会转着弯对我说话了？"

卢易轩一笑："其实，不懂的是你。阿洛，为什么不给自己一个机会，重新来过。"他的语气一转，和刚才玩世不恭的态度大相径庭，眼神却是无比认真。

"做兄弟的也只能把话说到这个份上。"卢易轩拍拍他的肩膀，"我先进去了。"

因为魏峥被人绊住，冷小菁便一个人出了会所，外面的风真冷，一个劲地往领子里灌。不知道怎么会走到今日这个局面，从开始到现在，没有一步是她愿意走的。如果她可以一直这样走下去，不管过去，不管未来，那也是一件不错的事情。

很多痛，会消散，时间问题而已，总会过去，而可怕的却是烙印，擦不去，抹不了。

高跟鞋踩在路面上，咯咯作响。繁华的街头，霓虹灯交织成五彩的天空，把一帧一帧的画面投到路面上，折射出寂寥的光影。

走到前面转弯口的时候，一声刺耳尖锐的刹车声划过地面，冷小菁闻声望去，停住了脚步。

“这么早就出来了?”他问得极平常，若不是借着车前的照明灯，望见他眼里的嘲讽，很难听出来他话语中的意思。

冷小菁心里一惊，冷笑之余倒有些意外，怎么会在这里遇见他?脑海里浮现出那日他冷嘲热讽的模样，“你是不是缺了男人就不行?”心下转寒，他的性子她是知道的，若是生气了，也就是冷着脸不说话。而那夜他恐怕是怒极了，才会失控地说出那样的话。她知道，那晚之后他恐怕就不会让她有好日子过的。

她拦了辆出租车打开门迅速弯腰进去，报了地址之后就闭上眼休息。司机瞧了后面的女孩一眼：“小姐，后面的那辆车可是从您上车的时候就跟上了。”

冷小菁睁开眼，道：“师傅，没关系，您把我送到目的地就好了。”

前面的司机只觉得是情人间的吵架，会意地笑笑，或许司机大多这样热心健谈，又笑着开口道：“年轻人闹起别扭来都是这样，上次有个女孩子任性不上男朋友的车，结果那男孩心急火燎地在后头追着，可不就出了车祸！那女孩当时哭得哟……”

她不为所动，只是静静地听着，仿佛只是一个寻常的故事。但是目光却不由自主地向后视镜的方向扫去，心里冷不丁地冒出一个想法，如果他……不，也只能是如果了……

吱一声响，冷小菁痛得将手覆上自己的额头，刚才似有千万把小刀划过额头，干燥温热，并没有湿黏的液体渗出。

“怎么回事，有这么开车的吗？简直就是拿人命开玩笑……”司机气恼地骂道。

前面的一辆车子完全堵住了去路，冷小菁叹了口气，道：“师傅，我在这里下吧。”

她了解他，不按他的意思来怎么可能呢？

寒木站在车边，看到出租车走远，才开口：“冷小姐，您就上车吧，老板说了，您该回家了。”

摩天大楼耸立，钢筋水泥铸就的城市。那么多扇窗户，只是一方小小的格子，像小灯笼一般，暖暖地透出光亮，仿佛就能照亮什么。

有一首歌唱得好，万家灯火看得太多只会更寂寞……上高中的时候老师说，一栋楼里有那么多扇窗，总有一扇属于你。现下，她只是问自己，有没有一扇是她的？

她只觉得好笑，不知道是笑寒木，还是笑那个男人。自从她父亲去世后，她就再没有家。

“对不起，你告诉他，那里根本就不是我的家。”她情绪激动，仿佛这样萧楠洛便可以清楚地听到，可是眼里的一抹决然似要灼伤这化不开的夜色。

她转身快步冲向路口，没注意有车正急驰而来，瞬间有震耳欲聋的声音划过耳畔，风带着呼啸，引擎声浮起尘烟。疼痛从心口传来，原来她真的会心痛。

随着一阵巨响，一切都安静下来。

仿佛一首歌，在最酣畅的时候戛然而止，却也未必不是一件好事。

第十九章　你为什么娶我

“病人的血压和心率都很正常，只是左边胳膊手肘部位骨折，情况不是很严重，注意后续的治疗便可。”杨潇点点头，看了一眼立在旁边的男子，送身边的一位外科医生出去。

病房里又恢复了安静。有生命在这里开始，又在这里消逝，医院的确是一个矛盾却又和谐到极致的地方。

整个房间都是素雅的白，滴管里的药水一点一点地往下滴，仿佛能听到声音。她的脸很小，藏在被褥和枕头之间，头发散开在枕头上，乌黑如绸缎。轻颤的睫毛像两把小蒲扇，覆盖住眼帘。嘴唇亦是干涸着，色泽少了以往的粉润。脸色略显苍白，应该是瘦了，连颧骨都显得微微凸起。白皙的手背上插着针头，手指纤细如竹。此刻的她，真的算不上好看了，他记得他第一次见她，她是很漂亮的。

那个平凡的下午她冲进他的办公室，似乎很有勇气地站在他的面前。脸上还有点婴儿肥，或许是跑得急了，上来的时候脸上红扑扑的，像初熟的葡萄，那粉粉的红从脸上一点点地散开。她穿着一件鹅黄色的羽绒背心，里面是一件白的呢绒衫。脚上穿着一双白色的板鞋，素面朝天的大学生样子，两只水眸倔强而好奇地盯着他瞧。

他眯起眼笑笑，觉得她充其量不过是个幼稚的学生。他还未开口，她便咬咬唇，大着胆子问："你为什么要娶我？"到底是个孩子，话音刚落，她的双颊便像红透了的番茄。

那时萧楠洛的心情一下子便好了起来，他存心逗她，仿佛只是觉得好玩。"没什么，只是看中你家商铺了，要是成了女婿就省了很多事。"他淡淡地说着，嘴角的笑意始终留着。

她听了仿佛即时松了一口气般，轻快地答道："那好，我让爸爸把商铺给你，好不好？"

他听了似乎马上就冷了脸，道："我就要你。"

他记得她羞赧至极的模样，仿佛遇到了人间最不堪的事情，只好夹了尾巴铩羽而归。

那只不过是他报复她的开始，隔了这么久，他却能记得很清楚。回忆仿佛会变魔术，于他来说，原本是夹了刻骨铭心的痛，而时光过去之后，却悄悄地涂上了一层甜甜的味道。

是什么变了，原来人心真是一个古怪的东西。

"怎么，舍不得了？"杨潇不知道什么时候出现在了房间内，他朝着阳台的方向挑着眉毛问道。

这三年来，他记得萧楠洛每次找他都是因为这个女人，身为萧楠洛的家庭医生，他最好的年华恐怕都献给萧楠洛了。荒唐的时候亦曾有过，以至于后来遇到再奇怪的情况，也见怪不怪了。印象最深的一次是萧楠洛结婚的那天，第二天杨潇便被人请去梓园，她大半条命都快丢了。那个时候杨潇不懂，依照萧楠洛那时的地位，外边什么女人没有，可他偏偏盯上家里这位，即使藏得这样好，可结婚第一天就把一个好好的女孩子弄得半死不活的。他好笑地在内心疑惑，萧楠洛是不是得了间歇性精神病。或许因为救死扶伤是医生的天职，他很用心地照料。结果那个男人却只是云淡风轻地说了一句："别让她死了。"

萧楠洛在阳台站了几秒并未动，低头看了看指间没有燃尽的烟，把烟扔进烟灰缸，抬腿走了进来。

舍不得，他会吗？

她倒下去的那一秒，他的心跳仿佛漏跳了一拍，抽丝剥茧一般，有什么东西渐渐剥离……

他开口，并没有回答杨潇的问题："明天早上是否可以出院回家治疗？"

杨潇怔了怔，原来连医院也不愿让她待，他道："可以，但是医院的条件会好很多。"

萧楠洛恍若未闻，转身向门外走去："明天早上出院。"

寒木一直站在外面，仿佛一只木偶，他年纪并不大，左右不过是二十多岁的男孩，脸上却显老态，叫作愧疚。见老板出来，身子往旁边挪了挪。只听到一句："在这里看好她。"

安雅接到萧楠洛电话的时候在开视频会议，她皱皱眉，过了半个小时之后才回拨过去。台灯很亮，她一手拿着手机搁在耳边。指甲上鲜红的色泽，犹如古时的蔻丹。这么些年，她变了好多。

"真是稀客了，我方才还以为看错了。"安雅失言，这些年他从未打过她的电话，很多时候总是让秘书转达给她的助理。她一度以为，或许是他忘了她的号码。

那边却是直接开口，似乎没有听到她的话。"从明天起她不去上班了。"

安雅只觉得这话说得没头没尾的，几秒之后反应过来才明白他的意思。她扬扬眉，笑着道："给我个理由，你知道在公事上我一向严谨。"她明白，冷小菁在她身边做助理，他不会不知道，也猜测过他的态度。

萧楠洛仿佛有丝不耐烦，嘴角沉了沉，道："身体原因。"简洁明了，就连一个字都不愿意多说。

他们认识了这么多年，如今却只剩下这些，除了陌生，就是疏离。安雅笑了笑问道："小洛，你在怕什么呢？"

那边传来了笑声，冷冷的，沉沉的："对，我在怕什么呢？"

安雅滞了一下，瞳孔骤然缩紧，她没来得及开口，那边继续开口道："你该知道，我不希望你靠她太近。"如果说之前的声音只是漠然的话，那么此刻他的声音是掺了冰的。

时光的本质就是变，没有一成不变的东西，如果有，只是有人自欺欺人，或许是被时光掩上了一层灰烬。

她苦笑，倒是谁在怕呢？其实，靠得太近的人是电话那端的男人。

左晨晨认为，好姐妹不一定是有福同享，但是一定是有难同当的。可不是，冷小菁一请病假，所有的工作自然全部落到了她的身上。

上午出外景，进行下一期杂志的拍摄，取景的地点是在一处婚纱庄园。不愧是婚纱摄影场地，那风景美得恍若人间仙境。椰树长林尽头，风吹碧落，空明湛蓝，有款款流水迂回而过，不远处一座拱形桥，浓浓的复古风味，看似年代久远。最让人眼前一亮的便是远处的一座木塔，造型精致，屋宇弯翘。

近处是热带的风格，依稀映出小桥流水。真是两种极致的意境。

"这是第二款造型吗？"左晨晨把手里的腰带给 Alan 递过去，眼前一群模特野性妖媚。

"Ok，转过去。Good！"Alan 满意地看了一眼模特，示意模特转过身。桥南走过来，道："Alan，刚出来的。"

左晨晨惊叹一声："哦，我懂了，这是拍那组'都市森林'吧？"

Alan把手中的东西给左晨晨："嗯，要展现的就是这种充满野性的美。尽快把这个送到总编的手里。"

"Ok，明白。"左晨晨终于明白冷小菁的工作有多忙，耸耸肩，整理好东西准备回杂志社。

谁料刚走几步，她啪的一声摔到了地上。低头看了一眼她脚上的高跟鞋，谁能告诉她为什么这么多泥巴，真是要命。

"唉，可怜了这双鞋啊，它的内心肯定在悲戚地埋怨，我是一双鞋，为什么里面装的是蹄子。"

这话也就只有桥南说得出口，按左晨晨的话来说，那就是他根本不是吃大米饭长大的。她咬咬牙，撑着地面想站起来，抬眸的时候却不经意看到不远处的一组拍摄小组。"嘶！这什么破地方，你说怎么会有人来这里拍婚纱照？"她说得咬牙切齿的，但声音却没了以往的生气。

桥南蹲下身子，鉴于女同志在男人面前跌了个狗吃屎的情况，他还是施以援手。她默不作声地站起来，头上还沾了些草屑。桥南伸手帮她整理的时候发现她眼眶湿润，仿佛有泪光。心下一软，拿出纸巾："来，给擦擦。"见她不动手，他不情愿地代劳。

"小徐，拍照的时候认真点，人家夫妻摆个姿势都等半天了。"旁边有同事好心地提醒，徐劲安才收回目光。

几道白光一闪而过，徐劲安才放下相机。以前他自信地认为，再看见她，她一定还是那种受伤的姿态，目中含泪，等着他回头。不过现在看来他错了，大错特错。她过得很好，比以前更漂亮了，身边还有一个年轻的男孩子围着她转。以前，她总是不喜欢打扮，大冬天的，就只会裹着两件羽绒服。现在，天气这么冷，她却只简单地披了一件米色的风衣。原先乌黑的直发弄成了栗子色的梨花烫。他以前建议她去做头发，她不肯，现在却都变了。

一直站在爱情天平高端的男人忽然感到无与伦比的失落，他失恋了，一个人生活，她却过得很好。

他不知道以前他的女友不爱打扮是因为她把钱都省下来给他买东西，他忘了自己的长焦摄像头是谁买的，自己的手机是谁送的，每个月的水电费是谁交的。

“好了，这个给你，赶快走吧。”见左晨晨发呆，桥南笑了一下，把地上的照片捡起来给她。

左晨晨心不在焉地接过，不由自主地把目光投向那边，两道目光在空中相遇，她却捕捉到他嘴角一抹冷冷的嘲讽。身子一僵，她的眼眶突然红了。

桥南讶然地转过身，顺着左晨晨的目光望过去，看到了不远处手中拿着相机的男人，突然明白了眼前女子的失态。

“拿好了，走路的时候小心点，这里的泥土比较软。”桥南低着头，他比左晨晨高出一个头，鼻尖快触到了她的发丝。

深深的嘲讽显而易见，她心底苦笑，不知道是不是这样，两人之中，谁爱得多一些，姿态就卑微一些，就变成了错的一方。她的身子一晃，往桥南的怀中靠了靠。

想到那时左晨晨的失态，一个从来只会笑的女孩子，抓着他的手臂哭得撕心裂肺。眼泪流尽了，就一直喋喋不休地问他：“我哪里不好了，你说，我会改的。她哪里比我好，我会帮你洗衣服，帮你做饭……”

那个时候她醉了。其实桥南只觉得这个女孩挺傻的，男人一旦变心，那些外在的条件也就无关紧要了。

那边的徐劲安脸色难看到了极点，盯了那对男女一眼，拔腿转身离开。

“他……他……一句话都没有说……”左晨晨哭泣道。

桥南皱眉：“那是因为他没脸见你。”低头看见她的眼泪，哼哼道：“你现在哭什么？”

左晨晨没骨气地吸了吸鼻子：“他……看上去过得并不好，脸瘦了……也憔悴了……头发也没理好……”

桥南只觉得这个女人没救了，冷哼道：“你舍不得他？”

“不是……”她顿了顿，又呜咽道，“就是觉得心里说不出的难受，你觉得他有没有看到我？”

“不知道，我又不是他肚子里的蛔虫。”

左晨晨擦了擦眼泪，可是眼眶里却有更多的液体涌出来。她已经好几个月没有见到他，刚分手的时候，晚上睡觉前，总是希望明天她开门就能看到徐劲安来找她。原来，她的坚强与果断都是伪装的外表，她是多么希望那个男人能回头。

桥南皱眉，看了她手中的照片一眼，道：“你还要不要把东西送回杂志社？”

左晨晨惊叫一声：“哎呀！完了，你怎么不早提醒我？”

“看你哭得如此认真，不好意思打扰你。”他酸溜溜道。左晨晨不再浪费时间和桥南啰唆，踩着高跟鞋，跌跌撞撞地往外走。

Vivian 正在办公室里开会，整个会议室鸦雀无声。

“回到主题，冬季十二月号的封底，你们有和冰儿联系过吗？”Vivian 拿笔头敲敲桌面，扫视四下。

“有联系过，但是她的经纪人更愿意让她做我们春季刊的封面，和她三月份上映的电影风格相符。”

Vivian点点头，翻了几页杂志，继续道："那篇关于女医生的采访，文章要重写，太平淡了。折页版面的情感专题，毫无新意。"下面的人噤若寒蝉，Vivian连连摇头："你们能不能拿出点让人满意的东西？"

"'都市潮流'版面我把July换成了Daisy，潮流古典并存，符合下一期的复古风格，拍摄地点定在博物馆。"

"很好。"Vivian点点头，把目光转向凯利，"一月刊的首饰版面呢？"

凯利硬着头皮回道："我觉得可以做一期配饰之类的，比如说手镯、耳环、项链、发卡……"

"不行。"Vivian撇撇嘴，直接否决，"还有呢？"

"我们可以做一季格子风格的服装……"

Vivian抬眼，思考几秒，道："冬季做格子风，真有创意。"

敲门声响起。

"进来。"Vivian望了一眼玻璃门外的左晨晨，开口道。

左晨晨心里暗叫不妙，不过脸上的表情恭敬而认真："总编，最新一组'都市森林'的效果图。"

眼见Vivian点点头，左晨晨赶紧撤。出去时听到有人问起："冷小菁手头的采访要不要换人？"

Vivian合上杂志，嘴角一抹淡淡的笑意蔓延，坚韧笃定，"不需要，我相信她能完成。"

冬日的梅花开得极好，众芳摇落，独占小园，花瓣沁香，颜色或艳丽，或清雅，一朵一朵镶嵌在枝头，粉黄的花蕊针尖似的冒出来，整整齐齐的，偶尔点上几颗圆润晶莹的露珠，寒风一凛，枝头轻颤间，露珠倏地落下，摇落一地花雨。前方小池一片涟漪，疏影横斜，碧水清浅，荡起漾漾如歌。暗香浮动间，黄昏娓娓而至，梓园的冬日也是极美的。

冷小菁醒来的时候，淡淡地扫视四周，有些恍然，片刻后才知这是一楼的客房。目光投向窗外，看到的就是这样的景致，以前她没发觉，可现在看见了，却无心欣赏，只觉得是一座牢笼。颤动的枝头，飞过几只黄色的鸟，不知道是不是羡慕，她坐起身子探头去望。

“哎!”她低吟一声，不想却牵动了手臂的骨头，她咬咬牙，慢慢坐好。

护士听到了动静，轻轻开门进来，一脸微笑：“哎，你醒了，饿不饿？我让厨房送东西进来。”

不知道睡了多久，只是轻轻一呼吸，胃里就空得难受。冷小菁点点头表示饿了。

护士听了开心一笑，转身就出了房间。整个房间又安静下来，她淡淡瞥了一眼墙上的时钟，显示的时间是下午两点十分，原来自己睡了这么久。

偌大的别墅，外面却是静悄悄的。她轻轻下床，开门看了看，似乎没有人。踌躇片刻，她开了门，向门口走去。

“冷小姐，您怎么下床了？老板让您好好躺在床上休息。”手触动门把的刹那，身后响起寒木的声音，竟带着几分毛骨悚然的味道。

手微微握紧，身子顿了顿，她道：“我必须离开，他没有资格关住我。”工作倒是次要的，可是华清阿姨是她现在必须要见的人。

寒木的声音再次响起，却低了些：“老板说没有他的同意，您不能离开这个园子半步。”

说话间，护士已经追了过来："哎哟，你怎么跑出来了？虽然是手臂骨折，可是养不好依旧会出大事，而且你脚上还有伤口呢。"小护士见她不说话，以为她出来是为了吃东西，便提醒道："食物我已经热过了，给你端进房间里了，我扶你回房间吧！"冷小菁淡淡地望了大门口一眼，太阳已经快隐到云里去了，无丝毫的暖意，只是微微悬着，她收回目光，转身向房间走去。

再次醒来的时候已经是傍晚，房间只留着一盏壁灯，橘黄色的灯光晕出一大片浅浅的光圈，较之外面的夜色，仿佛还要暗上几分。

室内的温度似乎有些高，请来的护士颇为负责，她的手脚都被蒙在了被子里，可是一点都暖不起来。

园子里面汽车的引擎声由远及近地响起，橙黄的车灯打在玻璃上，屋内突然就亮了起来。

"先生，您回来了。"房间外面响起方管家的声音。

萧楠洛把手中的风衣递给方管家，问道："她呢？"

方管家当然知道"她"指的是谁，恭敬回道："从下午醒来到现在一直待在房间里，这会儿不知道有没有醒来。"抬头瞧到萧楠洛紧蹙的眉头，又继续道："护士说下午的时候喝了一碗粥。"

萧楠洛没再说什么，转身向西客房走去。

冷小菁睁着眼，朝里侧身躺着，耳朵清楚地听到开门声，她默默闭了眼。上好的柚木地板，人走上去很轻，可她却似乎能听到他的每一步落下的声音。

床头放着一束百合，上好的青花瓷花瓶盛着，壁灯下玲珑生光。房间很静，连她自己都屏着气，仿佛怕打乱什么。几秒过后，只听到砰一声，翡翠擦过青花瓷的声音清脆响亮，仿佛是水晶碎了一地。

床上的人倏地掀被而起，萧楠洛只觉得手中一空，抬眼见她已经夺过了那一只翡翠耳环。他似笑非笑的唇角微勾，黑眸明亮，愣在半空的手放下，幽幽道："原来已经醒了。"

灯影幽浅，他的表情处在明暗交界的边缘，看不分明。冷小菁的手紧紧握着耳环，沁凉一片，这是父亲留给她的唯一一对耳环了。原来，物似情，情似水，然水过无痕，终究难以留住。冷小菁冷冷道："你这是什么意思？"

她问得晦暗不明，但是两人又都能明白。

萧楠洛迈了几步，临近窗外的夜色，开口道："我说过游戏的掌握权在我，所以我劝你，乖乖听话，离婚的事，想都别想。"冬夜的天空澄净如璞玉，偶有凉风注入，冰冷沁骨。他听到身后一声压抑的咳嗽声。

萧楠洛手一紧，蓦地转身，唤道："方管家。"

几秒之后，门打开，"先生，您找我？"

萧楠洛脸色不善，坐在牛皮沙发上，手指在膝上轻轻地来回敲着，仿佛弹琴一般。动作如此优雅，可方管家的手却微微握紧。

"把护士叫进来。"

护士早就在门外候着，忐忑不已，她第一次出来照顾病人，不想出差错，上前道："先生，我是。"

对面沙发上的男子却没有看她，目光投向靠近园子的玻璃窗，那边外面的一剪寒梅在风中战栗。他忽然沉声道："为什么窗户开着？"

见男子生气，护士紧张地低着头，忽然想起早晨寒先生交代过窗户上电子锁的事情，因为下午冷小姐说有些热，屋子内潮湿闷气，就开了一扇窗，却忘了落电子锁。心下一紧，期期艾艾地开口："对不起，萧先生，我不是故意的，是我的疏忽大意。"

萧楠洛不喜欢听解释，直接道：“明天让杨潇换人。”

护士是个女孩子，到底年轻，红着眼眶出去了。方管家随她出来，安慰道：“别哭了，先生要求严格，他向来这样，你也别委屈了，回去和杨医生解释一下就好了。说白了先生也是心疼里面那位。”

女孩子不满地一边哭一边埋怨：“先生心疼太太……也不能拿我们出气……我开窗户的电子锁……分明就是依着太太的意思……”

方管家微微惊讶，随即笑笑。有些事情如此分明，家里的用人最会看眼色行事，人前，都是礼貌客气地喊一声冷小姐，一如屋里那位在这个家的地位，所以没有人称呼过她太太。

窗户已经关上，电子锁也落下，干净利落。可是冷小菁却觉得此刻有冷风灌入，从脚底沿着经脉一直蹿到心底。嘴角绽开一抹冷笑：“你何必这样？你真让我觉得恶心。”

萧楠洛怔了怔，笑了笑，苦涩无比，他觉得这是报应，是活该。原来她就是这样想的，原来她以为他要关窗户是因为想禁锢她。原来他怕她身子弱惹了风寒，都是自作多情了。

他冷了脸：“既然你都知道，那么我就直接跟你说明了，在你离婚这个想法没有打消前，别想离开这个园子半步。”

一记重锤，轻轻落下，在两人之间立下屏障。

左晨晨说钻石是女人最好的朋友，而婚姻是男人给女人最大的保障。那时她听了只是一笑，但却觉得婚姻到底是如今男女之间最坚实的关系了。而如今，到了她这里，婚姻却成了她无法摆脱的魔咒。她只是觉得累了，她也是人，孤孤单单的一个人，人心很脆弱，温度会消散。一件事，坚持下去，有结果，人称有恒心，反之，那就是犯傻了。

在他面前，一直不想哭，可是总有什么一滴一滴地落下，落在地板上，洇散一片。“你知道我以前过的生活吗？像一具木偶，那种心一点点死去的感觉你知不知道？所以，我一定会离，用我的方式。”

他的拳头一点一点握紧，想起他在会所走廊上听到的一席话，想到她去见那个男人，血液似乎沸腾起来，然后有炸开的声音。这婚还没离呢，她就迫不及待地想着红杏出墙了。

“那就看看你有没有这个本事了。”他摔门而去，似乎多待一秒，就会有忍不住想要掐死她的冲动。

她跌坐在红木椅子上，目光盯着地板上的长毛地毯。毛毯极厚，大片大片的艳色玫瑰仿佛就在她的脚下盛开。看来她必须想个法子出去，只有五天的时间，华清阿姨就会回英国，可能真如她所说，以后都不会再回来。原先以为他是因为她先提出离婚，拂了他的面子或许是坏了他的游戏规则，才不同意离婚，现在却不知道了。

只是，无论如何，想到他与海蓝不清不楚的关系，她的决定是不会变的。

不知是不是坐得久了，手肘生疼。一会儿，方管家却端了汤进来，见她额上起了细密的汗珠，忙扶了她去床上。

“坐久了累，快躺着休息。”把被子盖好，见她不说话，方管家继续笑着说道，“以前晚上总见您端汤给萧先生喝，我做得不好，但还是补骨头的。”冷小菁眼中干涩，睨了一眼床头放着的汤，上面漂着一层薄薄的油花。她心中讶然，方管家从来没有这样心平气和地和她交谈过。

“您先放着吧，我一会儿喝。”她低声道。

方管家笑了一下，走过去把窗帘拉上，转身说道：“外边风冷，您身子病着，见风容易着凉，先生是为您好。”

冷小菁似乎不愿听，低了头，讪讽地微微苦笑了出来，惨淡道：“您不明白。”像防贼一样地防着，他是怕她逃走。

方管家叹了口气，对着低头沉默的女子，无奈地摇摇头。

第二十章　抽丝剥茧

总说是一场秋雨一场寒，昨日下了一场雨，冷了一晚，今日却放晴了。外头的阳光甚好，隔了几日的阴天，射出的阳光似乎也热烈些许，缕缕暖暖的阳光洒进花园里，一草一树仿佛都生动了起来。这几天，萧楠洛并没来看过她，她也乐得清净，晚上的时候，听动静，知道他晚上是回来过夜的。

梓园极大，前面朝着湖，湖水泛着金光，像铺了一层金子，风吹过来，也不觉得冷。寒木这几天似乎成了门神。此时的冷小菁坐在落雨阁的亭子下面，亭子不大，看样子年代久远，壁柱上已有剥落的朱红，琉璃红瓦，金檐弯翘，冬笋形的冰柱晶莹剔透，正淅淅沥沥地滴着水。亭中央摆着一张贵妃榻，她躺在上面，拣了一本书拿在手里，百无聊赖地看着。

或许是园子里的用人照顾得周到，旁边花丛一簇围裙水仙开得极好，白色的花朵，朴素雅致，喇叭的形状，朝着东边门口的方向。冷小菁眯着眼，看过去，注视几秒，似有一股深意，微微一笑。

寒木一直站着，穿着西装，站着的地方一片阴寒，冷得他牙齿直打战。忽然见到冷小菁招手对身边站着的护士说了几句，那穿着白衣的护士便向这边走来。大门处的两棵合抱樟树伞盖如幢，微风一动，一滴冰水落在掌心，寒木一惊，心中倏地一凉。

阳光微微刺眼，寒木走近，微鞠了腰，道："冷小姐有事请吩咐，但是千万不要想着出这个园子，老板知道未免又要动气。"虽然话语不善，但是冷小菁听得出来，他是存了好心。

二十出头的男孩，容貌周正，本是青春激扬的时候，或是跟久了萧楠洛，言谈举止间多了一份与他年纪不符的成熟稳重。左晨晨偶尔看见过一回，丢下一句话："颇有老气横秋之态，可怜那个小脸蛋了。"寒木的眼睛看似锐利，实则憨实。

冷小菁浅浅一笑，合上手中的书，放在石桌上，抬眼问道："寒木，你跟着他几年了？"

她避重就轻，对他刚才的话只字不提，不能不说这个一直以软弱性子示人的女子是极其狡猾的。他微微一怔，随即答道："快六年了。"

"一直都没有想过离开？"

寒木思忖，道："说实话，真是没有想过。我从小和母亲一起生活，三年前她病故，老板给了一笔殓葬费。现在我一个人，跟着老板习惯了。"他说得极为平和，那神情有些孩子气。

看来真是这样，锦上添花无人记，雪中送炭情意真。他背负着萧楠洛的恩情，自然一片忠心。冷小菁不禁想到那次回老宅的时候，他出手护着，她才没有从楼梯上摔下。

二者相比，孰重孰轻？可是她必须赌一赌。

石桌上铺着大红的桌布，杯中的茶水已经凉了。"茶凉了。"她道。

护士走近拿过杯子，笑着说道："我进去换一杯。"

直到白色的制服消失在枯黄的葡萄架尽头，冷小菁才抬头看了对面的寒木一眼，眼泪倏地涌了出来，几秒之后，连眼睫毛都是湿湿的。她一只手伤着，还惨兮兮地打着绷带，手边没有纸巾，她用另一只手去擦，竟有十分凄楚之态。

萧楠洛一直讨厌女人哭，其实他只讨厌冷小菁哭，因为这个女人滑落脸庞的泪水，源源不断，永无干涸，当真是水做的女人。泪水多了总是胡乱地擦一下，眼珠直直地盯着他，凄凄楚楚，其实每一个男人看了心中都会产生一种异样的怜悯。

寒木愣了几秒，不知所措道："冷……小姐……您怎么哭了……您别这样，有些事情您好好地和老板说，放低身段好好求他，哄上几句……老板或许会答应您的……哎……别哭啊!"在寒木看来，这个女子一直纤柔乖巧，老板内心对她是在乎的，只是……

寒木到底年纪轻，不知道怎么安慰，十分苦恼。冷小菁哽咽着道："你帮帮我……我是一定要出这个园子的……我父亲的事情刚刚有了线索……我得去查。你知道的，他一把年纪了还被人扣了那么大的罪名……走的时候……求你了……这件事只有你能帮我……"她忽然抓住他的袖子，咬着自己的手指不断战抖。

寒木的心骤然一缩，他心下不忍。可是老板对他恩重如山，他怎么能违背老板的意思?

冷小菁却知道这是她唯一的机会了，她虽是赌一赌，但也是存了胆子，若是成不了，她怕也是没有别的办法了。

眼泪未干，断断续续地落下来，她似乎用了最后一丝勇气，看着他："只有你可以帮我……我只需要半天……"

那一刻，寒木不知道怎么想的，或许是因为那天的阳光明媚温暖，或许是因为对面女子的眼泪，又或许……最后，寒木竟然鬼使神差地答应了她。

华清在国内停留的时间只有一个星期，画展结束后，她便回英国。都说人老了，容易怀旧，可她重回故地，却是孑然一身。回忆这东西并不适合她，有些过往仿佛是一道疤，见一次，伤一次。

经纪人打来电话，是个英国人，却说得一口地道的汉语。“恭喜你，比我们预想的还要成功。”

华清笑笑：“谢谢。”

“什么时候回英国？”

她顿了顿答道：“看看能不能缓一天，我要等一个人。”经纪人尊重她的意思，两人聊了几句便结束对话。她拉开窗帘，望了望窗外，笑笑，她不急，她知道小菁那个丫头今天一定会来找她。

“师傅，麻烦您能不能开快点？”

“小姐，这条路这个时段堵车，我也没办法。”司机回道，看了一眼后视镜，瞧见姑娘苦着的脸，又说道，“别急，过了前面的桥就快了。”

她看了一眼手表，把头侧向外面。天空仿佛蒙了一层被子，乌云压下来，气温骤低，多半是要下雪了。趁着用人放假，方管家每周一要参加物管会议，寒木答应让她出来两个小时。

华清看到窗外那丫头的身影时，松了一口气。冷小菁付钱下车进来，因为天气冷，鼻子都冻得微红。见到华清阿姨，她嘴角一弯。

“对不起，家里有些事情耽搁了。”今日的华清阿姨仿佛比上次温和了很多。她拉开椅子在华清的对面坐下。

华清的眸中滑过一丝怜爱，跟了那样一个视她为仇人的男子，怎么会不难？她招呼侍者给她上了一杯热巧克力，她记得这丫头喜欢这个。“我懂，这几年真是苦了你这孩子。”

冷小菁手中一暖，鼻子一酸，眼眶却是一热，忙低头去搅拌巧克力。

“带采访的工具了吗?”华清笑着问。

砰的一声，银质的勺子从指间落下，冷小菁心里一凉，竟不知道该不该回答。“这样吧，我给你一个选择，我可以接受你的采访，或者回答你想要知道的问题，公事或者私事，阿姨帮你一样，怎么样?”她记得上次离开之前华清阿姨是这样说的。可是她最想知道的，却是关于爸爸的事。

华清细心地拿过一边的纸巾递给她，道：“怎么，只想着私事，对工作都不上心了?”

冷小菁失落道：“不是。”

“那就好，阿姨呢，其实改变主意了，虽然人不能太贪心，但是小菁丫头却是可以的。”此话落下，冷小菁的眼里露出惊喜的光芒，她还是当年那个疼她的华清阿姨。不过她还是疑问地低喃：“阿姨怎么突然变了主意，上次您可不是这么说的。”

华清笑笑，想起画展上她展出的一幅画。那是她早年的创作，搁在房间了久了，画面已经微微泛黄，仿佛一张记忆里的旧照片。上面的小女孩站在肃清的街头，伸出手把自己手中的一块蛋糕递给在街头树下的一个老乞丐。女孩甜甜地笑着，仿佛那是她的亲人。一老一少，新生与垂老，女孩的华丽与乞丐的褴褛，形成了强烈的视觉冲击。来参加画展的很多人都被这一幅朴素的画吸引，驻足思考，相互评谈。

“有人说那小女孩年纪小，天真无邪的时候会帮助底层的穷人，等到长大了，心自然就变了，人哪个不是这样。还有人说，这画高于现实，失了真实……那时我远远地站着，然后走开。我不想我最初追求的东西渐渐失去了……曾经的真实被人质疑了……”

冷小菁静静地听着，心绪一下子安宁了。

“关于你的父亲……”此时一阵短促的手机铃声响起，华清看了一眼，站起来，“不好意思，我接个电话。”

冷小菁失神自嘲一笑，转身向洗手间走去，或许她太紧张了。

当方管家的电话打到萧氏集团的总裁办公室时，蒋若为难地看了一眼总裁办公室紧闭的门。一般没有重要的事情，在那扇门没有打开之前，是不允许外界干扰的。可是这是总裁家里管家打来的电话，怕是有要紧事。

思考之后，蒋若深吸一口气，轻轻敲了一下门。

“按照您的吩咐，有关第二期工程招标的底价，顾氏那边已经得到了一点消息。不知道……”高经理的话被敲门声打断。

蒋若走过去的时候高跟鞋扭了一下，差点没站稳。老板冷然的样子显然告诉她，她说的事情的重要性最好值得打断他们的谈话。蒋若走过去在萧楠洛耳边压低了声音说道：“萧总，您的管家打电话来说冷小姐不见了。”

萧楠洛面色一沉，勃然大怒，转身道：“都先出去。”

定了定神，他拿起西装就直冲向电梯。

“我不是让你看着她吗?”他的语气仿佛掺了火。

寒木一颤，知道萧楠洛已经知晓，战战兢兢道：“冷小姐说是有别的事情，只出去两个小时，我已经让人暗中跟着了……”

听到地址之后他气得直接把手机摔了，告诉司机：“钥匙给我，自己先回去。”

灯光出奇的暗，硕大的镜子上映射出诡异的光芒。冷小菁匆匆洗了手，心中闪过几丝恐惧，倏地转身，一道黑影闪过，她还没来得及看清，眼前一黑，门便被关上了。她慌起来，一步一步地往后退。白光一闪间，冷小菁只觉得身子传来一种剧烈的疼痛……突然很轻，然后又很重，像一块石头，一直往下沉，没有终点……耳边有乱七八糟的声音，由远及近，然后又远了……慢慢地，她听不见了……

医院手术室外走廊上响起匆忙的脚步声，有医生进去，护士出来。

“病人脑后有外伤，腰间有刀伤。”

“病人失血过多，有休克症状，病人需要马上输血。”

“先生，请问您是不是病人家属？这是手术同意书，麻烦您签字。”

“病人现在正在抢救，如果您觉得您无法签字，请联系病人的其他家人。”

寒木垂着的头终于抬起，衣襟和袖子上有已干的血迹，此刻看上去，触目惊心。他愣愣地接过手术单，颤着拿过笔。

“还是我来吧！”严清的声音从电梯的方向响起。他跑过来，对护士道：“不好意思，我是病人的律师，我来签。”

“那行。”

严清在手术室外的椅子上，拍拍寒木的肩膀：“要不要先回去清洗一下，我在这里就够了。”

寒木低头不语，半晌后才说：“不用。”

抢救室外的灯亮着，猩红刺目。这条走廊很安静，似乎连生命的呼吸都可以听到。外面又下起了雨，滴滴答答，仿佛敲在人的心上，淅淅沥沥间，黑夜已至。

杨潇过来时已经是半个小时之后，上面抢救室的灯依旧亮着。“放心，她只是轻微脑震荡，并不严重。”

“她是没事，可惜有人危在旦夕。”严清望了一眼抢救室紧闭的大门。

杨潇在严清旁边坐下，道：“没事，他萧楠洛以前水泥管破瓦房都睡得香，身体底子好，我已经联系了好几位专家过来会诊，先别着急。”

严清来的时候只是在电话里了解了情况，此刻问寒木：“出事的时候你跟着？”

寒木面色颓然，开口答道：“我到的时候老板已经受伤了，因为护着冷小姐，身上都是血也顾不上自己。”

说完，三人皆是默然。

冷小菁已经不是第一次从医院的病床上醒来。房间里只有她一个，四周的窗帘紧密地拉着，日光灯很亮，连她手上的青色血管都看得清楚。除了后脑微微疼痛，身子没有任何不舒服。

一瞬间的空白，几秒之后，回忆接踵而来。原来，真是有人要伤害她。

医生出来的时候，杨潇的手机响了，“杨医生，病人已经醒了，她急着想回家。”

“知道了，你把她带过来。”

她一身病人的衣服，衣服很大，越发显得她瘦小。杨潇想起每一次为这个女人看病的情况，也不忍责怪。当着她的面，问她能否抽支烟，她木讷地点点头，然后盯着他看。

“是他救的你，情况不是很好，到现在也没有醒来，只怕……”杨潇顿了顿，随手熄灭了手中的烟。“你进去看看，多和他说说话，最好能刺激他。他这个人这些年自由惯了，估计也没有什么东西能拴住他，若是说到上心的人，也只有你了。”杨潇语气平淡，像任何一位给病人家属下病危通知单的医生一样，可是此刻他自己知道不是。他望了一眼前头的走廊，转身对她说："就在这边的ICU。"

她的心冷了热，热了凉，仿佛进了冰火两重天的境地。手中冒出的汗却是真的，湿滑一片，连墙都扶不住。

她站在这里，其实是劫后余生，却在这一刻，真的不知所措，仿佛不认识这个男人一般。他再也不是那个高高在上的男子，再也不是曾经把她和父亲逼入绝境的人，再也不是时不时在她身上戳上几刀的魔鬼，还是那样的眉和眼，一样，却又不一样，似被抽走了最后一丝生气。他的眼睛静静地闭着，安静而无害，里面没有鄙夷嘲讽的目光。因为头上有伤，他的头发都被剃掉，光秃秃地包着纱布，脸色惨白得像一张白纸，身上插满了可怕的管子，病床上方吊着几种不同颜色的药水，一点一点齐齐地滴进他的身体里。

ICU里到处都是冰冷的器械，银白的光极刺眼，几台仪器上显示着各种数据，周而复始发出单调而机械的声音。她站在角落里，只听得有什么东西开始嗡嗡响，仿佛有几百只小蜜蜂在她耳边鸣着。而外面的护士和医生拿着器械匆匆进来，围着床上的人忙碌。身上的无菌衣仿佛千斤重，她连迈出一步的勇气都没有，只是看着那么多医生竭尽全力地把那个男人从死亡边缘拉回来。

曾经爸爸也是和他一样躺在这里，不同的是，一个是亲人，一个是仇人。

过了这么久，终于是翻天覆地的变化，她是不是应该高兴？

而此刻她却只是一具木偶，一动不动地盯着那边望着。口罩湿漉漉的，贴着脸颊，冰冷一片。她转过身去，才知道是自己的泪水。

为什么哭呢？她应该高兴的不是吗？安静地躺在那里的男人

害死了爸爸，像个魔鬼一样地折磨她，她从无忧无虑的公主变成了落难千金，这三年来，她过得有多难，她心里就有多恨他。而这个冷漠残酷的男人就要死了，她不是应该高兴？

可是这样一个让她痛不欲生的男人，为什么要保护她，为什么会伤成这个样子？如果没有他，是不是躺在上面的人就成了她？

她心里一窒，那种窒闷揪心的感觉袭上来，她逃避地后退，对医院她一直都是畏惧的。

“试着和他说话，用言语刺激他，这是最后的希望。我不管你们以前关系怎么样，现在，请你帮帮他。”杨潇把她拉过去，他是医生，对于医院里的生离死别似乎早已看透，可这一刻，却做不到。

她硬生生地向前一个趔趄，因为戴着帽子和口罩，穿着无菌衣，身子本就病着，手也不灵活，整个人像是从油画上拓下来的一样，一步一步地走近病床边，如此艰难。

她知道，他的手指很漂亮，手背上的青筋很清楚。她记得，他生气起来，握着拳头，青筋就会变粗。她轻而缓地摸上去，滴注针头很细，斜斜地插在他手背上，针尖冰凉，而他的手却更冰冷，仿佛一丝温度都没有。

她就这样，一直待在里面，安静地，迷茫地。她问他，为什么要救她？她希望他醒来告诉她。时间仿佛停止一般，医生离开，里面又安静下来，他依旧静静地躺在那里。

两天了，她感觉时间从来没有走得如此艰涩，连一次一次进来换药的护士与医生的脚步都显得一次比一次沉重。灯光打着旋投在透明的药水管里，一滴一滴缓缓流下来，而他却未曾醒来，仿佛一具没有灵魂的躯壳。ICU里有两个护士轮值，她白天守着，晚上就在自己的病房睡觉。寒木自责，守在外面一步都不曾离开。

到了第三天凌晨的时候，萧楠洛终于醒了过来。护士高兴地跑出去通知医生，几个专家进来看过之后，终于松了一口气。

床上的人没有多大动静，似乎很累，眼珠微微地转着，看了几秒终于定住，嘴唇缓缓翕动："我要见她。"

杨潇上前笑着道："她这几天守着你累坏了，刚回病房休息。"

萧楠洛仿佛不信，手臂动了动，疼得满头大汗。杨潇忙让身边的护士去找冷小菁。

她睡得极浅，窄窄的眉间皱成小山，仰卧着。护士刚进去，她便预料到似的，倏地睁开眼，咬咬唇问道："是……他……死了？"

小护士笑着说："没有，病人醒了，可看不见你不放心，杨医生让你过去呢。"

她忙披着一件羽绒服随护士过去，可到了病房时，他却依旧在床上躺着，仿佛未曾醒来。她怔了怔，没有说话。

一旁的护士道："病人因为身体虚弱，醒来之后又睡着了，你不必担心，专家说已经脱离危险了。"

既然他已经醒了，她原本是想回自己的病房休息，可是那个男人醒来一睁眼便会找寻她的身影，若是不在，便会恼怒地瞪着护士。年轻的护士向她诉苦，她不得不搬进他的病房。

因为身体虚弱，他睡觉的时间比以往长了很多。醒了也就是安静地卧着，并不说话，有时说一两句，因为身上的伤口，便会疼得额头冒汗。而她白天的时候，静静地陪着他坐在病房里，窗帘拉开，暖暖的阳光洒进来，竟是从未有过的安宁。

一两天还好，时间长了，她觉得无聊，侧头看了一眼床上睡着的男子，便开了电视看。或许是和左晨晨在一起久了，她也渐渐喜欢上了娱乐综艺报道。碰巧那日的明星是左晨晨的偶像，她怀了兴致，探长了脖子仔细地盯着液晶屏。正当自己觉得这屏幕上的男子并没有预期的帅的时候，房间里响起他的声音：“看什么呢？脸都快埋到屏幕上去了。”

冷小菁撇撇嘴：“大家都说他很帅。”

估计是“帅”这个词刺激到他了，因为他现在剃光了头发，受伤的时候又失血过多，整个人不止瘦了一圈，毫无从前的意气风发之态，人人看了都要皱一皱眉头。他大约也知道自己形象全无，便冷冷地哼了一声。

她悻悻地关了电视，拿了一本小说自顾自地看着。床上的男人安静了下来，过了一小会儿又不耐烦地提醒她：“这种书会看坏脑子。”

她身子未好，萧楠洛又是病人，方管家极为尽责，每天带很多有营养的食物来医院。她吃的食物丰富，不需要忌口。而萧楠洛动了刀子，现在只能吃一些流质食物，大都是汤，要么是一些米粉，但基本上都没有什么味道。护士一口一口地喂，他死活不肯吃，偏要她伺候，护士为难地看着她。冷小菁红了脸，表情为难，道：“你知道的，我的手不好使。”

他望了一眼，道：“左手……不好使……可以……用右手。”

他头上的伤未愈，脖颈处又有几处骨折，即使戴着矫正器，但稍稍一动就疼得厉害，这话竟是一个字一个字慢慢说出来的。她念着他捡了条命回来，便软了性子听他使唤。护士端着，她用右手盛汤送到他嘴边。

过了半个月，医生说伤口愈合得较好，建议护士用轮椅推着他去外面晒晒太阳。碰巧那天阳光明媚，护士被打发了去，就剩了他们两人。他坐在轮椅上，腿上盖着一条毛毯，她站在旁边。

有一对年老的夫妻经过时看见他们，老妇人看了看，皱皱眉，停下来，道：“哎哟，姑娘啊，这天气这么冷，你怎么不给你男朋友戴个帽子，他没头发，可不冷嘛！这小伙也不说，真真是要冻坏了。”

冷小菁尴尬至极，而萧楠洛不说话，无辜地看着她，好像真是她没照顾好他似的。她不高兴地回去，第二天便让护士买了顶帽子回来。中午过后，她趁着他睡着的时候悄悄给他戴上。

萧楠洛一觉醒来，觉得头上暖融融的，又软又暖。他虽不是北方人，却去过北方，此时便觉得头上仿佛靠着一个小热炕。毛茸茸的里子，蹭在他的头皮上，有些痒，像她头发的质感。

第二十一章　车祸疑云

冷小菁的手伤已经好转，去医生那里拆了石膏。回病房的时候看到寒木和萧楠洛的朋友在里面，她略微犹豫，本想去花园里转转，可听到里面的谈话声脚又顿住。

“真没想到这事会是个女人干的，我就奇怪，现在还有谁敢动你，可不是你欠了一屁股的风流债。”季宣扬说完啧啧摇头叹息，“不过，就凭她敢动萧大哥的人，这脑子就差了点，都说现在有些女人是胸大无脑的。”

她呼吸窒了窒，手按在门把上的力道大了些，发出咔嚓的声响。冷小菁这才回过神来，赶紧低头离开。

严清听了抿嘴笑笑，走过去把东西递给萧楠洛，道：“都在这上面了，那男的一听说他下手的人是你，吓得腿直哆嗦。唉！那女的还是知名记者，叫海蓝，就她雇的人。”

季宣扬拎了一张椅子坐在窗前，贼兮兮地问：“我说哥，她下手这么狠，你把人怎么着了？”

萧楠洛没回答，眸色沉了沉。棕色门上的玻璃纤尘不染，仿佛泛着走廊大理石地砖上冷冷的碎光，可却少了刚才那一道暗浅纤细的身影。

“您老准备怎么处置？”严清道。

萧楠洛面色深沉，阳光投在床上，他的脸一半光明，一半陷入阴暗，只是一双眸子幽深如潭："你看着办。"

严清心知肚明地点了点头。

床前挂着一只平安如意，很精致，中间的图案是一条鱼，鱼眼栩栩如生，一看就知道是女孩子编制的。季宣扬指着问："哥，你这房里还藏着女人呢?"

萧楠洛瞪了他一眼，季宣扬又问："那这是谁编的?"

萧楠洛想都没想回道："你嫂子。"

季宣扬酸溜溜道："哟，这会儿真成嫂子了。"

一直到其他人离开，寒木都未说过一句话。这么多年，他从未想过他有一天会违背萧楠洛的意思。那天接到老板的电话，他就知道出事了。

"跟着我几年了?"房间里响起萧楠洛低沉的声音。

寒木答："六年。"

"六年你学到的东西很多，只是少了一些理论知识，国外有很多好的大学，你去选一所。"

寒木沉默几秒之后才道："好。"

冬天的傍晚，天色变化很快，远远望去，仿佛蒙上了一层轻纱。不过几分钟的光景，由橘黄变成了玫瑰紫，最后灰白一片，一点一点阴沉到心里。

冷小菁回去的时候，其他人已经走了，他躺在床上看新闻，病床周围摆满了花，花团锦簇地占了好多地方。灯光太亮，仿佛每一寸光线都刺得眼睛生疼。

他突然开口问："怎么去了这么久?"他这几日好了很多，说话时伤口不疼了，只是说话时气息稍弱，竟有几丝不经意的慵懒。

她低低回道："这几日总是待在房间里，心里闷得慌，出去走走。”语气却再不似先前的柔软亲和。

他不知道她听到多少，只看到她的脸色都是掺霜的冷，心里蓦地一乱。她只听到一声闷响，转过头时他已跌在地上，床单都被拉了下来，她吓得脸都白了。许是因为疼痛，他低低地闷哼一声，只是听不到他喊疼，唯一传到她耳里的，是愈来愈沉重的呼吸声。她的心又软了下来，他身子沉沉的，等到她好不容易把他弄上床，两人都已经大汗淋漓。

她觉得羊毛衫里都湿黏黏的，把被子给他盖好之后，还是出门去办公室找了医生。幸好并未触到伤口，他身上伤口太多了，医生说若是忍不住，可以打止痛剂。自受伤后，他变得任性且固执，即使再疼也不肯打针。他额上有细细密密的汗珠渗出来，她只得拿毛巾轻轻地帮他擦拭，仿佛这样可以减轻一点疼痛。

翌日早晨，她早早醒来。她已痊愈，所以照顾病人的事义不容辞落到了她的身上。他脾气不好，动不动就要摔东西，护士都能躲则躲。刚让他用了早餐，秘书蒋若便过来了。他在医院的这些日子，公司积了很多事情。

一直忙到中午，秘书才带了一大堆文件离开。她终于合上手中的书籍，见外面正午阳光正浓，便去准备他的午餐。汤依旧是主打，她知道他早已腻味，前几日还发了脾气。她没办法，自己提早去医院的食堂买了一些老面汤。他估计是第一次喝这种东西，好奇地看了半天才张口。她觉得有些好笑，便道：“放心，医院里其他的病人都喝这个。”其实应该不难喝，因为他喝了满满一大碗。

他静静地瞧着她出神，她默不作声地撇开了脸去。他过了一会儿才开口：“上午严清他们来是因为找到了……”他心里苦笑，对着她，他也有有话说不清的时候。她淡淡地道：“其实我并没有怎样。”她懂得，是个女人干的，还和他关系匪浅，还真的难为他了。

他嘴角沉了沉，没有再继续说下去。

两人之间很多时候都是长时间的安静，或许在之前较长的时间里，两人都没有学会怎样合适地相处。

她身上总有淡淡的馨香，不浓，却时时刻刻存在，他问：“你用什么味道的香水？”

她一愣，才道：“我不用香水的。”

他难得笑笑，道：“那你身上是什么味道这么好闻？”

却见她难得地脸红，这些日子，她住在这里，两人都是用一样的洗发水，她轻轻道：“是洗发水的味道。”

他不信，其实他头上已经长出了短短的头发，像草坪上刚刚冒出来的小草，只是摸上去很扎人，却也要求她天天洗。“为什么我身上没有这种味道？”

她第一次觉得这个男人也有犯傻的时候，把牛奶端给他，低头在他头上微微闻了一下，笑道：“你傻，你的鼻子又不长在头顶上，怎么会闻得到。”

她笑起来很好看，唇线一点一点地勾起，嘴角边有浅浅的梨涡，仿佛一朵涟漪一般，缓缓地绽开。

主治医生说他还年轻，体质好，一个月的时间，他恢复得不错，已经能下地了。过了两日，他一意孤行要出院，主治医生半点办法也没有。她急了，只好打电话给杨潇，杨潇倒不觉得惊讶，云淡风轻道：“既然他要出院，就随他去，好好照顾就行。”

酝酿了这么久，冬日的第一场雪终于如期而至。

室内极暖，从窗户往外看，雪如柳絮，鹅毛乱缀，在这极难下雪的城市，终于出现了银装素裹的天地。

医生每隔三天过来一次，说他的情况是一次比一次好，她似乎也放了心。他的身子还不能适应高强度的工作，蒋若则天天过来。为了方便照顾他，她的房间搬到了他的隔壁。蒋若见了她，总是谦和地笑笑。

只是他的脾气比以前暴躁了一些，连方管家现在都有些怕他，所以很多需要和萧楠洛商量的事情都落到了她的头上。比如说园子里的花到了冬天部分枯败了，是重新培植还是直接换花卉；别墅区西边山上开发了温泉，需不需要把温泉水直接引到浴室……她仿佛成了管家，追在他屁股后面问他。对着她，他的坏脾气总是适时收敛起来。

这些日子，竟有身处山中的感觉。她断了与外界的联系，割断了扰人心扉的事情。然而，有些事，逃避得了一时，却逃避不了一世。

那日趁他午睡，她去了市中心，去将手机卡挂失并领新卡，然后去商场买了手机。拿到手机之后，插上卡，上面的信息和未接来电充斥着屏幕，她打开语音信箱。

“小菁丫头，阿姨因为有事回英国了，二月份我会再回国一趟。”

“你个死丫头，去哪里了？不见了也不知道回个消息。”

“怎么还是关机？小菁，我是晨晨，你没事吧？出了什么事情？你回个电话给我，我很担心你。”

“我是魏峥，上次你要的离婚协议书已经拟好，你什么时候方便约个时间见面或者直接去恒顺找我。”

“小菁，你再不出现我要报警了。”

她拦了车，坐上去，直接报地址：“师傅，去水云路的恒顺律师事务所。”

其实路程没有多远，只是隔了一条江。冬天的街道，两边枯叶落下来，像是铺了一地的心事。车流滚滚里，她觉得窗外的景物复杂纷乱，缭乱得她几乎不能睁眼。魏峥的一席话把她打回了原形。

到了律师事务所，魏峥不在，她浑浑噩噩地拿过秘书交到她手中的一些资料，回了梓园。

冬阳悬着最后一丝暖意，渐渐西沉。别墅的灯光隐约却明亮，落在一院的梅花上，朦朦胧胧，竟透出一些不真实的意味。

“刚才进去那女人你认识吗?”

“你是傻了，也不瞧瞧这是什么地方，那个女的我哪里会认识。哎，你一说我觉得还真眼熟。”

“可不是嘛！上次你买的杂志上不是有介绍，纽约时尚杂志《Flower》的创始人。”

“外界传闻他俩关系匪浅。”

“这里面怎样，谁知道呢?”

“快进去吧，杨医生说不定找我们了……”

两个护士模样的白色身影消失在梅花尽头。她听得出来，那是杨医生的两个助手，到底年纪轻，总是喜欢谈论这些。

她忘了，他还有 Vivian 这样一个红颜知己。而她，只是一晌贪欢梦罢了。

这房间过于陌生，Vivian 觉得，明明是三年，为什么给她的感觉却像是过了三十年。卧室靠东是一张简单的布艺沙发，上面随意摆着一对 Hello Kitty 的抱枕，红木矮几上错落地放着几本书，她几乎可以想象出一个女子在上面看书的样子。透过一扇智能玻璃门，看到整齐的电脑桌，除了一台白色的电脑，就剩下一个可爱的马克杯，上面同样是 Hello Kitty 的图案。后面是一面棕色的格子储物柜，最下层中间摆着一个相框，那样小的一张笑靥容易让人忽视。这里属于一个女孩的痕迹在慢慢消失，在被另一个女人取代。

“身体恢复得怎么样？前段时间出差，没来得及去医院看你。”她忽略心底那强烈的失落，开口道。

萧楠洛正在阳台看报纸，他的目光还停留在园子里水仙旁的女子身上，听到身后传来的声音，他才收回目光。

“已经没事了。”

他回答得漫不经心，她突然改了口气，道：“既然身体已经好了，你为什么不放了她？”

他脸色沉下来，翻了一页报纸，道：“我记得你以前不是这样的，变了好多。”

Vivian指尖力道一大，几朵纤小的风信子从茎干掉下来，落在她的掌心。她惨淡一笑：“难得你还记得我以前的样子，那你还记不记得小雨的样子？”以前觉得他对谁都那样，淡漠寡情，后来知道他其实也有绕指柔的时候。

“我们三个人中，小雨的年纪最小，我们两个人总是护着她，她最喜欢你，只要你花了心思哄逗她，她就开心得欢天喜地的。那个时候，什么都没有，名和利，都不知道是什么概念。其实，城市有什么好呢？小雨离开了，你变了，而我也回不去了。”

他听着，淡淡道：“她一直在我的心里。”

“心里？”她笑了几声，“小洛，你这样骗谁呢？你的心里现在有谁，你不会不清楚。你看看你的卧室，哪个角落没有她的痕迹？我记得你以前不喜欢让人进你的房间，可是，现在你在纵着她，她有危险，你就连命都不要地护着她。别告诉我你保护不了自己，你身边的人那么多。其实你早就不是原来的小洛了，那小雨算什么，她是不是就白死了？而我又算什么？”她好像从未这样失态过，她知道自己忍不了了。

萧楠洛转过椅子看她，眸光淡淡，沉静如水：“你很早就知道，我们不可能，又何必这样？”

“可我不甘心。”她吼道，眼泪流下来，定定地看着萧楠洛。“以前有小雨，她是我的妹妹，她喜欢你，你喜欢她，没办法，我认了……我出国，我在你看不见的地方等你，我总以为没了她，我总有机会……可是，最后，你却娶了她。不，其实你爱上了她……”最后的一句话，她的声音渐渐地低下来，可他还是听见了。

他站起来，拿纸巾递过去：“我和小雨一样，当你是姐姐，我答应过她会照顾好你，其他的你想多了。”

多么薄情的一个男子，不爱就是不爱，话总是可以说得这么绝。她抬起头，转过身去：“你也别忘了，小雨走的时候，你是怎么说的。你有没有勇气去小雨墓前告诉小雨，你爱上了当年害死她的那个人的女儿。”

他的手渐渐握紧，指节处泛出白色。

“以前你爱上的是青梅竹马，如今你爱上的是闺房之欢，我等了三年之后，又是三年。我得不到你，可你也得不到她，就凭你逼死了她父亲，你就永远别想和她在一起。看来，老天还真是公平。”

她还在下面的园子里，星空下她的脸泛着润洁的象牙白。坐在木椅上，仰着头，静静地看着夜空，天气似乎太冷，她时不时低头呵气搓搓手。夜色太浓了，他看不清楚，她到底是不是在哭。

冷小菁等得累了，终于看到 Vivian 从里面出来。她望过去，Vivian 也看见了她。冷小菁微微惊愕，对面的女人眼眶泛红，应该是哭过了。

“总编，您来看他。”她先站起来打招呼。

冬日空气干燥，风吹过去，泪已经干了。Vivian勉强堆出一个笑容说道：“嗯，过来看看小洛身体恢复得怎么样。”想到她一直坐在这里，问道：“怎么不进去?”

“哦，我在外面看看星星。您看，太阳下去了，夜色多好。”

“什么时候回去？助理的位置一直为你留着。”说完，Vivian抬头望了一眼夜空，走了几步，忽又回头对她笑道，“突然发现你刚才为什么会看星星了。”

冷小菁怔了怔，转身向别墅走去。

方管家见她回来，脸上一喜，说：“可回来了，杨医生走了有一会儿了，先生一直在阳台坐着，到现在还没有用晚餐。”

冷小菁明白，回道：“知道了，你去把晚餐准备好，一会儿我端给他。”萧楠洛脾气不好，别人也都敬而远之。她苦笑，算了吧，她还能照顾他多久?

二楼的灯都亮着，他的房间很安静。她开门走到阳台，夜色很黑，他几乎快要融了进去。

“下午怎么出去这么久?”他不满地问。

她笑笑：“上次在酒店遇到那种事，手机也丢了，去买了个新的。”

他似乎很感兴趣，对她说道：“拿来给我看看。”

她低头去翻包，无奈手机小而沉，她翻了几下才找到，拿出来的时候不小心掉出几张纸。她心里一慌，伸手去捡，而他终是快她一步。她额上渐渐有汗渗出来，心像是跳到了喉咙口，怯怯地望着他手中的纸张。他不明白，低头去看，一瞬间，她仿佛听见他牙齿相撞的声音，碎玉一般从上方传来。他忽然笑了笑，眉角都微微扬起，嘴唇薄薄的，这笑容让人觉得可怕。

命相上说薄唇的男子薄情，她不知道是不是真的。

“好，很好。”他很用力地将纸甩在她的脸上，几张纸最后落在她的脚边。

“原来下午出去就是为了这件事，你一直都惦记着离婚是不是?”他吼出来，脖子上青筋暴出，仿佛要吃了她。当他看到“离婚协议书”那几个字，他才知道，这一个多月，都是他在自作多情。

他捏起她的下颌，几乎要将她的骨头捏碎。原来他发起脾气来，手中的力气还是这么大。她错了，他还是那个萧楠洛，一直都是，即使是暂时收起了利爪。

他为什么这么生气，她成全了他不好吗？那他想要怎么样，让她成为一个呼之则来，挥之则去的女人？他有那么多的红粉知己，为什么还惦记她？还是因为他没有玩够？她抬起眸子直直地看着他，语气冷冷的：“对，我就是从未忘记，你早就这样想过了，只是不愿意是先被我提出来，不是吗?”她记得他说过，整个游戏是由他开始，所以也只能是由他来结束。既然都要结束，为什么不早点？

他轻蔑地靠近，凑到她的耳边：“你去见那个律师了是不是？他给你下了什么药，一见他回来就铁了心地想要跟我离婚。”

她听出他话里的意思，气得牙齿快要咬破嘴唇：“你以为谁都像你一样龌龊。”

他笑出声来，阳台上，台灯的光晕进来，他神色难辨，只是声音还是那样冷：“对，我龌龊，你嫌我龌龊，嫌我脏了，可你是我老婆，你也别想干净。”不知道为什么，到了现在，什么样的情况他都可以控制，可只要碰到她，她总是让他失控。

她被他推倒在沙发上，动都不能动，唇覆上来，没有丝毫的温度，那不是吻，而是一种恨意的释放。

她哭着喊出来："萧楠洛，你浑蛋，除了这样对我你还能干什么?"

她终究是恨他。她居然觉得他脏，那他为她做的一切又算什么?

她不知道手中拿到了什么东西，向他头上砸过去，他闷哼一声，便倒了下去。

那一刻，她狠下了心，再不看他，开门直接冲了出去。

她都不知道自己跑了多少路，停下来的时候，已经站在了左晨晨小区的楼下。这个城市这么大，对于她来说，从来都是陌生多一点，她总算还记得一处驻足之地。

听到门铃响的时候，左晨晨和桥南正在一起吃着火锅。桥南道："去开门。"

左晨晨女王似的踹他，夹起一个贡丸："你没长眼睛啊，我正在吃着呢。"于是桥南丢下筷子去开门。

桥南见到冷小菁，着实吓了一跳。失踪了这么久的人突然出现了，他本该欣喜，可是门外的她看上去却太糟糕。头发凌乱，身上穿得极少，一件单薄的贴身毛衣，耳朵和脸颊都是红彤彤的，眼睛肿得像水蜜桃。

左晨晨惊叫一声，抱住她："小菁，你这些日子去哪里了?"

冷小菁在洗手间里好好整理了一番，总算像个人了。左晨晨带着冷小菁从卧室出来的时候，桥南已经走了。

冷小菁还是抱歉地开口："不好意思，每次都来打扰你，桥南都已经走了。"

左晨晨拉着她坐到餐桌旁，不屑道："走就走了，不稀罕。"说完她插了电，火锅不久便咕噜噜地滚了起来。那些热腾腾的东西吃进去，整个人都开始暖起来，冷小菁终于感到自己又活了过来。

晚上，她靠在床头，目光呆滞地盯着天花板。左晨晨见她这样难免心酸："你能不能告诉我这一个多月你干吗去了？"她不说，她还是要问的。

冷小菁现在有一种摆脱一切的释然，爱情好像已经渐行渐远了。她平静地把事情给左晨晨说了一遍。最后，左晨晨恨铁不成钢地问："所以，你就又心软了？"

她低下头，把头埋进被子，像是要逃避什么："没有。"

左晨晨急了："你让我说你什么好呢？你这因为心软该断不断的性子总会害了你的。"

她茫然地咬咬嘴唇，无力地辩解："可是他因为我差点送了命，我总是觉得内疚，总想着等他好了我就离开。"

"那是他的报应，他是怎么对你的，你都忘了？"左晨晨说着忽然转了头过来，两只眼珠瞪着她，"你该不会还爱着那个浑蛋吧？"

一直到灯关了，房间黑了，心静了，冷小菁都不知道心里是怎么回答的。爱或不爱，都无关紧要了，她和他，终究隔着前仇旧恨，千山万水。

第二十二章　沉冤得雪

刚晴了几天，午后又下了一场小雪。马路上的交通变得不顺畅起来，车子渐渐堵起来，蜿蜒似长城。冷小菁从花店出来，手上捧着一束菊花，另一只手拎着一盒小小的蛋糕。她半张脸都藏在围巾里，露出一双眼睛在马路边打车。天气这样的不好，车子极难等，好不容易才等到车。

西山墓园的管理员是个年近花甲的老人。每年到了这寒冬腊月，来墓园的人就格外少。见有人来，管理员赶紧按开关开门。印象里每年这个时候，总有个年轻的女孩来这里，而且每每形单影只的，又是这种地方，让人看了怪难受的。

他也颇热情："姑娘，这次总算有人做伴了。"

冷小菁愣了一下，没听明白，等到进去了才知道他的意思。

山坡上，熟悉的位置上遥遥地站着两个人。隔得远，天上又飘着小雪，隔着几棵青葱的松木，仿佛是笼着一层纱，看不真切。

雪落下来，青石板上窸窸作响。她没带伞，雪落在脸颊上，又冷又疼。待她一步一步走近了，渐渐看清后山石阶上的两人。

"油画大师，别来无恙啊？"

华清失笑，宦海沉浮，蝇营狗苟，原来名和利竟然可以让一个人变成这样子，说话都比以前有底气了。

“把我约到这里，不会只是想和我叙旧吧？不过三年前离婚的时候我就告诉过你，走了就别出现。”

华清笑笑，说道：“顾祥，你这么害怕干什么？难道是生意做大了，胆子也变小了？”

顾祥站得离华清近了些，道：“相处这么多年，好歹夫妻一场的，你怎么就这样对我说话？”

华清忽然冷了脸，声音都高了许多：“别和我提那两个字，你根本就是个人渣。”

“人渣？华清啊，我告诉你，这年头敢这样对我说话的人可不多。还从来没人敢说我是人渣的。”

华清觉得这个男人无耻至极，盯着他的眼睛道：“有种你当着老冷的面这样说。”

顾祥沉默了，怒斥道：“他都已经死了，你为什么还要抓住那件事情不放。”

华清退了几步，仿佛不敢相信昔日的丈夫已经堕落到这样的地步。“一条人命啊，你就不会觉得问心有愧？你当年对那个女孩强奸未遂，嫁祸给了老冷，以致后来东窗事发，冷家被逼得家破人亡，连上大学的小菁也不能幸免。你敢说这不是拜你所赐？”

雪越下越大，墓碑上已经积了薄薄的一层，那雪花飘在黑白照片上，仿佛眼泪。冷小菁站在那里，仿佛一具木偶，耳边都嗡嗡作响，蜂鸣一般，后面的话她听不清了。

“爸爸……爸爸……”她退了几步，仿佛是一颗流星，承载了太多，摇摇晃晃，终于不堪重负地坠落。她跪在地上，眼泪流下来。“爸爸，你能不能告诉我他们说的不是真的……不是真的……爸爸算什么？我这些年偿还的东西又算什么？”

谁能告诉她，老天对她开了一个无情的玩笑。可不可以回去，这世上有没有假如？把她的爸爸还给她，她也从来没有遇见萧楠洛，没有嫁给他，没有爱上他。她还是那个被父亲捧在手心里的公主。

华清慢慢走近，把伞撑在她的头顶，温和地拍去她肩上的雪花，声音肃清：“你想知道的，就是你刚才听到的。我曾经犹豫过，如果你接受不了这个事实，我宁愿你永远活在如今的生活中，或许这样，你会好过一些。”

那一天，她不记得是怎样回去的，只知道风很冷，雪很大，回去之后就病了，感冒发烧，通通来了。一个星期之后，终于不发烧了。原本就是瓜子脸，现在更小了，只剩下一双眼睛偶有灵动的光。左晨晨看着她就心疼，左晨晨知道，她整个人都垮了，灵魂出窍一般。

一个星期之后，冷小菁终于回去上班，不知道是不是想通了，整个人换了一副模样。平静若水，似乎再也没什么能勾起她的兴趣。

左晨晨想，这样也好，忘了一切，重新来过，老天对她也总不算太苛刻。

那天她回杂志社上班，才知道 Vivian 暂时回美国了，她被升为这本期刊的副主编。她自问无能，却也不妄自菲薄，工作上的事情都在有条不紊地进行。

那天下了班，冷小菁突然接到陌生的电话。

海蓝和冷小菁都没有想过，再次见面，竟然会是这样的场合。时移世易，都没有这一刻的感觉来得震撼。

“0172 号，你现在可以进去了。”女狱警面色严肃地唤一声。

海蓝缓慢地走过去，隔着一扇冰冷的玻璃，面无表情地看了冷小菁一眼，拿起了话筒。

“怎么，在这里见到我惊讶成这个样子?”海蓝说话的语气又冷又陌生。

冷小菁眼里有惊愕、不信、迟疑，她不明白昔日的海蓝怎么成了这个样子。

海蓝的眼神清冷，声音从话筒的另一端传过来。“看来你还被蒙在鼓里，他把你保护得这样好，看来真是爱上你了。不用想了，上次在酒店对你行凶的人是我找的，你问我为什么，因为我想要你拥有的东西。”

冷小菁背脊上冒出一阵冷汗，讷讷道：“你喜欢他，我一直都知道的，可你为什么要这样?”

海蓝忽然收敛情绪，抬起眼，道：“其实也不单单是他，你拥有的在乎的东西我都想要。他不待见我就算了，我费尽心机，他太精明，没感觉就是没感觉。可是他为了你，竟然让我在这个城市几乎无立足之地，没有一家单位肯要我，我连住的地方都找不到，他竟然想让我在这个城市消失。你应该知道，我做人一向有原则，宁为玉碎，不为瓦全，既然我的生活一败涂地，我自然要搏一搏。最后他为了你受了伤，呵！也算是报应。”

冷小菁静静地听完，心中不知是什么感觉。

时间到了，狱警在后面提醒，海蓝默默地放下电话，转身离开。

她知道，冷小菁站在那里，不曾转身，仿佛等着她再看她一眼，可她终究不愿意。

天气冷冽，头顶的天湛蓝湛蓝的，一如海蓝的故事。她说：“你还记得赵之扬吗？上大学的时候他傻子似的跟着你转，别人都看得出来，他喜欢你，可你对感情懵懂，只有你不知道。你不理他，我和你关系最好，他便总来找我，一来二去，我们接触的机会倒是多了一些。我发现他是个极有内涵的男孩子，长得好，人品也好，对人态度谦和，虽然是体育系的，打得一手好篮球，可也满肚子的知识。那时候我想，多么好的一个男生，你为什么不喜欢呢？后来，他毕业了，我去找他，鼓起勇气表白，最后，他只抱歉地说了一句：'因为有她，我便看不到你了。'其实赵之扬不知道，那句话对一个女孩子来说有多伤人。因为有你，所以别人就看不到我的好。上次同学聚会，我鼓起勇气去了，却没想到这么多年，他还惦记你。我不甘心，或许是疯了，我把你和赵之扬在一起的照片给萧楠洛，可我没想到他会这么狠，一点余地都不留。为什么总有男人对你这样好？"

冷小菁记得海蓝说了很多，最后她说："对不起，请你不要恨我，我只是不甘心。我不甘心屈于人下，不甘心总做绿叶，不甘心得不到……"

那几道门的距离，海蓝觉得，就是她的一生，大学校园里那男生青春腼腆的笑容，在脑海中一闪而过，却一辈子都见不到了……

有人说过，女人为什么不可以离开事业，因为当其他东西不可靠时，事业或许就是一个有力的支点。

"晚上有什么安排？"下班前，左晨晨跑到冷小菁的办公室问。

冷小菁还在忙着，手还放在内线电话上，头也没抬地回答："加班。"

左晨晨啧啧摇头："职位升了，说话都有气势了，对我都敢大呼小喝了。"

冷小菁笑着抬头，问："那请问大爷有什么吩咐，小的一切遵命。"

“好，左大爷今晚请吃火锅。”

她笑着答应。左晨晨是北方人，大大咧咧惯了，对厨房里的活一点都提不起兴趣，两人住在一起，都是饥一顿，饱一顿的。

两人一起去了一家正宗的川味火锅店，大冬天的，坐在人堆里吃火锅，整个身子都暖起来，倒也算是一件乐事。两人吃完火锅回家，在楼下，冷小菁眨了眨眼，心中一愣，那车子她熟悉。果真，她还没反应过来，方管家就下来了。

左晨晨不明所以，直接挡在她身前。

方管家极有礼貌，可远远就焦灼万分地对冷小菁说道：“冷小姐，能不能让我单独和您说几句话?”

冷小菁犹豫几秒后还是答应了。

回来晚了，城市里的灯光依旧明亮。

方怡情觉得，做了萧楠洛那么多年的管家，这些年她终于看清了这个女孩子，有着东方女性最传统的心软。人好，身边的人总有一天会被感动。

“先生这几日身体不见好，上次你走后，他的头痛症状就有些厉害。先生性子倔强，昨天发了一天烧，房间里没人敢进去，今天又没有吃东西。他的身子未愈，不吃东西，不打镇痛剂，连杨医生都拿他没有办法。”

冷小菁低着头，她记得上次用硬物砸他，自己下手有多重。他旧伤未愈，偏偏这些天，她史无前例地狠了心不去想。

“若是冷小姐方便，就回别墅劝一劝，您的话，我想先生多少会听一点。”

“我的话他哪里肯听，你又不是不知道他以前是怎么对我的。”冷小菁淡淡道。

方管家不说话。

那天晚上她还是去了。

萧楠洛把屋里的东西都砸了，护士和用人都在外面。她走了进去，里面安静极了，漆黑一片，乱七八糟的东西碎了一地。

地上太乱了，碎瓷片、碎玻璃掉在地板上，她拣着空地走过去，看见他坐在地上，几乎是缩成一团坐在靠阳台的窗户边。借着外面的光，看到地上一大堆的烟头。走近了才知道，他在发抖，手指都夹不住烟，那一抹猩红就那样刺痛她的心。她明明知道他身体没有恢复得好，要忌口，不能喝酒，不能抽烟，情绪不能激动，可她上次还是那样激他，他倒在那里，她知道，却还是没有回头看一眼。原来，她也有这样狠心的时候。

他不停地抖。方管家说他一天都没有吃东西，她知道，他疼得厉害。她蹲下来抱住他，轻轻劝道："让医生进来给你看看好不好？止痛剂总是要用的，你这样身体根本吃不消。"她这样问，几乎是恳求，他以前受过伤，她知道一般的止痛药根本就抑制不住那些疼痛。

她总是这样的心软，总放不下他。

医生说过，他的疼痛与情绪有很大的关系，她一直都记得，却也不曾放在心上，她一直以为他已经好了，他还是原来的那个他，而她也可以了无牵挂地离开。

他固执地不肯，眸光中带着某种似有若无的疼痛，仿佛面临的是生死抉择。他知道，有的东西是掌心的沙，握得紧了，会消逝，如果松开，又一点也抓不住。

他凌晨时又醒了过来，冷小菁在床边陪着。稍稍一有动静，她就醒来。

他睁了眼，看到她的脸。她真的瘦了，一双眼睛又大又圆的，里面有淡淡的惊喜。

“老婆回来了，说话的口气终于像人了。我的几个小护士差点没给你吓哭!”杨潇笑着在门口出声。

“老婆”这个词第一次从他身边的人口中说出来，人前别人都称她冷小菁，如今听到，她倒不知道说什么好了。

萧楠洛笑着说道：“快回去，尽在这里瞎说。”

杨潇走了，房间里就剩下他们两人。

萧楠洛道：“你站得那么远干什么?”

冷小菁站在床尾，却不愿意再靠近。他仿佛洞悉她的心理，笑着说：“我躺在这里，疼成这样，还能对你做什么?”

她对那日的事情依旧是心有余悸的，依旧站着不动。他把手从被子里伸出来，道：“你走近点，我想和你说说话。”

她不知道怎么心里就乱了，仿佛是隔了多时的阴天，一直等不到太阳。

她低着头，露出后面一截象牙白莹润的颈子，真正如凝脂一般白。灯光那样柔，仿佛是掺了粉，他的心也软下来：“上次是我不对，我道歉，你还想怎么样?”

他这样问，冷小菁觉得或许人生病了，总会依赖性强一些。她依旧是低着头，良久，才道：“离婚。”

萧楠洛觉得一生都没有这样的狼狈。过了很久很久，终究无奈，他道：“好。”

第二十三章 前欢旧爱

华灯初上，冷雨，无声无息，下个不停。

这个城市夜色降临，高楼灯火通明，左晨晨把自己的头扭向窗外，想忍，可是很没用，泪水还是哗哗地流下来，像车窗的雨。天底下哪有这么不公平的事情，明明是徐劲安甩了她，他的父母却责怪她这个女友做得不称职，让她不要记恨，不要缠着他们的儿子。

她含着泪下了车，抹了几把泪，才向楼道走去。

“晨晨……”黑暗中突然蹿出一道身影，左晨晨吓得差点撞在栏杆上。感应灯亮起来，借着灯光，她看清了那个人的脸，居然是徐劲安。左晨晨鼻子一酸，气不打一处来，手上的包就直接朝他脸上甩了过去。遗憾的是，那个男人没有躲，硬生生地挨了一下，而她似乎心疼了。

“你来干什么？天下怎么会有你这样无耻的人？你的父母要我祝福你们是吧？我告诉你，休想！我不仅不会祝福你们，我还会诅咒你们，一生一世都不会幸福，结了婚，也生不出孩子，最好你的头上也被人戴一顶绿帽子，让你尝尝背叛的滋味……”

“晨晨，我和她分手了，我还可以回来吗？”徐劲安开口打断她的诅咒，哭着问道。

左晨晨身子一晃，跌坐在楼道的台阶上。

人生有时候真的很戏剧化，人生很短，不要说沧海桑田，就是百年的辗转，都难见证。岁月是最直接的东西，有了时间，经历了不同的人，才知道比较。时光真的会打磨一个人的本质。

左晨晨对他的爱情，八年如一日，从未变过。跟在他身边，女友与不是女友的责任，她都担负了起来。

是他自己不懂得珍惜，觉得感情淡了，索然无味，就不愿走下去。海蓝的出现，热烈而激情，仿佛是一把火，点燃了他。他们相识三个月，可感情也只有三个月，到了最后，连陌生人都不如，陌生到连个眼神的交汇都吝啬得不想给予。

左晨晨听他忏悔。

他说，他错了，他守不住爱情的细水长流。

他说，他终于明白，失去的才是最好的。

他说，可不可以再给他一次机会？

她一个人待得久了，哭得累了，屋子里太静，想找个人说话。

冷小菁出差，远水救不了近火，屏幕滑来滑去的，能说话的人这样少，最后她打电话给了桥南。

酒吧里灯红酒绿的，桥南坐在对面，端着酒杯瞧着她。

左晨晨说："我前男友回来找我了。"

桥南似乎没有听到，低头喝酒，过了一会儿又说："恭喜，告诉你一个秘密，我也找到了我喜欢的女孩子，我决定马上追求她，以后不会再缠着你了。"

她已经喝了几杯很烈的酒，已经微醺，听了之后讽刺的话脱口而出："嗤，谁要你缠着，像块狗皮膏药似的，省得早晚在我身边转悠骚扰我。"

她虽然醉了，可这话一出口，她就后悔了。说实话，桥南虽然总是挤对她，可对她也还不错，像哥们一样。

她偷偷地去瞥他，预料之中，桥南真的生了气，拍着桌子就站起来："原来你一直都是这么想的，早知道这样……我还真不会这么贱。"

左晨晨知道自己说错了话，期期艾艾地道歉："对不起，我……有口无心，说着玩的，别往心里去。"

桥南端了一杯酒就往嘴里送，一口酒没下去，脸被呛得通红。好不容易气息顺了，才问道："那你还讨不讨厌我？"

"不讨厌。"

桥南一开心，道："那好，我们喝酒，一醉泯恩仇。"

两个人你来我往的，酒一瓶一瓶地见底。桥南嫌不够，又要了几瓶。

两个人摇摇晃晃地出了酒吧，桥南招了一辆出租车，把她弄上去，吩咐司机开车。

"我认真地再说一遍，我真的不讨厌你哦！不讨厌！"她抓着他的手臂，脸凑近了，一遍一遍地说。

前面的司机抿着嘴笑。桥南看着近在咫尺的脸，脑中越来越清楚。

到了家，扶着她开了门，把她抵到墙边。

"我认为只有我当了你的男朋友，才能证明你不讨厌我。"

她笑呵呵地回答："好呀！"

有了答案，桥南不再犹豫。

左晨晨觉得自己像是经过了一场战役，苏醒过来，还有另一场硬仗等着她。看着一地的衣服，凌乱到极致，一向趾高气扬的左晨晨沉默了，像被打了霜的茄子，一下子蔫了，不用想都能知道发生了什么事。

她轻轻地转身，却看到桥南认真地注视着她的脸。她傻了，自己原来这么饥渴。

“我父亲是T市林业局的副局长，母亲是大学英语教师，我身体各零件完好无损。大学交过两个女朋友，一个性格不合分手，一个因为异地相处分手，现在无联系。本人无任何不良嗜好，家庭小康。”左晨晨一直闭着眼睛不动，她听见他说的每一句话，包括中间的呼吸与停顿。

“下个周末你跟我回去见我的父母，然后你找个时间，看看你父母什么时候有空，我上门去拜访一下。”

她睫毛蝶翼一般，眨了一下，两下，三下，最后索性睁开，问：“准备干什么？”

“结婚。”两个字，严肃而坚定。

左晨晨没见过这样一本正经的桥南，他总是损她的时候多一些。她吞吞吐吐地问：“原因呢？难道你真的……爱上我了？”

桥南咬牙：“我们上床了，我要对你负责，这个答案你可接受？”他一只手撑着头，侧身看着她问道。

左晨晨忽然坐起来，顿时春光乍泄，她惊叫一声。桥南帮她拢好被子，耳朵都微微红起来：“你躺着说就行，别着凉了。”

她有些紧张，盯着桥南的眼睛问：“那么你喜欢我吗？”

“喜欢。”

她笑起来：“什么时候喜欢的？”

“上次你喝醉酒抱着我的时候。”

冷小菁笑着听左晨晨讲完，没想到，原来缘分竟然这样奇妙。

左晨晨得意地说道：“你看，受海蓝那个女人迫害的一对好闺密之一，我已经重获幸福了。请问，你作为受害者之一，对感情有何规划?”

冷小菁笑着摇摇头，举起桌子上的文件夹道：“我先把工作完成。”

这两个月，左晨晨见她总是忙着出差，闲下来的时间也不多，仔细斟酌半晌，从后面拿出一张邀请函放在办公桌上：“这是萧氏集团的邀请函，本是邀请 Vivian 的，可惜她不在。”

说话间，内线电话响起，通知她开会的时间到了。冷小菁望了桌子上的卡片一眼，才拿着东西走出办公室。

今日冷空气来袭，冷小菁总觉得身子太冷。

上一期的封面人物的宣传效果极佳，那位女明星的经纪人送来两张健身卡，左晨晨兴致好，拉着她去。冷小菁觉得出出汗，或许身体会觉得舒服些。她现在一个人住，下了班，看见万家灯火，未免觉得孤单。那时她觉得，或许人生来就怕孤独。这样也好，随便就可以打发一下午的时光。

时隔两个月，没想到再次听到萧楠洛的消息，是在一家健身会所。据说那里是聊八卦的好地方，来这里的大多是有钱主妇。

会所讲究原生态，屋子都是木质的，周围紫竹围绕，鸟鸣幽幽。冬日的午后，阳光照进来，暖洋洋的，头上按摩的力道恰到好处，她便渐渐有了困意。

因为房间之间只是隔着简单的木板，隔音效果并不是很好，隔壁谈论的声音时不时地传来。

“上一位客人怎么样？看你做了快一上午都没出来。”

“唉！难伺候，脾气不好，嫌这嫌那的……”

“人家是上流社会的名媛，顾氏公司顾祥的独女，横惯了。看到今天的报纸了吗？今天晚上顾氏和萧氏集团举办商务宴会，都说顾祥想把女儿介绍给萧氏集团的总裁。”

“萧氏集团的总裁，传闻中不是结了婚了?”

“都说传闻了，谁知道……女人藏得那样好，谁都没见过。上面怎么说，人家怎么看呗!”

冷小菁一直昏昏欲睡，却在听到提及萧楠洛和顾祥时，如一记惊雷，一下惊醒。

她倏地坐起来，头上的精油一下子流进眼睛里，按摩师吓了一跳，连连道歉：“抱歉，小姐，是我的疏忽……”

眼睛很疼，她脑海里一个极其不安的想法一瞬间冲破牢笼，像蚂蚁一样爬在心上。

晚间的宴会她到底是去了，他本是说到做到的人，离婚协议书都签了，碰见了也只算是熟悉的陌生人罢了。

算是萧氏和顾氏合作的庆功宴，受邀而来的也都是商界的名流，工作久了，大多也能认识。

萧氏与顾氏合作的消息传得沸沸扬扬，当初投标的另一家公司实力雄厚，可最后却是顾氏中标，圈内人多少有些非议。而顾氏最近的发展可谓如日中天，一连几个大手笔，拿到了萧氏的几个合作案。

萧楠洛的出现自然成了焦点。

近日因为一组平面照的拍摄，Vivian 把回纽约的 Alan 调了过来。年轻的男子在欧美待久了，自然看不惯冷小菁的打扮。听说她晚上要参加宴会，不遗余力地花时间给她置办了一身行头。

冷小菁毅然一个转身，目光对准了焦点中心的男子。脱掉了皮草的披肩，Jil Sander 极简风格的黑色礼服，前胸的样式端庄保守，背后却是别有洞天的开阔性感。

此时他身边还携着一位佳人，身材高挑，一头大波浪鬈发掩不住胸前的风光。佳人时不时对着身边的男子笑靥明媚，行为大胆而性感。冷小菁抿了一口杯中的红酒，笑容迷人冷艳。那女子的眉眼像华清阿姨，额头和脸型颇似顾祥，不用猜也知道是谁了。只是或许顾氏千金多年生活在国外，冷小菁连一面都不曾见过。

顾佳看到父亲，撒娇道："爸爸，你怎么老是让人喝酒。"

顾祥笑笑："我的女儿怎么只关心身边的男伴，倒不关心爸爸喝了多少酒？"转眼举杯对着萧楠洛道："还是萧总客气，希望我们第二期的工程也能合作愉快。"

对面男子不动声色地举杯，两人一饮而尽。

这一切冷小菁都看在了眼里，如今心却平静了下来。爸爸已经不在了，而自己也自由了，或许，其他的事情她根本不用计较，那自己也没有来的必要了。

里面的音乐声隐隐约约透出来，月华浓重，衬着远处的霓虹灯闪烁，喧嚣与安静并存。

中庭花园的人并不多，三三两两地聚在一起，倒不算显眼。她站在亭子下面，一抬头就看到数步之外的男子。此时他一个人，少了那些围在他身边的人。他的身体已经好了，只是比以前略瘦一点。站在人群中，依旧鹤立鸡群一般。

他的影子渐渐靠近，冷小菁端着酒杯对着他摇一摇，紫红色的液体沿着杯壁回旋，浓郁醇厚。她问："如果当年害死你心仪之人的另有其人，你信不信？"

他没说话，只是嘴角沉了沉，看着她的眸子幽深一片。

一直以为他是心如铁石，原来对于深爱的女孩，竟有绕指柔的一面。而她，什么都不是。

没等他开口，她就笑着道："算了，信与不信，只是在你。"

后面倚在餐桌边的女子，两道精致的眉蹙到一起，一双眼睛凶狠地瞪着萧楠洛与她所在的方向。冷小菁拢了拢肩头的披肩，冷冷道："我忘了，我们早已没有任何关系，抱歉，打扰了。"

经过那女子身边的时候，不知有意还是无意，顾佳竟然撞了她一下。她没在意，低下头便走。

会场依旧热闹，宴会的热情还未退去，看来衣香鬓影的场合不适合她。吩咐侍者去取外套后，她看着墙壁上的油画凝思。

"这位小姐，刚才是不是撞到了我？"

说话者正是顾佳，冷小菁疑惑转身，不由得点点头。

顾佳嘲讽地勾勾嘴角，笑不露齿。冷小菁就想起《红楼梦》里的凤辣子，粉面含春威不露的样子。而眼前的女子可能比王熙凤还要厉害："那不好意思，我刚才发现我的手链不见了，不知是不是……"

果真是来者不善，她们的位置位于大厅，那女子的声线微高，又是众人瞩目的身份，在场的已经有很多人探头张望，在场的媒体也望向这边。

冷小菁突然被推到风口浪尖上，她忍不住替自己申辩："顾小姐什么意思，该不会怀疑我是小偷吧？"

顾佳低头触摸了一下自己的手腕，皱眉道："虽然我并不在意那一条手链的价格，但是它对我来说很重要。"话落，她薄薄的嘴唇一弯，伸手便探向她腰间，然后一条闪闪发光的手链摇晃着出现在她眼前。对方挑衅地问："冷小姐，请问这是什么？"

冷小菁怔住，周围是一片哗然，当真是百口莫辩了。

"对不起，这位小姐，我不知道……"

"好了，既然东西已经找到了，我可以不再追究。"顾佳说完，趾高气扬地离开了。

冷小菁从来没这么狼狈过。独自面对众人异样的眼光，她才明白，她被陷害了，而且，无可辩驳。难堪地转身离去，电梯门关上的那一刻，有人冲进来，她抬头看见是他。眸子猩红，胸膛起伏，却静静地看着她，似乎有控制不住的情绪，眼中愠怒渐深："别人诬陷你你不会争辩吗，平时的本事都去哪了?"

她别过脸，以一种近乎嘲讽的语气道："怎么，你来看我的笑话?"

他用一种近乎狼狈的语气叫她："小菁。"他从未这样唤过她的名字，这样亲昵的两个字，这样近，却那样远。

他近乎呢喃地开口："对不起。"

她听了只觉得可笑，那样多的事情已经过去，隔了那么久，前尘旧事都过去了，才听到一句"对不起"，她却受不住。她的声音传过来，声调冷冷的："不用，萧总说笑了，在您身边，我就没有好过过，所以，您真的感到抱歉，就请以后离我远些。"

电梯到了，她走出去，一点一点消失，就像走出他的生命。他无能为力，活了这么久，终于又尝到了一次束手无策的滋味。如今让他真正感到无可奈何的事情已经不多，以后或许会更少。他知道，她看到今天的一切，就再也不会原谅他了。他笑了，她恨他，如果一直恨下去，也好，不是爱，就用恨的方式留在她心里。

这一生，那样短，又那样长，曾经握住，似流沙逝于掌心，如今依旧空空如也。

第二十四章　楚河汉界

临近年关，到处都是张灯结彩的，又恰逢周五，商业街附近比寻常热闹了许多。

左晨晨坐在临落地窗的沙发上，翻着手中的造型集子，抬头见冷小菁进来，放下杂志，走过去："怎么到现在才来?"

冷小菁把风衣脱下来，拉着她坐到一旁的沙发上，眼睛瞄着左晨晨的小腹，笑了笑："刚开完会，下个月的人物专题的采访都没有交上来，一堆事情，累死我了。"

冷小菁一次都没有来过婚纱摄影店，进来的时候，看到门口都是婚车，从忙碌的化妆师身上，她也可以感受到喜庆的氛围。

左晨晨有些羡慕道："我觉得工作忙碌可以接受，不像我现在，要应付很多人。"

冷小菁自然知道左晨晨烦什么，抬头问："上次不是见过他父母了，而且你说他们对你也不错。"

"那是因为我怀孕了，也不知道是在意肚子里的孩子还是在意我。你说，桥南那家伙怎么这么坏，明明没有做措施，却用安全套给我使障眼法，心眼多，我以后岂不是斗不过他?"左晨晨面露斗智斗勇之态，只是因为怀了孩子，倒更显娇嗔。

冷小菁笑而不语，店里的专业人员过来开始介绍婚纱的款式，面露微笑，讲得极其专业，从衣领的款式，再到胸前的设计，最后还有裙摆的结构，加之模特的图片，让人眼花缭乱。

“其实以前我总是盼望着和徐劲安一起来，想着我们结婚是什么样子。”左晨晨忽然有感而发。

“怎么好端端说起他来，桥南对你不好吗?”女孩子总是多虑，性格开朗的左晨晨也不能免俗。

想到桥南，左晨晨伸手覆住小腹，甜甜地笑道：“好啊！因为太好，我总觉幸福来得这样不真实。你知道吗？我以前总等着徐劲安回头，期待时间冲淡激情。每天晚上，我听到楼梯过道的脚步声，就会以为是他回来了……一个月过去了，两个月过去了，我的心死了，他却来找我了，那时我都傻了。”

“你回头才叫傻，如果这样真切的伤害都能忘记，这份爱就太纵容了。”冷小菁说得似乎伤感，倒觉得不合适。看着她，又道：“喜事将近，别胡思乱想。”

左晨晨认真点点头，是真的放下了。

忙了一天，冷小菁接到左晨晨的电话。“小菁，快点来呀！不带帅哥不准来，叫上你说的那位律师，这里的烤肉极棒!”冷小菁叹了口气，早知道不能把魏峥的事说与她听。

她没吃晚餐，中午忙着去摄影棚看设计师定妆，勉强吃了一些盒饭，现下早已饿了，晚上回去又是一个人，便顺着她的话答应了。

没进电梯，魏峥的电话就来了，真是说曹操，曹操到，可见背后不能说人。

庄园的位置位于四环的栖霞湖附近，魏峥的车子开进去，随便停在一处草坪上，两人便下了车。

傍晚雾气缭绕，风掠过湖面，带着寒意。冷小菁拢了拢围巾，听到他说："好久没有这么轻松地散步了。"

风有些大，他的声音被风吹散开去。她已经好几个月没有和他联系，而他也很少打电话来问候。没有任何负担的关系，只是朋友，遇见了也只是惬意地交谈，有时候，又能及时伸出援助之手。她不禁想到古人语，君子之交淡如水，或许就是这样。

她侧过脸，问道："上次去的时候没见到，秘书说你出差了，最近工作很忙？"

"是忙，最近都在忙着一场跨国官司，很抱歉你的事情没有帮得上忙。"最近他忙得真是焦头烂额了。从私人方面考虑，她很敏感，像只兔子，一惊就会离开。而他很聪明，并不想让她多虑。

"没事，我虽是外行，但也知跨国官司难打。"她避重就轻，绕开话题。此时，她已经看到左晨晨和桥南，位置靠近葡萄架，不知用了什么办法，时值深冬，葡萄叶子葱绿如新。两人面对面坐着，又不知道在争论些什么，最后桥南一脸无奈的表情。

左晨晨得意地抬头，终于看见冷小菁与魏峥。她热情地招呼他们两人过去，四个人围在一起烧烤，热气冒上来，都不觉得冷。

其间有段时间，左晨晨和桥南离开了，就只剩他们两人。

魏峥放下铁钳，问她："你知道我第一次见你是什么时候吗？"

冷小菁喝了一口热水，缓解口中的辣味，道："应该是雨中我很狼狈的那次吧。"

他若有所思地摇头，把当年在美国的事情娓娓道来。冷小菁惊愕，也有些伤感，那些父亲在的日子那样美好，却遥不可及。

"呵呵，真的很模糊了，快要记不得了。"她淡淡笑着说道。

"从那个时候，我心里便种下一颗种子，直到见到你，我就知道这颗种子发了芽。"他目光灼灼，流连于她的脸上。

见她不说话，他继续道："我知道你已经离婚，有没有想过再给自己一个机会，也给别人一个机会，比如我？"冷小菁一直喜欢和魏峥说话，因为这个男子够坦诚，像一块温润的玉。

烤肉放在上面没动，散发出一股焦味，她忙夹了出来放到一边的盘子里，才开口："你是律师，相信也打过离婚的官司。不过律师向来关心当事人利益。我觉得，结婚不是为了离婚。如果开始存了疑心，后面难以相处，最后免不了分开的结局。其实我开始的时候对你是有好感的，但是你和别人一样，介意我住在梓园的身份，所以，那时那种感觉我收了回来。你喜欢我或许只是源于年轻时的梦，那个乐于助人，天真纯洁的女孩。我帮了你，你遇见了狼狈的我。可是，灰姑娘不一定适合白马王子，谁也没有规定王子骑着白马来，灰姑娘就一定要被他拯救。对不起，很抱歉我说出这样一番话，但是我真的不适合你。"清风拂过葡萄架，传来簌簌轻响，仿佛是夏日葡萄的果实在轻轻摇晃。

冷小菁看到他受伤的眼神，她知道自己伤害了他，但是一方爱，而另一方不爱，一方爱得太多，另一方爱得太少的婚姻，实在是一种折磨，一生之中，经历一次便够了。

魏峥难得孩子气地挠挠头，后悔之意难掩："你太残忍了，我只是说机会，都不给我。"

她笑笑，忽然弯起嘴角道："如果没有盲目的期待，就不会有失望，就不会攀缘于执着。"

他终于无奈地笑起来："你哪里来的这些文绉绉的话？"

她也笑了："一直都有，只是你没有发现。你现在后悔和我做朋友还来得及。"

他松口："好吧，朋友就朋友。"他内心苦笑，生活把她变成了一个狡猾的女子。

离开时，她和魏峥并肩从庄园出来。

夜色很好，月明星稀。她站在面对大门的路灯下等着魏峥开车出来，远处走来几个说笑的年轻男女，其中一个有些面熟，近了才想起来，是萧楠洛的朋友——卢易轩。

卢易轩看着远远驶出大门的车子，微微眯起了眼，直到身畔的佳人嗔怒："卢大少，这是看中谁了，连魂儿都被勾了？"卢易轩才收回神。

萧楠洛第二天便接到了卢易轩打来的电话。

"在哪儿呢？"

萧楠洛坐在车里，刚下机场的高速，几乎累得懒得说话："刚从机场回来。"

那边迟疑一下，酸溜溜的语气："你最近怎么忙得脚不沾地的？兄弟们想见你一面连个影儿都见不到。打电话给你不是在海南就是夏威夷，前几天打给你你都跑到日本去了。真这么忙？"

萧楠洛似有不耐烦："不说我挂了。"

卢易轩道："今晚出来聚聚，兄弟们很久没见了，保不定有惊喜。"

萧楠洛笑出来，问道："什么惊喜？"

"现在说了多没意思，人来了就知道。"

"好。"

他挂了电话，司机在前面问道："先生，您回哪边？"

他揉揉眉心："西山别墅。"

车子驶入陌生的地方，细细想来，已经好久没有回过那里。他清楚记得她喜欢日本，那个时候她年轻贪玩，总以为她的婚姻和其他女孩一样，会度蜜月。她曾经细声细语地提过，当时他轻哼一声，她便知道他生气，不再提起。现在想起，才知道属于他和她的日子竟然这样少，仿佛人一走，便不曾出现过。如今鬼使神差，他竟然一个人跑去，站在冰天雪地中，看着漫山冰雪。原来，她说错了，樱花没有很美，冰天雪地的温泉一点也不暖和。

萧楠洛进去的时候，屋子里面又是烟味又是酒味。看见他进来，一大群人都拥上来，他来晚了，众人都嚷嚷着罚他的酒，他少有推托地喝下。

谈了几句，终于谈到了生意上。他感觉索然无味，只一会儿，几瓶酒已经见底。最后季宣扬把一张房卡塞到他的手里，笑嘻嘻地在他耳边说："那几位哥们孝敬你的，绝对是惊喜。"

他觉得累了，酒店也好，至少不是家。他一个人惯了，从没有家的概念，到了什么地方只觉得有地儿住就行。后来她走了，才知道没有她的地方都不是家。

其实根本没有喝多少酒，现在却有些分不清方向，季宣扬想陪他上来，他没允许。酒店里铺的地毯太厚，他脚步虚浮，踩上去一点感觉都没有。他开了门进去，迷迷糊糊见到床上有人。

他笑了一下，才知道所谓的"惊喜"原来指这个。他从没有这样的经验，可是她走了，他便有了破罐子破摔的心境。

女孩子很年轻，皮肤是天然白的，和她很像，没有多少脂粉气。穿着睡衣，紧张而忐忑地坐在床边，双手紧张地绞在一起，眼睛很大，睫毛像两把小蒲扇微微垂着，头发自然垂下来。

那些人竟然花了这样的心思讨好他。

他直接脱了外套，摔门进了浴室。花洒落下水来，他却渐渐清醒。仿佛是用肥皂水在白纸上画的画，见了水，终于清楚。

其实一点都不像，味道不像，笑容也不像。她从不会对他露出那样的笑容。她身上总有淡淡的少女芬芳，不是香水，沾着一些甜味，仿佛热带水果，曾经以为那是属于女子的味道，后来慢慢发现，那是只属于冷小菁的味道。笑容也不像，她看他的时候，因为多了一层畏惧，眸子上总觉得蒙上了一层薄雾，他总觉得是她在哭。他说嫌她烦，讨厌女人哭，后来她总忍着，其实他觉得不哭比哭了还难看。

出来的时候，那女孩还坐在原地，他觉得心烦，走到窗前，点了支烟。青烟袅袅，这房间在酒店最高层，这个时间俯瞰下去，整个城市的夜色尽收眼底，连汽车商铺都成了灰尘芥子一般渺小。

他感到后面有女子贴上来，怯怯地靠近，身体微微战抖，双手慢慢地拢住他的腰。他记得她也这样抱过他，畏惧地靠近，有些讨好，又怕他生气。因为他一生气，她就没有好日子过。原来，隔了这么久，他却还能想起过去的一点一滴。世人都觉得，人很健忘，忘记对于人来说是最容易的事情。现在才知道，原来，有些人，有些事，就是毒药，上瘾很容易，戒掉也不难，但是从记忆里抹去曾经带来的感觉，何其难。毕业季的时候有同学在晚会上念起了诗歌："原来有的时候最难忘的，不是人，而是事。当我们开始在不属于自己的故事里流泪，我们已经老了。"

下面包间里依旧吵闹，一群人在里面砌长城。

卢易轩吸了几口烟，问季宣扬："难得出来聚聚，你倒好，把人给灌醉了。"

季宣扬嗤了一声，笑道："他哪能醉了，一准是装的。"身边的女伴递给他一支烟，他瞧了一眼，似乎想起什么，问夏功铠："那女的怎么样？也不知道入不入得了咱哥的眼，咱哥口味古怪着呢，多少女人都近不了身。"

夏功铠哈哈一笑，打趣道："比你身边的还清纯十分，人家小姑娘长得那个水灵，那叫一漂亮。就怕萧总裁不够怜香惜玉，吓着人家。”

“哟，那行，对咱哥口味……”季宣扬话还没有说完，夏玏铠的手机就响了。对方的声音有些熟悉，竟是被他叫上楼去的那个女孩，语气慌乱，“是夏先生吗？您能不能来一趟，萧先生他……”

夏玏铠望着季宣扬，季宣扬又看着卢易轩，几个大男人大眼瞪小眼，最后，还是卢易轩上去。

到底是夏玏铠开的酒店，摆明了讨好，整个楼层都是空着的，安静得仿佛连踩在地毯上的声音都能听清楚。卢易轩还没有走近，就看见那个女孩站在门口，穿着一套保守的睡衣，模样清丽，当真和冷小菁有三分相似。

“出了什么事，他人呢？”卢易轩问她。

那女孩知道自己办砸了事情，吓得不轻，花容失色。见了他，唯唯诺诺道：“我也不知道发生了什么事情，他不让人靠近，连灯都关了。”

卢易轩笑了笑，让她离开，他找到了房间进去。还好，门没上锁，里面漆黑一片，借着微弱的月光可以看见床头坐着萧楠洛，一动不动的。

他走过去，伸手去开床头的灯。萧楠洛此时却出声道：“出去，别开灯……”

卢易轩怔了一下，却听到他说：“阿轩……别开灯……”

“阿洛!”卢易轩吓了一跳，不知道发生了什么事。印象里，萧楠洛从未用这种语气和他说过话，即使是小雨离开了，他也未像现在这样，仿佛是心被抽空了。

卢易轩伸手去拉他，却无意中碰到萧楠洛的脸，冰凉一片，他心头倏地一惊，才知道那是他的泪。

卢易轩不动了，活了这么些年，他竟是第一次看到自己的好兄弟哭。他想象不出来，一个一百八十几厘米的男人坐在床头流下眼泪是什么样子。

整个楼层都陷入这样的安静，黑暗中他听到萧楠洛隐忍压抑的声音："她走了，永远离开了……没有她了……再也没有了……"他的声音喑哑的，"别人都不是她……都不是……"来来往往的人那么多，总会有像的，可是当看到那一分相似在脑海里与某个身影重叠，才知道什么叫作受不了。"

卢易轩拍拍他的肩膀，他靠下去。其实，醉了也好，酒壮人胆，他终于肯把自己的心里话说出来，其实他早就忘了他的初衷。原本是单纯的报复，为了小雨，如今却失了心，成了最孤单的那个。

卢易轩笑笑，他们这群人都是出身显赫的公子哥，婚姻大事自己不能拿主意，只有他萧楠洛是自由的，却没想到，还是一头栽下去。原来，爱情来了，谁都不能逃。

"阿洛，别这样。其实。她爱过你，真的爱过，只是被你弄丢了……如果你真的放不下，就去找她……"卢易轩想到昨日在栖霞湖庄园的偶遇，本来想说，如果再不去，就晚了，但还是没忍心告诉他。

卢易轩说得极轻，以为萧楠洛已经睡着，没想到他听见了，喃喃自语起来："不能……她不会原谅……她最后一句对我说的话就是让我离她远点……"原来都记得，她说的话，他都记得。一字一句，仿佛细细打磨过，印在心口。

第二十五章　有一种爱

机场声音嘈杂，过了一会儿，冷小菁终于看见 Vivian 从里面出来，没有太多的行李，一个简单的公文包，一副大墨镜。冷小菁迎上去，拿过她手中的包，微微笑道："总编，您总算回来了。"

Vivian 的气色很好，头上戴着一顶时尚的贝雷帽，比平时又要年轻几分。虽然大墨镜遮着，但冷小菁看到她扬起的嘴角，知道她心情不错。想起她上次离开梓园的模样，今日不复再见。

Vivian 拿下墨镜，一边走一边开口："怎么？你看上去比我走之前憔悴多了。"

"估计是工作压力大的缘故吧。"冷小菁跟在后面回道。说不出什么原因，明知道她与萧楠洛关系匪浅，但是她却对这个女子讨厌不起来。

Vivian 赞同地点点头，又顺口问她："小洛身体应该好了吧？"

冷小菁身子一僵，犹豫一下才回道："不清楚，我们已经分开了。"

Vivian 摇头笑笑，却没再说什么，出了机场就去了公司。

各项数据过目之后，气氛有些紧张，终于，Vivian 眉头松开，抬头看沉默不言的冷小菁，露出满意之色："不错，比预料之中还要好。"

说完，她推了推眼镜打量冷小菁。一袭彩色不规则格纹连衣裙，蝴蝶结的衬衫款式，浓浓的英伦风格。几十秒后，她收回目光："品味不错。"冷小菁笑笑，跟 Alan 接触久了，对不同风格的服装搭配也能略知一二。

"夏宏集团的夏玏铠的采访难度有些大，我想您是不是考虑换个人去?"

Vivian 抬眼看了她一眼，道："没有人比你更合适。"

冷小菁最后还是领命而去。Vivian 轻声自嘲笑出声来，世上对情敌的态度，恐怕没有比她好的人了。

小雨的忌日到了，他一定也会去。

天气阴霾，更显寒冷，阳光早已退去，青岚霭霭，一眼望去，身后的远山都染着浓重的墨色，仿佛是浓墨重彩的水墨画。那样的安静，不似人间的安静，就如同后山上一块块整齐的墓地，灰的、青的、白的，了无生气，城市的喧闹在这里无影无踪，连同淡淡的烛火味道，幽幽沉沉中也消失了。

Vivian 捧着花到的时候，萧楠洛已经站了很久。这一刻，从后面看去，这个男子就像要融进惨淡的后山。

"这么早就到了。"她从后面出声道。

萧楠洛闻声转过去，看她一眼道："什么时候回来的?"

Vivian 上前把花轻轻放下，将烛火点燃，光映百合，盈盈亮亮。她道："刚回来，小雨过生日最爱百合了，总不能今日让她孤孤单单的。她娇气，最怕一个人待着了，我们不来看她，她怕是要难过的。"

雾气缭绕，青石微湿，天上乌云慢慢重起来，悬在头顶似的。

"还不走？过一会儿可能要下雪。"她望了望天，提醒道。

他站在那里一动不动，半晌才开口，目光停留在墓碑上："你先走吧，我再待一会儿。"

Vivian略略收拾一番，下台阶的时候转头说了几句话："小洛，过了这么久，忘了吧！"

他不言语，只听着脚步声远去。

暮色重了，风渐渐大了起来，一排排青松被吹得不停晃动，偶尔传来几声鸟叫，多有倦鸟归林的苍凉。

小雨的墓地极小，占了很小的一块地方，站远了看，几乎不能发现墓碑的存在。墓碑上的照片也很小，上面的女孩明眸皓齿，笑靥如花，仿佛含苞待放的玫瑰，一碰就会碎。

这一年，他几乎不曾来过，即使来了，也不敢待久。那时，他心里总有声音质问，当年的承诺哪去了？

他记得她躺在他怀里奄奄一息的样子，这些年，都忘不了。陪他吃过苦挨过饿却独独没有享过福的小雨，就这么走了，他答应过要让她过上好日子的。他总是不能忘记他当时发现她时的样子，浑身的青紫，伤痕遍体，衣衫凌乱。他找到她，满心的欢喜，他做了最坏的打算，只要她还活着，什么都无所谓。她却双手掩面不想见他，泪水从指缝里流出来，她死死摇头不要见他。

她躺在医院，最后还是走了。

医生说是服药自杀。她是花了多大的勇气，才敢一个人离开！

没有人告诉他心爱的女人躺在自己怀里死去是一种什么感觉，没有人知道看着心爱的人死去而自己束手无策是什么感觉。最后，依了小雨的意思，他看着她在自己怀中咽下最后一口气。

以前他一直不信，原来有的时候人的生命是有贵贱之分的。因为开始就低，以至于后来轻易被人踩在脚下，他一点办法都没有。

陪着他一起走过青春岁月的女孩，他是想着和她走一辈子的。

后来，他用了六年的时间，终于能够报复冷家，他要让冷江华那个人死不安宁。那个时候，他知道他有个宝贝女儿，其实根本未见过，可是那时满腹的心计，他对那个男人说："听说您老有个才貌双全，正在名校读大学的女儿。鄙人至今未婚，正愁着。"他记得冷江华当时目眦欲裂的样子，仿佛是一直深藏的珍宝，一朝被人夺去。最后，他的宝贝女儿还是乖乖嫁给他。

他对她不好，他一直都知道。他记得她曾经哭着醒来，梨花带雨的模样，她紧紧地抓着他的手臂，泪水湿湿地沾在皮肤上。那个时候，他竟然会心软。他觉得怕了，他不能放任自己对她的怜惜与愧疚。

她只知道他父亲忌日的时候他不会让她好过，却不知那也是小雨的忌日。每对她好一分，他就恨自己一分。

他越来越怕见她，既怕见到她笑，也怕见到她哭。她那样一笑，仿佛芙蓉乍展，笑得他的心都暖了；而她一哭，他就觉得不耐烦。

她问他，如果当年害死小雨的人另有其人，他会怎么办？

那时他才知道，原来她都已经明白，因为明白，她就真的一辈子都不会原谅他了。那种至亲之人离开的痛，他尝过，她亦尝过。

其实他很早就知道那件事，他以为自己终于有资格可以爱她，却不想她已经准备放手……

也许，这就是报应。

下山的时候天已经完全黑了，借着手机灯光，他顺着石阶一步一步往下走，就像当初想的那样。

他一生最不喜读矫情的文字，别了大学，也从没有再拿起过书。此时却不禁想起那次在医院花园里晒太阳的时候，听到一个小孩缓缓地，一字一句地念给一位老人听的话。

有一种爱，明明是深爱，却表达不完美。

有一种爱，明知道要放弃，却不甘心就此离开。

有一种爱，明知是煎熬，却又躲不掉。

有一种爱，明知无前路，心却早已收不回来。

下午时分，冰雪渐融，马路上长长的车龙又缓缓移动。酒店的一群工作人员在悄悄议论。

“你说我们那位夏少爷在看什么呢？站在那里都快十几分钟了。”一位前台的职员嘀咕道。

旁边有人回道：“对面就是商业街，我们那位总经理说不定看上哪位美女了。”

“我看你是羡慕，要不你去试试？”

“胡说什么，我每天见上他一面就好了，哪里敢想别的。”

夏玏铠久久才收回目光。阳光洒在露天阳台上，他倚着栏杆一直注视着一名女子。原来是她，竟然是她。

那女子穿着素雅，却不失品位，外面是一袭米色的双排扣大衣，系一条简单的印花丝巾。头发微卷，虽然站在人群中，但是看到了便不能不注意。

冷小菁从 Versace 旗舰店里出来，取出 Vivian 出席今晚时尚派对需要的衣服，披肩、礼服、鞋子、手包、手表，以及相应的香水都配齐了，两只手拎不过来，只好停在路边的石凳上边休息边等车。融冰的时候最是冷，她忍不住跺跺脚来驱寒。

抬头望一眼前面恢宏的建筑，宏夏集团旗下的酒店，建筑美感极强，差不多成了这座城市的地标性建筑。她眉头皱了皱，想到她手头没完成的对夏玏铠的采访，心下焦躁。上次她又拨了电话过去，意料之中还是被拒绝，她好话说了一大堆，却是一点机会也没有。

楼上的男子笑笑，打电话通知秘书："通知《年华》杂志，我同意接受采访。"

她把所有的东西送到 Vivian 下榻的酒店，才匆匆回到杂志社。

她一下午都在忙着写一位医学女博士的稿子，刚刚写好，伸了个懒腰，茶都没喝上，就接到了夏玏铠秘书的电话，通知她采访的事宜。

工作为上，何况已经拖了那么久，冷小菁匆匆拿了外套出门。到了门口，她就有些后悔，已经是下班时间，本不该来的。若是答应了接受采访，怎么偏偏要先陪着吃一顿饭呢？

大厅里有人缓缓地弹奏着钢琴曲，顶上的灯大气明亮，照在杯壁上亮光一闪，折射出五彩斑斓的光芒。

一声声脚步声近了，一名男子站在她面前。她微笑地抬头，站起来打招呼："夏先生您好。"她虽然未见过他，却查过资料，看过他的照片。眼前的男子和照片上的男子虽有出入，但她依旧能认出来，真人比照片上还要年轻几分。

"冷小姐。"他点了点头，坐下来。

服务员走过来问："夏先生，可以点餐了吗？"

夏玏铠点点头，让服务员把菜单先给冷小菁。"还是女士优先吧，这是礼貌。"

一顿饭吃下来倒也平安无事，只是这位太子爷对于采访这样的公事却是只字不提，让冷小菁煞是苦恼。

对面的夏玏铠心情似乎很好，招呼侍者来结账的时候，桌子上的手机忽然响起。

夏玏铠看了一眼，若有所思地接起来，那边是卢易轩的声音：“过来吗？人都在呢，连一直深居简出的萧总也在，这可难得，你不是一直想和他谈合作吗？机不可失哦！”

“好，一会儿过去。”他简单地说了一句便挂了电话。

夏玏铠放下手机，道：“不好意思，本来想今天晚上完成采访，不过临时有事，朋友都在上面。还要冒昧地问一句，冷小姐介不介意陪我上去打个招呼？”

冷小菁愣了一下，还没想到用什么理由拒绝，对面的夏玏铠已经站了起来，做了一个请的姿势，她只好陪他走。

她跟着夏玏铠上了二楼。整个二楼都是休闲娱乐的区域，走廊中光线暧昧不明，每个包间都有单独的名字。或许是隔音效果好，整个楼层极安静，墙上是玫瑰紫的墙纸，上面有浅红的小探灯，转弯处的琉璃玻璃越发显得玲珑剔透。

豪华的包间门打开的一瞬间，她站立不安，她没想到里面会有这么多人。房间很大，烟雾缭绕，有人在砌长城，沙发上有一大群人在喝酒。她没想到竟然会在这里遇见了萧楠洛。

他低着头，手里端着酒杯，旁边有一位花枝乱颤的佳人，整个身子都挂在他的身上，仿佛是水蛇。旁边的卢易轩似乎在阻止他喝酒，而他只是一味地去抢酒杯。

只淡淡的一眼，她便不愿再多待一秒。而身后的夏玏铠的手已经揽上了她的肩膀，她突然无路可退。因为两人站在门口，她身边又站着夏玏铠，只短短几秒的光景，一屋子的人的目光已经投了过来。

“冷小姐，陪我进去打个招呼。”他轻声说道，揽着她进去。

卢易轩早就注意到了门口的两人，只是夏玏铠身旁的女子有些不寻常。她根本不像来这里的女孩，一身正装，外面是呢子外套，里面是极正式的真丝衬衫，典型的工作装扮。

“不好意思，夏先生，我想我还是先离开吧。”冷小菁淡淡道，觉得被耍了。

卢易轩本来就觉得这女人熟悉又陌生，现在听到她的声音，惊讶得差点没从沙发上跳起来，原来还真是她。他转头看看低着头喝酒的萧楠洛，觉得大事不妙。

夏玏铠看到卢易轩使劲朝他使眼色，他无谓地耸耸肩，告诉他没事。夏玏铠不管冷小菁的情绪，拥着她进去。俯下头在她耳边道：“冷小姐，今天我给你唯一的机会，别让我觉得扫兴。”

“哟！夏少，今儿居然带了女孩过来，真是难得。”旁边有人调侃。

“最近怎么口味都变了。”有人开始取笑。

或许是声音大了，待在角落一直闷头喝酒的萧楠洛抬起头来，无意中一瞥，他觉得自己肯定醉得不轻，因为他竟然看见了她。他刚才似乎是听到了她的声音，淡淡的，带着一丝南方人的呢喃软调。到底是不相信，他狭长的丹凤眼本是眯着，现在却一点点地瞪大，最后才知道真的是她。

有人已经开口笑道：“进来玩呀！我们这里可不需要站在门口的侍者。”

她想什么都不管转身逃走，可是还是理智占了上风，最后还是硬着头皮走过去。

夏玏铠清了清嗓子道：“介绍一下，这是冷小姐，一位记者。”

萧楠洛倏地一下子站起来。他身边那一个如花似玉的女孩，见状拉着萧楠洛的手臂问：“你怎么了?”萧楠洛几乎是用尽力气甩开，那女孩惊叫一声，玻璃酒杯落在地上的声音清脆响亮。看见这样，众人皆是一惊。

竟然真的是她，他跌跌撞撞地走过去，抓着她的手臂就质问道："你怎么和他在一起?"

众人见平时喜怒不形于色的萧楠洛这样失态，知道这其中有利害关系，都静下来不再嬉笑。

萧楠洛说完，朝着夏功铠就是一拳，青筋暴起地警告："功铠，我见你是阿轩的朋友，给你几分薄面，可你别动她!"

夏功铠硬生生地挨了一拳，退了几步。卢易轩见状早就上前扶住颤颤巍巍的萧楠洛，众人见势头不妙，也上来阻止。这一拳可是始料不及的，都是一个圈子里的人，生意上都有千丝万缕的关系，萧楠洛又是一向深沉莫测，轻易不发脾气之人。

萧楠洛身子不稳，却还想出手，一边道："夏功铠，你离她远点！否则……你会不知道你怎么死的……"

卢易轩愁着脸问夏功铠："你怎么认识她的？唉……这下闯祸了!"

夏功铠苦笑道："萧少，易轩，误会一场，我原来是故意约佳人前来帮你圆了心愿，如今你倒误会了。"

萧楠洛觉得自己真的醉了，他退回沙发那里，目光移到门口。光线不暗，水晶灯投下来，他却视线模糊了，眼前只剩零零碎碎的影像。那女孩根本就不是她，她说了让他离她远点，他错怪了她的父亲，害得她家破人亡，她恨极了他，怎么会出现在这里?

"阿轩……我是真的醉了……刚才是看花了眼……她离开了，就不会回来了……"

冷小菁一声不吭地看完这一场闹剧，转身离开。

外面依旧是热闹繁华的灯红酒绿，隐隐约约的歌声从里面的包间传来，歌声缭绕，霓虹灯闪烁，倒觉得光怪陆离。

偶有三三两两的人嬉笑而过，却少有落单之人。

温度低，街头冷风瑟瑟，风刮过脸颊，仿佛是一把一把细小的刀片划过，她的冷却是从脚底一直蔓延到心头。

卢易轩追出来的时候，冷小菁还没有上出租车。他一副欲言又止的模样，冷小菁一句话都不说。

卢易轩在包间里面只穿着一件衬衫，如今外套都没有顾上套，就追出来，才发现寒冬腊月，外面真是天寒地冻。

“冷小姐，我想和你谈谈。”他上前拦住冷小菁道。

装潢精致的包间，周围流苏一直垂地，玻璃桌上铺着红红的桌布，上面摆着精致的点心。冷小菁只觉得这个晚上实在好笑，晚餐是陪着别人吃的，现在夜宵也要如此。

她淡淡开口道：“卢先生，我知道你是他的朋友，其实倒也不必这样，有话你可以直接对我说的。”

“请你来，也实在是冒昧，但是为了他，我不得不和你谈谈。”或许是那样一个圈子里的人，言语冷峻，都是一个样子。

冷小菁低头沉默，再次听到他的名字，一想到刚才在包间内萧楠洛的失态，她似乎都不相信，现在想想都觉得心惊肉跳。在一起久了——如果他们那样也算在一起的话——她真的没有见过那样失态的萧楠洛。他不宜喝酒，不宜抽烟，他却都忘了，只顾着花天酒地，美女如云，或许没有见到她，也能快活似神仙一般。

“如果是为了他的事，真的都已经结束了，是悲是喜，是怜是怨都过去了。”一切已经过去，她觉得这三年，只当是自己做了一场噩梦。可是，梦醒了，能不能假装什么都没有发生，连她自己都不知道。

卢易轩闻言，放下纸巾直接开口，轻哼道：“冷小姐，我原本是应该称呼你一声嫂子的。他醉得那样厉害，一直念着你的名字，可你转身就走，连看都不愿意看他一眼。”

她觉得好笑，抬起眸子，冷冷地一瞥，似是嘲讽：“他的心思那么深，别人一直都是看不准的。我离开了，或许违背了他的初衷，或许他后悔，或许想起我的好，你们做朋友的觉得看不下去了。可是他曾经在我面前，和你们一起，左拥右抱，风流快活，风光无限，你们可有想起我吗？你说本来是要喊我一声嫂子的，可你们以前哪个不都是称呼我冷小姐的？私底下，他身边的人都怕他生气，我的身份也就是冷小姐，无关紧要的。”

其实她只说了一半，还有父亲的离世，在她心里，成了永远的痛，一辈子都抹不去了。

卢易轩的话就这样被噎了回去。她说得没有错，字字属实，即使他擅长商场上的交涉，都觉得无力。他记得第一次见到她，风情灵动，像个孩子，即使那样的情况下嫁过去，也是有几分天真的快活，如今这样，性子都变了，可见她这些年过得怎样。

茶楼雅致，半圆形的竹门一直通向外面，两侧一米高的花瓶映上浅浅暗影，仿佛昔日的那个走进过萧楠洛生命的女孩。

“你知不知道，其实他原先不是那个样子。大学里的萧楠洛寡言但不冷漠，沉稳但不深沉。他有一个喜欢的女孩子，和他一起长大的。我见过，很普通的女孩。后来出了那样的事，看到自己喜欢的女孩死了，没有经历过的人不明白那样的痛。之后，他整个人都变了。对于你，可能他从来都不知道以怎样的情感对待。”

那些事，她知道，而这些话，却从未听过。

她不知道是怎么回去的，没有搭公车，没有坐地铁，亦没有拦出租车。这样冷的天气，都不觉得难受。一直走了好几站，觉得小腿酸胀，才停下来，像个无家可归的孩子一样蹲在地上，不顾别人的眼光，等到一阵一阵的疼痛过去，然后接着再走，一共走了三条街才回到家。上楼之后，她把高跟鞋脱了，赤着脚踩在地上，又冷又疼的，坐下来看，才知道脚底肿起来，皮已经磨破了，血渗出来，触目惊心的颜色。可这样，她似乎又觉得好些。

她从浴室洗澡出来，睡在床上。

被子是上次陪左晨晨选结婚新房家居用品的时候一起买的。当时左晨晨选了一床大红色的羽绒被，她顺便也买了一套，颜色淡雅素白。她素不喜艳丽，当年新婚嫁妆，她带过去的被子就是大红色的，上面绣了一对俗气的鸳鸯。被子快一个星期没晒了，虽然有淡淡的馨香，却闻不出暖人干燥的太阳的味道了。

她伸手摸到开关，关了灯。月色淡薄，仿佛是结了霜，可月亮极圆。断断续续翻了几个身都睡不着，身上倒又出了薄薄的汗，索性起来。把厨房里的餐具、桌子上的茶具，一一洗了，然后把全部的地板都擦了一遍，重新洗了个澡，身体累到极致，才沉沉睡去。

第二十六章　能不能回头

周末，几束阳光拂过阳台上的芦荟洒进来，投在软软的床上，亮亮的，晕出一个光圈。床上的女子睡容平静。几分钟过后，外面突然响起噼里啪啦的鞭炮声，女子翻了个身，继续睡。无奈鞭炮声一阵高过一阵，冷小菁只能睁开眼。拿过手机一看，才六点多，她又懊恼地闭上了眼睛，心里直犯嘀咕，还有半个月才过年，哪里来这么多的鞭炮声？

她又昏昏沉沉地睡了过去，半个小时后，床头的手机铃声急促响起，她摸索过手机接通电话，“喂”了一声，那边却一直没有出声。又来扰人清梦，她骂了一句，然后挂掉电话，重新躺回去。

只是没过多久，手机又响起来，接通后左晨晨的声音响起来，她才记起今天是左晨晨办婚礼的日子。

她睡眼惺忪地问：“刚才打电话怎么不说话？”

“啊？没有啊！我不说了，你赶紧过来啊！”

今天是左晨晨结婚的日子，她忙了一天，累得快虚脱，到了晚上十点才回到家。

翌日是周一，参加完例会，一群人从会议室鱼贯而出，她跟在 Vivian 的后面。Vivian 回头问她：“我看了上次的采访稿，不错，说实话，这么快搞定，挺让我意外的。”

冷小菁淡淡笑了笑，回答道："我自己也挺意外的。"如果不是夏功铠为了表示歉意，她也不会得到这么个人情。

回到办公室，Vivian放下手中的文件，把杂志放回墙边的书架，低头沉思几秒，问："有没有兴趣陪我参加纽约《Flower》的周年庆，对于喜欢这行业的人来说，是个机会。"

她惊愕得不敢相信地问道："我也有机会?"

Vivian笑笑："当然，在这里，只论能力，不论辈分，只要有能力，就有机会。不过需要做好相应的准备工作。"冷小菁笑着从办公室出来，微微期待这次的纽约之行。

当飞机到达美国纽约的纽瓦克机场的时候，冷小菁才知道这不是梦。抵达主会场时，场外数百家媒体停留在酒店外，不停闪烁的灯光打在她的身上，她眯着眼，微微尴尬地绽开笑脸，觉得不太适应。受邀而来的宾客络绎而至，Lucy是个年轻热情的西方女孩，和她一样，陪在Vivian的身边，时不时提醒着她每一位来宾的身份，以免招呼不周失了礼貌。

在奢华的闪光灯中度过了忙碌的一日，Vivian并没有急着让她回去，而是让Lucy陪她在纽约好好逛逛。

第二次来纽约，但是感觉却是大不相同。以前是和父亲一起来，他那样忙的一个商人，难得肯陪她出国玩，她还嚷嚷着爸爸这里不好，那里不好，现在想想，也觉得难过。以前每每遇到不开心的事情，总是躲到父亲的怀里哭一场，便什么都好了。

在约翰大教堂里，Lucy看到她心不在焉，问她是不是不开心，她摇头，一笑置之。

在热情的西方女孩带领下，她逛了很多地方。从洋溢着艺术气息的百老汇到人满为患的洛克菲勒广场。见识到了位于曼哈顿地区的世界金融中心。依稀记得学生时代老师说过的话："你有没有想过那里会有一扇窗户是属于你的?"其实懵懂年少梦想的事情，后来才发现很多都实现不了。

晚上用过餐后，她登上帝国大厦，晴好的天气，伸出手，万丈星海，仿佛触手可及。俯瞰下去，到处都张灯结彩的，是极富中国特色的红色和黄色的彩灯，密密麻麻地闪烁，远了，成了五彩斑斓的点，点缀着夜色。原来春节快到了，连这里都有了这样热闹的氛围。父亲在的时候极其喜欢春节，她每年总喜滋滋想着得到压岁钱，后来长大，这个习惯都不曾改掉。原来，自己也是个念旧的人。后来的春节，换了一个模样，喜庆的日子，总是一地的凄冷。一站一站下来，她觉得比起古老的欧洲城市，历史不长的纽约也有吸引人的地方，摩登华丽的建筑，时尚的文化，发达的金融与商业。最后一站，Lucy带着她去了哥伦比亚大学。

出国留学是很多中国学子的梦想，可是她因为家庭的变故差点连大学学业都完成不了。

大方热情的Lucy遗憾地告诉她，这是所著名的私立大学，不是一般人能进的。

校园很大，只是匆匆一瞥，便能见到许多亚洲人的面孔。图书馆恢宏严肃，十根又粗又高的罗马柱罗列而成的大门，让人生畏。

Lucy笑着对她说："Jing，那边有个帅哥在看你!"

冷小菁下意识地转身回头看，愣住了。她没想到，在这里会看到寒木。其实，自从那次让他帮了自己，后来在医院见过几次之后，就再也没有见过他。如今在这里遇见，隔了大半个太平洋，倒真有些空间穿梭的感觉。

片刻犹豫，他已经走了过来。

Lucy 热情打招呼："Hi!"

寒木淡淡笑着用英文回应，转过脸目光对上冷小菁，问道："你怎么出现在这里?"

冷小菁不作答，凝神道："看来我还是连累你了。"

寒木不以为意地笑笑，耸耸肩："别这么说，能来这么好的大学读书，也算因祸得福。"

寒木其实很年轻，此刻手里捧着书，拿着一副耳机，鼻梁上还架着一副眼镜。原来脱了那一板一眼的西装，其实他也能有一身书生气。

虽然是冬天，图书馆前面一大块草坪却青绿一片。阳光照在细窄的草叶上，光影斑驳，她的心亦有波澜。

他说："其实老板很在乎你，不然怎么会把我遣来这里？他从来都这样，自己的就不允许别人觊觎半分。"

他说："老板其实很在乎你，那时再晚了都想着回去。我问他，为什么不睡在外面，他只是给了我这样一个答案，他看不见你不放心。"

他说："老板其实很在乎你，那个时候他吩咐人在梓园看住你，不是因为你和他闹得厉害，而是因为他知道你出去可能会遇到危险。"

校园建筑的墙壁上有细细的裂纹，仿佛是乌龟的壳，一点一点爬满。久了，带了岁月的痕迹，又好像是人的心事，悄悄地，静静地，藏在细细的裂纹里，躺在流年静河里。

他一字一句地说，她只是安静地若无其事地听，也忘了自己是怎么回答，抑或是怎样反应的。

最后，两人平静地道别，她站在后面望着他的身影渐渐地淹没于人群，觉得他其实还是个大男孩。

Lucy在逛了一圈之后又折了回来，瞧着她笑着问她："是不是遇到前男友了?"

她尴尬地否认。

Lucy却是一脸不信的夸张表情，西方的女孩总能毫无保留地说出心底的想法，她说："我一点都不相信，因为你脸上就写着我无望的爱情。"

几天的时光悄然而过，回去的时候倒有不舍。陌生的城市，总有陌生的事物充实进来，而熟悉的城市，总有过往的回忆纠缠。

机舱里，她的位置临窗，探目望去，外面浓墨一片，恍若广袤无际的荒原。独独能见的，只是机翼的信号灯，一闪一闪。

其实，她知道了一些事，通过一些不相干的人。可是，那又怎样?她觉得两人之间隔着一条永远无法逾越的鸿沟，前仇旧恨，积得深了，隔得久了，仿佛是隔了千山万水，再也回不去了。若是她对他的记忆，永远停在最好的那一秒，该多好。

春节一天一天地临近，街头巷尾都沾着喜庆的味道，到处都是一抹一抹明艳的红，让人看了似乎心底就可以热起来。

那日去了公司，临近中午的时候Vivian把她喊去办公室。而进去的时候，里面却空无一人。她总不好意思先离开，于是站在办公室前面耐心地等。工作效率高的人的办公桌总是整齐简洁的，不肯轻易多放一样东西。而Vivian就是这样的一个人，此时她红色的办公桌中心就端正地摆着一份财经报纸。本是不经意的一瞥，也没有存了心——她对财经新闻是从来不关心的，只是上面的大号黑体的标题还是让她注意到了——"投入过大，周转困难，顾氏企业宣布破产"。她不由自主地看下去，大致是说顾氏因为和萧氏第一期工程的顺利合作，之后在萧氏第二期工程前得到内部消息，于是提前投入生产，不料却在竞标中失利，以至于导致严重的资金短缺，加之其他的问题，已面临破产。

“看到了？”Vivian从外面进来，放下外套对她说道。

冷小菁收回目光，把她的大衣挂到一旁的衣架上，道：“您找我有事？”

她笑笑，坐到沙发上：“你刚才已经做了。”

“啊？”她不明白，又想到那份报纸，忽又懂了。

Vivian放下手中的杂志，挑起眉毛道：“怎么，没什么想法？”这样的冷小菁让Vivian有些意外。

“觉得无所谓了。”冷小菁解释道。不管萧楠洛出于什么样的目的，她觉得都不重要了。

阳光透过百叶窗洒进来，拉成长长的矩形。冷小菁站在那里，陷入一束明亮的光线中，她脸上一片淡然的宁静，空气里的灰尘都开始透明。

听着一声轻轻的关门声，Vivian笑着摇摇头。

年关将至，杂志社的工作虽然很忙，但是大家的工作热情似乎更加高涨，连寒风里摆造型拍摄的模特都不惧寒冷，毫无埋怨地配合着。因为杂志社后面几期的期刊已经弄好，所以决定从年前一个星期开始放年假，时长超出平时假期的一倍。

熬到最后一天，大家都在忙碌地整理收拾东西。Vivian出来的时候看见冷小菁一个人在那里忙这忙那的，想起前天会议后她交上来的申请，还是不由得走过去问一句：“你真的打算换一个工作环境？”

冷小菁听到后面的声音，才转过去，看到是她。“是，换个环境，换个心情，也想好好学习一下，总觉得自己的知识与眼界都不够。上次纽约的周年庆让我印象深刻。”她道，“不过，有没有这个机会，还是得看总编您。”

Vivian听到这话，心中紧了紧，然后笑着拍拍她，“好，我会考虑。”Vivian走到门口，突然听见她问：“其实我有一个问题一直没问，您和萧楠洛是什么关系？”

Vivian没有回头，轻笑了一声，回答：“他曾经喜欢过一个女孩，后来去世了，我是那个女孩的姐姐。”

“那您对他……”

“我喜欢他，而他不喜欢我，就这样而已。”Vivian脸上一片坦然。

冷小菁忽然联想到萧楠洛书房储物架上摆着的那张照片，原来她们是姐妹，怪不得第一眼见到Vivian的时候她觉得那样熟悉。

天气好了几天，又开始冷起来。天气预报说是蒙古高压西北气流形成寒冷的季风，空中细细密密地落下雨丝。

这一天腊月廿六，因为出国的日子定了，冷小菁觉得走之前还是去看看海蓝，毕竟是曾经的挚友。这样的日子，没什么人来探监，周围安静空旷。

等了好一会儿，她以为海蓝不肯见自己的时候，海蓝意外地出现了。看上去人瘦了很多，下巴尖尖的，一双眼睛黯淡无光。她依旧不肯多说话，冷小菁就抓着话筒自顾自地说给她听，说的都是一点一滴的小事，譬如说今年的雪来得格外晚，比往年又多下了几场大雪。今年是她们P大的一百年校庆，学校校友会的人又捐了多少款，当年她们中文系的主任成了校长。很多师兄师姐都回去聚了一聚，她们班最其貌不扬的女生嫁入了豪门，同学都羡慕极了。慢慢地，冷小菁终于看见海蓝的眸子有淡淡的神采，她笑了笑，时间差不多了，总该道别一声。

“我申请了去纽约的杂志社工作，下次来看你也不知道是什么时候了。”她看到海蓝眼光略微暗淡下去，嘴角动了动，却什么话都没有说出口。

或许有些朋友只能走到半路，就像有些感情注定没有结果。但是，对于冷小菁来说，她尽力了。

下午的时候，她正打算去超市买菜，出门前却接到左晨晨的电话，让她过去吃饺子。

他们新房里的厨房很热闹，白腾腾的蒸汽一股股地冒出来。左晨晨虽然怀孕了，却好动。饺子端出来热腾腾的，薄薄的馅，汤汁美味。晚饭后，她和左晨晨在客厅里聊天。冷小菁实在是想不到，从来不屑于玩手工的左晨晨学着织起了毛衣，一针一线，动作极认真。

“要做妈妈了，以前连笔头都懒得动的人都使起了针线。”她取笑道。

左晨晨咧着嘴笑，不过知道冷小菁要出国后便笑不出来了。冷小菁没办法，只能安慰。

还有几日便是除夕，各大商场为了促销花样百出，到了晚上街头更是火树银花的。寒风吹过，真是东风夜放花千树，更吹落，星如雨。

那日下午，冷小菁去百货商场买东西，人又多，她排了好久的队才结了账出来。外面天气很好，已是傍晚，金光粼粼的江面仿佛洒了金粉。天空中的云霞，由最初的玫瑰紫渐渐渗入了胭脂红。澄碧如洗的天幕，这里一抹，那里一画的，像是被泼了颜色的油画，渐渐凝固。

冷小菁双手拎着几个满满的袋子，因为重了些，勒得手指发疼。她两只手换着拿，走得很慢。

萧楠洛那时正谈完生意和客户从会所出来，身边跟着秘书。

隔了一条街，他远远地看到了她，穿着厚厚的粉色的羽绒服，包得像个粽子，吃力地拎着几个袋子，正在路边休息。

他脚步定在那里，隔着一条人来人往的街道，却那样远，仿佛是咫尺天涯。他都不敢呼吸，生怕打破什么一样，只能屏着气，手握紧，就这样静静地看着她，远远地看一眼，就觉得满足，仿佛一生一世，都在里面，又似乎多一秒，都成了奢望。口袋的手机振动起来，一直振，一直振，一下一下仿佛振在他的心上，最后心都麻了，他才回过神来。

蒋若在后面提醒他："萧总，车子在前面等您。"

他抬脚走过去，看见商场的电子屏幕上的画面，有个男孩对一个女孩说："如果你觉得伤心就抬头望望天，这样眼泪就不会流下来。"

他想起那夜她在梓园仰头望天的样子，原来，那个时候，她是在哭。

他记得 Vivian 在电话中的话，她除夕夜出国。他受伤后她照顾他的那一个月，那样美好的时光，却像漂在海上的花，摇摇晃晃，无声无息，沉入海底。

一朵不知名的花倏地砸落在他的肩头，他拿起来看，开得正好，花瓣都软软的，像她的脸，仿佛他的爱情，总差了刹那芳华。

第二十七章　寂静欢喜

机场人来人往，步履匆匆。有打电话的声音，有车轮滚过地面的声音，有孩子啼哭的声音……那样繁杂而又喧嚣，可她的世界却这样安静，好像再也没有任何的牵挂。

手中的行李箱很轻，她转身望了望一直生活的城市。

是不是该说一声再见？

她坐飞机的次数不多，每次都很紧张，这次心境却不复从前。天气不好，机场的航班刚刚恢复，此刻飞机升降频繁。这只行李箱是萧楠洛的，那次吵架搬出去的时候走得急，就拿了他的，一直都没有还回去，这次带了出国，估计是没有机会还给他了。总想着了无牵挂地走，最后还是带走了他的一样东西。

过安检的人很多，她想起箱子里还有一个数码相机，便站到一边蹲下来打开箱子。站起来的瞬间，后面的人挤了她一下，箱子倒下来，砰的一声，有东西落在地砖上，碎裂开来，清脆响亮。

“小姐，对不起，后面太挤了。”有人在后面道歉，“小姐，你没事吧？抱歉，我不是故意的。”

冷小菁仿佛没有听到，大理石地砖光可鉴人，似要灼痛人的眼。她看着箱子里面落出来的一张照片，旁边是一只摔成了两段的翡翠镯子。原先以为找不到了，没想到在这里，那是爸爸留给她唯一的生日礼物了，她格外珍惜，没想到竟藏在萧楠洛的箱子里。她没有偷窥别人隐私的嗜好，这次却鬼迷心窍地将照片捡起来看。不过是一张普通的照片，她穿着一件紫罗兰色的晚礼服，站在赵之扬的车子边仿若瑟瑟发抖。

好像那张照片有千斤重，她的手指都快拿不住了。她拾起断了的镯子放进包里，把箱子放上传送带，一步一步走进去。

脑海里闪现出那张照片后面的字迹：放不下，要不起。

她不知道他什么时候拍了这张照片，藏在她或许一直都不会发现的行李箱暗格里，仿佛他做的事情，仿佛他的感情。或许，她一辈子都不会知道。她忽然之间就想起很久之前看的一部电影，2000年大热的《花样年华》，最后一个镜头，周慕云对着一个老树洞喃喃自语，只有沉默的树洞听见了他的心事。那个时候，她年纪小，根本看不懂，回忆起来也独独记得那个孤独的树洞。

旁边有个小女孩清脆稚气的声音响起，“妈妈，你看，那个阿姨在哭!”

抱着小孩子的妇人很年轻，笑着对着孩子说：“可能是阿姨想到什么伤心事了。”

“什么伤心事?”小女孩不依不饶地问。

“可能是那个阿姨舍不得她的亲人和朋友。”

“和我一样吗？就像我舍不得爷爷和奶奶?”

候机厅里喧扰嘈杂，广播里的登机信息一遍一遍不厌其烦地播着。座位又硬又冷，她低头坐在那里，等着时间一分一秒地过去。

旁边的小女孩娇气地提醒她，“阿姨，你包包里的手机在响。”

熟悉而单调的铃声一阵一阵急促地响过，她这才知道是自己的手机在响。

对方一副公式化的口吻："您好，我是萧先生的委托律师……"

冷小菁最终因这一通莫名而来的电话取消了行程。

大雨过后，气温很低，说话的时候轻轻呵出一口气，很快就会凝成水珠。

见面详谈的地点是一家酒店正规的会议室，进去了便有侍者前来指引，她提着行李乘了电梯上去。

出来迎她的是一位四十多岁的精明男子，姓郑，是萧楠洛的委托律师。

早有侍者端上了热茶，她喝了几口，便听到郑律师礼貌地问道："冷小姐，作为如今萧氏集团最大股份的持有者，请问您准备什么时候回萧氏主持集团事宜?"

冷小菁身子一下子僵了，放下手中的杯子，惊愕道："什么……最大股份的持有者?"

郑律师喝了口茶，笑着问道："冷小姐，您当初签离婚协议的时候没有仔细看清楚吗？上面都清楚地写明了。"说着，他从包里拿出一份离婚协议书，翻到倒数第二页，摆到她面前。

"您看，上面清楚地写着，萧氏集团是你们夫妻的共同财产，而现在的首席执行总裁持有集团百分之七十五的股份。离婚后您应当分到百分之五十的股份，是现在集团最大的股东，必须回去主持集团的工作。"冷小菁懵了，当初离婚的时候只图简单了事，草草看了一下就签了字，她压根儿就没看到那些条约，可上面右下角赫然有她的签名，娟娟字迹，白纸黑字，是怎样都假不了的。

郑律师一脸笑容，静静等着她的回答。

"这是萧楠洛的意思?"她问。

郑律师笑而不语，只是微微点头。

原来如此。一心想断了一切联系，没想到又成了这样。

她收敛震惊，冷静开口问道："可我打算出国，而且我不是学商学专业的，生意上的事情我一窍不通。"随即又问："那在他同意的情况下，能不能有一个两全的办法，把股份转让给其他人？"

郑律师笑着回答："《公司法》和《经济法》上面都有详细说明，冷小姐您自己看过后可以好好考虑。"

冷小菁皱眉，没想到这位律师居然和她打太极，一定是萧楠洛的主意。想着当日那样简单就答应她离婚，原来这里有"陷阱"等着她，不愧为商人，狡猾奸诈。

她道："可否说清楚些？"

"是这样的，根据我国法律规定，控股股东和实际控股人自发行股票上市起两年内不能转让或者托管他人直接和间接持有发行人首次发行前已发行的股票，也不能由发行人收购该部分股票。"

律师娓娓道来，她听得如堕五里雾中，但大致意思明了，那就是她必须回萧氏。

"还有没有其他的办法？"她无奈地问。

"您可以召开股东会议，通过公司注销董事会决议。"郑律师建议。

"可是我不能接手那样大的上市集团。"她道，甚至有些哭笑不得，明明是要和他永远划清界限，怎么却成了他的老板？

郑律师温和地笑笑，眼中却是一片精明："那唯一的办法只有您和萧先生复婚。"

冷小菁明白了，这才是这位男子一直想要说的话。

"我要见你们萧总。"她到前台，笑着对前台小姐说道。

前台小姐露出公式化的笑容问："请问您有预约吗？"

"没有。"

“不好意思，没有预约您不能上去。”

冷小菁觉得这对话似曾相识，狡黠地笑笑，转身就走。

“小姐，您不能上去……”

红色的数字很快跳到“38”，她走出电梯，直接推门进去。

里面的男子笼罩在逆光中，交椅背对她。

她走了几步，沉静的声音在办公室响起：“你为什么要和我复婚？”

交椅上的男子缓缓转过来：“我看中你家的商铺了。”

她笑起来，眉眼都弯成月牙儿，仿佛芙蓉乍展，绽出妩媚笑容，少了一分稚气，多了几分成熟。

她道：“我把商铺给你就是了。”

男子狭长的眸子眯起来，似笑非笑：“我就要你。”

她倏地低了头，脸红到耳朵根，转身想走。

可有人动作比她快一步，关门，落锁，动作一气呵成。

他双手撑在她的双侧，将她箍在他的胸膛和门之间，急促的呼吸在她耳侧响起，潮潮的，暖暖的。

她道：“你要干什么？”

“说过了，就要你。”

“这些话你三年前就说过了。”

“这一次，是真的。”

“可我不要当萧氏的老板。”

“可以。”

“条件呢？”

“复婚。”

“有什么区别？”

“从老板变成了老板娘。”

他说得这样认真，兴奋而笃定，仿佛是在佛祖面前的誓言，期盼已久，一朝成愿。而隔了这么久，一千多个昼夜，那样遥远，仿佛隔着千山万水，她终于听到他表露心迹，这是她此生听过的最美不过的情话了。

〈全文完〉